2080
무저갱의 열쇠

모든 인간은 하나님의 형상을 닮은 존엄한 존재입니다. 전 세계의 모든 사람들은 인종, 민족, 피부색, 문화, 언어에 관계없이 존귀합니다. 예영커뮤니케이션은 이러한 정신에 근거해 모든 인간이 존귀한 삶을 사는 데 필요한 지식과 문화를 예수 그리스도의 사랑으로 보급함으로써 우리가 속한 사회에 기여하고자 합니다.

2080 무저갱의 열쇠

초판 1쇄 찍은 날 · 2007년 6월 25일 | 초판 1쇄 펴낸 날 · 2007년 7월 5일

지은이 · 오경준 | 펴낸이 · 김승태

출판 프로듀서 · 김승태
편집디자인 · 드림북 | 표지디자인 · 이지희
영업 · 변미영, 장완철, 김성환 | 물류 · 조용환, 엄인휘

등록번호 · 제2-1349호(1992. 3. 31.) | 펴낸 곳 · 예영커뮤니케이션
주소 · (110-616) 서울 광화문우체국 사서함 1661호 | 홈페이지 www.jeyoung.com
출판사업부 · T. (02)766-8931 F. (02)766-8934 e-mail: jeyoungedit@chol.com
출판유통사업부 · T. (02)766-7912 F. (02)766-8934 e-mail: jeyoung@chol.com
제작 예영 B&P · T. (02)2249-2506~7

copyright©2007, 오경준

ISBN 978-89-8350-714-3 (03800)

값 9,000원

- 잘못 만들어진 책은 교환해 드립니다.
- 본 저작물은 저작권법에 의하여 한국 내에서 보호를 받는 저작물이므로 무단 전제와 무단 복제를 금합니다.

2080
무저갱의 열쇠

| 오 경 준 지음 |

예영커뮤니케이션

| 작가의 말 |

많은 사람들이 다가올 인류의 미래를 어둡게 예상하고 있습니다. 인간을 능가하는 인공 지능 기계가, 혹은 핵폭탄이, 혹자는 유전 공학이 인류를 멸망시킬 것이라고 말합니다. 정말로 그렇게 될지는 닥쳐봐야 알겠지만 한 가지 분명한 것은 미래가 현재의 결과물이라는 사실입니다. 지금 우리는 다가올 미래를 스스로의 손으로 만들어가는 중입니다.

인류의 미래가 암울한 그림자를 띠고 있다면 그건 우리들이 멸망을 위해 힘쓰고 있다는 말이 됩니다. 비록 그걸 전혀 인식치 못하고 있다 해도 말입니다. 이 책의 이야기는 스릴 넘치고 재미있지만 본질은 인류의 그릇된 노력과 그로 인해 맞이할 미래에 대한 것입니다. 이 이야기를 세상에 내놓는 심정은 복잡합니다. 다가올 미래가 이 소설과 비슷하게 전개되어 제 예언이 옳았다는 인정을 받고 싶기도 하고, 또 한편으론 이런 일이 인류에게 절대 일어나서는 안 된다 싶기도 하고…….

강원도 섬강 곁에서
오 경 준

차 례

2080 무저갱의 열쇠

01 | 발견　　　　　　　　　　09
02 | 휴가　　　　　　　　　　16
03 | 납치　　　　　　　　　　37
04 | 수수께끼　　　　　　　　50
05 | 자극지수　　　　　　　　72
06 | 이상한 보고서　　　　　　90
07 | 초초 그린 레이저　　　　104
08 | 아나스타샤 세포　　　　　112
09 | 광야의 소리와 더블 존 20세　118
10 | 지하 호수　　　　　　　　135
11 | 파루시아 카타콤　　　　　161
12 | 정의의 교사 베드로　　　　178
13 | 나무 뿌리에 놓인 도끼　　202
14 | 최고운　　　　　　　　　222
15 | 혹시　　　　　　　　　　246

1. 발견

서기 2080년. 사우디아라비아의 네푸드 사막에 위치한 '인류진화센터'의 초극미 연구실.

초초(超超)의 얼굴은 귀엽다.

두꺼운 방탄유리 너머 축구장만한 공간을 휘감은 웅장한 튜브형 몸체와는 달리 실험실 의자 앞에 내민 초초의 얼굴에는 코처럼 생긴 접안렌즈가 귀엽게 돌출해 있고 그 위에 붙은 동그란 모니터 두 개는 착한 소년의 눈처럼 생겼다. 한동안 초초의 코에 눈을 대고 있던 신가람 박사가 마침내 고개를 들었다. 각지고 과묵해 보이는 얼굴에 미소가 나타났다. 곁에서 숨죽이고 지켜보던 실험 동료이자 아내인 최고운 박사가 조심스레 입을 뗐다.

"어때요?"

고개를 돌린 신박사는 아내에게 접안렌즈를 내주며 말했다.

"당신이 직접 한번 봐요."

최박사는 초초의 접안렌즈로 눈을 가져갔다. 그녀의 어깨 위에 앉아 있던 폭키가 쪼르륵 등을 타고 내려와 친구인 몽그 곁에서 귀엽게 최박사를 바라보았다. 둘 다 요즘 유행하는 합성 애완동물들이다. 폭키는 귀 큰 사막여우의 얼굴에 날렵한 원숭이의 몸을 가졌고 몽그는 반대로 원숭이의 얼굴에 강아지의 몸을 가졌다. 어떨 땐 서로 대화가 통하는 게 아닐까 싶을 만큼 둘은 최박사를 잘 따랐다.

신박사의 실험이 여기까지 진행될 수 있었던 것은 순전히 초초(超超) 덕분이었다. 과학이 발달하면서부터 인간은 거대 우주에 대한 탐구심 못지않게 극소의 세계를 향한 열정을 불태워 왔다. 그 결과 더 이상 분리될 수 없는 궁극의 입자라고 믿었던 원자핵이 다시 소립자에서 그보다 더 작은 쿼크 단위로 쪼개진지 벌써 100년도 넘었다. 하지만 쿼크 단위 이후로도 극소입자들이 수백 번 이상 더 분할이 가능하다는 것을 구체적으로 확인시킨 것이 바로 이 초극미 현미경 욕토(yocto) 초초였다. 백만분의 일의 기술 즉 마이크로에서 시작된 미시 탐구 능력은 이후로 나노, 피코, 펨토를 거쳐 도저히 넘을 수 없다고 여겨졌던 100경분의 1단위인 아토와 10해분의 1단위인 젭토를 지나 마침내 욕토(10의 -24승) 단위로 사물을 관찰할 수 있는 기술에 도달했다.

이 기술의 첨단 결집체인 현미경 초초는 과거 육안으로 확인이 불가능했던 극미의 입자들의 형태와 그 빠른 운동들을 절대 온도에 가까운 초저온으로 고정시키고 다시 인공지능 컴퓨터를 사용하여 다각도로 촬영해서 명료한 3차원 입체 영상으로 관찰할 수 있게끔 해 준다. 전 세계 각 분야의 일류 과학자들이 오랜 세월에 걸쳐 이루어낸 과학의 쾌거였다.

초초에 눈을 댄 최박사의 얼굴에도 희색이 돈다. 지금까지 진행되어 온 연구에 드디어 일차 결론을 내릴 수 있는 순간이었다. 3년 전부터 사우디아라비아 사막 한구석에 자리 잡은 이 인류진화센터에서 코리아의 신가람, 최고운 부부를 중심으로 한 과학자 팀은 색다른 연구를 진행시키고 있었다. 기원전 4세기에 레우키포스와 데모크리토스에 의하여 더 이상 쪼개지지 않는 원자라는 개념이 처음 대두된 이후, 과연 물질의 원초적 기본 단위가 무엇일까 하는 궁금증을 초초라는 천리안의 발명을 계기로 해결해 보기 위해서 본격적으로 구성된 연구팀이었다.

그들은 3년간에 걸쳐 약 7,000여 종의 샘플 실험을 하면서 한 가지 희귀한 발견을 해냈다. 실험은 처음에 생물체 샘플과 무생물체 샘플 그리고 인간 세포 샘플로 나뉘어 진행되었다. 그러다가 인간 세포의 핵을 분할하여 원자들 단위까지 접근한 후 잠재적인 에너지 수치를 측정하는 특수 광선을 원자들 속에 쪼였을 때, 다른 샘플들과는 달리 엄청난 자체 에너지 수치를 나타내는 슈퍼 원자가 인간 세포 핵 속에 반드시 하나씩 존재함을 발견했다. 연구팀은 이 원자를 '코어 아톰'이라 명명하고 다시 이를 집중적으로 쪼개 나갔다. 양성자, 중성자, 쿼크 그 이후로도 입자는 계속 분할되어 갔다.

이 과정 속에서도 역시 다른 조각들에 비해 월등히 에너지 수치가 강한 핵심 입자 한 개씩이 꼭 나타났다. 신박사 팀은 이 입자들만을 구별하여 계속 정밀 분할해 나가다가 마침내 666번째 입자에 이르렀다. 그러자 입자는 더 이상의 분할을 멈추었다. 초초의 한계인지 아니면 입자 자체가 더 쪼개지지 않는 궁극의 물질인지는 당장 결론내리기 힘들었지만 여하튼 더 이상 쪼개지지 않는 기이한 형태의 입자가 666번째에서 나타난 것이다.

컴퓨터가 형상화한 코어 아톰의 666번째 분할 입자는 트럼프의 스페이드처럼 생긴 일종의 기호화된 나무 형상이었다. 사실 이런 모습은 에너지 수치가 두드러지지 않는 다른 일반 인체 세포핵의 분할에서도 비슷하게 나타났다. 하지만 코어 아톰에서 분할된 입자는 내용이 전혀 달랐다. 다른 샘플들이 그저 속이 빈 스페이드 형태였다면 코어 아톰에서 나온 입자들은 내부에 뭔가를 품고 있었다. 연구팀은 그 입자 내부를 초점 무한 반복 기술과 욕토의 속도로 깜박이는 분광 카메라를 사용하여 연속 확대 촬영하였다. 그러자 내부의 형태가 점점 명확해졌다.

　스페이드는 상단부와 하단부로 나뉘어 있었다. 그런데 이 두 부분 속에는 자그마한 조각들이 각각 하나씩 들어 있었다. 상단부에는 부채꼴 모습의 작은 조각이, 그 아래쪽 줄기 부분에는 마치 윗부분의 부채꼴이 쏙 잘려 나간 것처럼 이 빠진 원이 하나 들어 있었던 것이다. 두 사람은 이 원에게 팩맨이라는 별명을 붙였다. 이가 빠진 원의 모습이 마치 대학 교양 과목인 〈컴퓨터의 역사〉 교과서에 실린 과거 인기 게임 목록의 팩맨(Pack-man) 모습과도 같았기 때문이었다.

　그런데 이파리와 줄기로 상하 분리되어 있는 두 조각 사이에는 기이한 벽이 하나 가로막혀 있었다. 두툼한 깃털 재질로 보이는 그 벽은 좌우 대칭으로 날개처럼 펼쳐져 있었다. 입자 전체 규모에 비해 상당히 두꺼운 편이었다. 윗부분의 부채꼴 조각은 중간에 얌전히 고정되어 있는데 반하여 아래 부분에 있는 이 빠진 원은 위에 매달려 있는 자신의 잃어버린 조각과 마치 하나 되기를 소망하듯 중간에 가로막힌 날개벽에 자주 몸을 부딪치며 절대 온도에 가까운 초저온의 영향을 무시하고 입자 속을 유영하고 있었다.

이런 결과는 수백 번의 다양한 인체 샘플 실험에서도 똑같이 확인되었다. 백인, 흑인, 황인종에 이르기까지 거의 모든 샘플에서 동일한 결과가 나타난 것이다. 마침내 그들은 최종적으로 아프리카와 아마존의 오지에 여전히 존재하는 원시 부족들의 희귀한 세포 샘플 10가지를 추가로 실험해 보았다. 그리고 지금 그 마지막 결과를 확인하는 중이었다.

최박사가 마침내 렌즈에서 고개를 들었다. 역시 문명의 혜택을 얻지 못한 인간들의 샘플에서도 동일한 결과가 나타났다. 1898년 퀴리 부부가 처음 폴로늄을 발견했던 그 밤처럼 두 사람은 조용히 손을 마주잡았다. 1차 실험은 확실히 성공한 것 같았다. 어쩌면 엄청난 물질을 발견한 것일지도 모른다는 기대 때문에 두 사람의 가슴은 벅차올랐다. 그것은 인간 세포 속에 들어 있는 생명의 본래 씨앗, 즉 삶과 죽음의 신비를 담고 있는 근원 물질에 도달한 것이 아닐까 하는 것이었다.

이런 기대 속에서 진행된 2차 실험은 두 사람의 예측이 옳을 가능성을 더 강화시켜 주었다. 최박사의 제안으로 급히 공수해 온 헬라 세포와 디프라 세포에서 어렴풋이 예상했던 현상을 실제로 발견했기 때문이다. 1951년 한 미국 여성의 자궁경부암 조직에서 분리시켜 배양하기 시작한 헬라 세포는 비록 자기 몸의 주인은 오래 전에 죽였지만 스스로는 130년이 넘도록 살아서 생장해 온 세포였다. 대부분의 체세포 수명이 한 달 정도인데 비하면 이 헬라 세포는 거의 불사에 가까운 생명체라고 볼 수도 있다.

헬라 세포보다 훨씬 나중에 채취한 디프라 세포도 마찬가지였다. 2050년에 한 백인 남성의 몸에서 채취한 이 암세포는 현재까지 30년 동안 계속 살아 있는 중이었다. 특히 이 세포는 오래된 헬라 세포보다 월등히 더 강력한 생명력을 보여 주고 있어 관심을 끄는 세포였다. 신박사 팀은 두 샘플을 가지고 다시 실험을 시작했다. 그러자 놀라운 결과가 나타났다. 두 세포의 코어 아톰을 666번 분열시키자 역시 스페이드 모양의 입자가 되었다. 하지만 그 입자들의 내부는 기존의 샘플들과 사뭇 달랐다. 둘 다 날개막의 두께가 마치 털이 빠진 깃털처럼 확실히 얇았던 것이다. 특히 디프라 세포의 날개막은 헬라 세포의 것보다 훨씬 더 가늘어 자칫 막이 찢어질 것처럼 보이기도 했다.

그래서인지 디프라 세포의 날개막은 분리된 두 조각들을 확실히 차단하지 못하고 있었다. 현저하게 가늘어진 날개막을 가운데 두고 아래 위의 두 조각들은 마치 중간에 종이를 끼워 놓고 맞붙여 놓은 두 개의 자석처럼 강하게 결합하려는 것 같았다. 서로 머리를 맞댄 조각들이 상대를 향해 진동을 일으키고 있는 것은 아마도 둘 사이에 엄청난 인력이 작용하고 있음을 나타내는 것이 분명했다.

결국 이 실험은 입자 속에 들어 있는 두 조각이 합체될 때 뭔가 엄청난 일이 일어날 것임을 충분히 예견시켜 주었다. 어쩌면 신박사와 최박사의 기대대로 모든 것이 늙고 죽어가는 이 세상에 영원이라는 개념을 출발시킬 무한 생명 '에너지의 발생'이 일어날지도 모를 일이었다. 신박사는 이 입자에 '엘프(ELF) 666'이라는 명칭을 붙였다. 영원한 생명 열매, 즉 'Eternal Life Fruit'의 머리글자를 딴 것이다. 신박사 팀의 기대대로라면 엘프 666은 모든 인간의 근본에서 생명의 씨앗을 품고 있는 물질일 것이다. 만약 그렇다면 인류는 드디어 영생의 신비 직전까지 걸음을 옮기게 된 것이다. 유한한 인간은 이제 곧 영생을 누리는 신적인 존재로 변화하여 마침내 인간 진화의 최종 목표 직전까지 도착한 것일지도 모른다.

하지만 문제는 그 두 조각을 가로막고 있는 입자 내부의 날개막이었다. 아무리 해도 그 막을 부술 방법이 없었다. 디프라 세포 속에 있는 현저히 얇은 막도 마찬가지였다. 엘프 666 자체가 더 이상 쪼개지지 않는다는 것은 그 날개막 또한 부수기가 거의 불가능하다는 것을 의미한다. 신박사 팀은 초초의 출력을 최고도로 하여 연쇄적인 반응들을 계속 일으켜 보았지만 엘프 666은 끄덕도 하지 않았다.

결국 엘프 666 내부의 팩맨 조각 맞추기 작업은 좀 더 시간을 두고 연구해야 할 과제라는 결론과 함께 신박사 팀은 연구를 그쯤에서 일단락지었다. 쉼 없는 연구에 팀원들 모두 너무 지쳤을 뿐 아니라 이미 1년 전에 내놓았어야 할 자신들의 연구 진행 상황에 대해 지금껏 아무런 발표도 하지 않아서 각국 스폰서들의 성화가 거세지고 있었기 때문이었다. 다음번 실험에 들어갈 천문학적인 연구비 조달을 위해서도 이제는 일단 엘프 666의 발견을 세상에 알리는 것이 옳았다.

2. 휴가

 각국을 대표하는 과학자들과 세계의 돈줄을 움직이는 기업가들 앞에서 실시된 신박사 부부의 브리핑은 큰 박수와 함께 끝이 났다. 많은 기업들이 즉석에서 2차 실험을 위한 연구비 지원을 약속했다. 하지만 브리핑을 마친 신박사 부부는 신속히 연구소의 비행장으로 달려가고 있었다. 너무 지친 상태라 한 달간의 휴가를 가지기로 한 것이다.
 소형 비행선이 천천히 이륙하기 시작하자 푸짐한 몸집의 연구 소장 프랭크와 자신들의 수석 조수인 파이프 담배 매니아 패스트 박사가 아래에서 손을 흔들었다. 공항에 도착하면 특별히 마련된 초고속 제트기가 기다리고 있고 한국까지 2시간 정도면 도착할 것이다. 조국을 떠나온 지 벌써 3년. 강원도 치악산 골짜기에서 옛 모습 그대로 소박하게 사시는 아버지와 형님 가족들의 모습이 눈에 삼삼했다. 게다가 찌는 듯이 더운 사막과는 달리 아마도 지금쯤 조국에서는 스키를 탈 수 있을지도 모른다. 지속적인 온난화 때문에 지금은 한국도 겨울이 거의 사라지긴 했다. 하지만 1월 초에서 중순까지 약 2주 정도 영하로 내려가는 한파가 몰려오면 잠깐 눈이 올 확률은 있다. 그러면 실내의 답답한 시뮬레이터가 아니라 스키장에서 진짜 스키를 탈 수도 있을 것이다. 오늘은 2080년 1월 7일. 조국이 흰 눈으로 덮여 있었으면 좋겠다.

"여보, 이것 좀 드세요."
아내가 다가와 코냑 잔을 내밀었다. 독한 향기와 함께 목구멍을 강하게 자극하는 액체를 삼키자 몸이 나른해졌다. 아내도 잔을 들고 곁에 앉았다. 한동안 쏜살같이 지나가는 창밖을 바라보던 신박사가 아내 쪽을 향해 입을 열었다.

"여보, 사실은 좀 불안하오."
"뭐가요?"
"우리가 발견한 스페이드 마크. 그거 좀 불길해 보이지 않소? 옛날 러시아의 푸쉬킨도 스페이드의 여왕은 불길하다고 했지 않소."
"에이, 당신은 무슨 케케묵은 고전 문학 타령이세요. 염려 말아요. 푸쉬킨은 이런 시도 썼어요. 삶이 그대를 속이더라도 슬퍼하거나 노여워 말라. 슬픈 날엔 참고 견디라 즐거운 날이 오고 말리니……, 그동안 우리가 참고 인내한 덕분에 드디어 즐거운 날이 오는 것인데 뭘 그리 불안해하세요."
"하지만 만약 우리가 그 입자 속에 들어 있는 조각들을 끼워 맞춰 완전한 원이 되게 한다면 어떤 일이 벌어질까? 과연 영원불멸하는 신세포가 탄생하게 될까?"
"아마도 그렇지 않을까요?."
"그럼 인간에게 영생의 길이 열리는 건가?"

"글쎄요. 앞으로 인간 개개인의 세포 속에 들어 있는 수많은 엘프들의 벽을 어떻게 깨뜨릴지는 더 연구해 봐야겠지만 필경 그렇게 될 거라 예상하고 있잖아요."

"하지만 그게 좋은 일일까?"

"……,"

신박사의 엉뚱한 질문에 아내가 침묵했다. 지금껏 과학자로서 새로운 난제를 발견하고 해결해 나가는 것은 당연한 도전이고 의무라고만 생각했었다. 그 과정에서 얻은 결과가 인간에게 득을 끼칠 것인지 해를 끼칠 것인지를 고민하는 것은 사실 이차적인 문제였다. 하지만 자신의 연구가 인류에 가져 올 영향력이 너무 클 것이라고 생각하자 알지 못할 두려움이 신가람 박사에게 엄습해 온 것이다. 잠시 침묵하던 아내가 다시 입을 열었다.

"여보. 우리는 지금 옳은 일을 하는 게 맞아요. 생명의 신비를 밝히는 것은 인간의 가장 궁극적인 소망이잖아요. 우린 지금 인류 전체가 소망하던 경지에 구체적인 첫걸음을 내디딘 것이죠. 축하할 일이 분명해요."

아내의 말에 신박사는 미소를 지으면서 고개를 끄덕였다. 하지만 마음 한 구석에 드리운 불안한 그림자는 여전히 가시지 않았다.

한국의 날씨는 영상 10도. 기대보다 따뜻했다. 트랩을 내려와 공항을 빠져나가려는데 어디선가 카메라 플래시들이 퍽퍽 터졌다. 비밀리에 귀국한 것이었지만 어느 틈에 알았는지 기자들이 몰려 온 것이었다. 21세기 말엽, 한국의 아니 세계 최고의 과학자로 손꼽히는 부부였기에 이 정도의 관심은 당연한 것인지도 모른다. 하지만 두 사람은 인터뷰 요청을 정중히 거절하고 바삐 공항을 빠져나갔다. 엘프 666은 아직 결론이 나지 않은 실험이었기 때문이었다.

기자들을 피해 급히 공항 문을 나서자 갑자기 공중에서 날렵한 비행선 하나가 수직으로 낙하하듯 떨어지더니 두 사람 앞에 사뿐히 멈췄다. 조종간을 잡은 한복 스타일에 긴 꽁지머리를 한 젊은이가 두 사람에게 손짓하며 말했다.

"삼촌, 빨리 타세요."

두 사람이 서둘러 뒷자리에 올라타자 젊은이는 꽉 잡으라는 말과 함께 조종 핸들을 확 잡아당겼다. 뾰족한 비행선의 머리가 거의 수직으로 들리는가 싶더니 눈 깜짝할 사이에 공중으로 치솟았고 기자들은 미처 비행선의 번호판도 확인하지 못한 채 신박사 부부를 놓치고 말았다.

"나래야. 이젠 됐다. 좀 천천히 가자."

나래라는 젊은이는 뒤를 한 번 돌아보더니 그제야 음속 가까이 달리던 속도를 줄였다. 최고운 박사의 얼굴이 노랗다. 신박사는 아내의 등을 쓸어 주면서 말했다.

"나래 너 하나도 안 변했구나. 산골에서 살면 좀 느긋해질 줄 알았는데."

"아이참, 삼촌도. 타고난 성격이 어디 가나요? 하하하"

호탕하게 웃는 이 젊은이는 신박사의 조카 그러니까 형님의 아들이었다. 수송 공무원으로 도심에서 대형 셔틀 비행선을 운전하다가 5년 전 부모님과 함께 할아버지가 계신 산골로 들어갔다. 물론 형님이 강권해서 데려간 것이었다. 1790년 조선 정조 14년 때 왕명으로 체계화된 한국 정통 무예인 궁중 무술의 명맥을 잇기 위해서였다. 형님과 형수님은 오랫동안 궁중 무술을 연마해 온 사람들로 국가가 인정하는 기능 보유자들이었다. 하지만 태권도나 쿵푸, 가라데 등의 위세에 눌려 별 인기를 얻지 못하던 궁중 무술은 자칫 대가 끊어질 위기에 놓여 있었다.

나래도 어린 시절엔 부모님 도장에서 궁중 무술을 익히며 자랐지만 점점 싫증을 내다가 결국 자기 고집대로 비행선 조종사가 되었다. 하지만 형님 부부는 자칫 대가 끊길지도 모르는 궁중 무술을 본격적으로 아들에게 전수해 주어야 한다는 생각에 나래를 강권해서 아버지가 사시는 치악산 깊은 계곡으로 들어가 무술을 연마시키기 시작했다. 처음에 완강히 거부하던 나래도 피는 못 속이는지 점점 무술 연마에 빠져 들었고 타고난 소질로 지금은 상당한 고단자의 경지에 올랐다는 소식을 최근에 형님으로부터 받았었다.

비행선 아래로 내려다보이는 풍경은 여전했다. 모래 뒤로 이글거리는 태양만 바라보고 산지 벌써 3년째. 하지만 조국의 산과 강은 가슴이 울컥 하도록 아름다웠다. 굵직한 남한강 상류를 넘어가니 어느새 가느다란 섬강이 멀리 보였다. 어린 시절 아버지와 형님과 함께 섬강에 몸을 담그고 플라이를 던지던 추억이 떠올랐다. 비행선은 섬강을 뒤로 하고 치악산 골짜기로 날아갔다. 산 정상들에는 흰 눈이 희끗희끗 쌓여 있었다. 계곡 사이로 한참 날아 들어가니 첩첩 산중에 볕이 따사한 너른 마당 하나가 나타났다. 나래는 능숙한 솜씨로 마당 중간에 비행선을 착륙시켰다. 이미 무선으로 연락 받은 아버지와 형님 부부가 마당에 나와 반갑게 신박사 내외를 맞아 주었다.

도대체 얼마만의 휴식인가? 대부분의 산들이 넘쳐나는 인구로 개발되고 깎여 갔지만 치악산을 비롯한 몇몇 깊은 산들은 개발이 금지되어 옛 모습을 그대로 유지하고 있었다. 예전과 다름없이 깨끗한 강원도의 물과 공기. 게다가 기대했던 대로 가까운 스키장도 개장한 상태였다. 신박사 부부는 모처럼 만에 스키를 즐기면서 편안한 휴식을 만끽했다. 아침저녁으로 산중턱을 뛰어다니며 무술을 연마하는 형님네 가족들의 기합소리와 함께.

그렇게 1주일의 시간이 흘렀다. 어느 날 아침 기분 좋게 늦잠을 자고 일어난 신박사는 아래층에서 감미로운 노래 소리가 들려오는 것을 깨달았다. 아내는 벌써 아래층으로 내려간 상태였다. 옷을 갈아입고 계단을 내려가는데 식구들이 거실 소파에 둘러 앉아 뭔가를 주목하고 있었다. 거실에는 화려한 오케스트라 연주음과 함께 힘찬 남성 테너의 독창이 울려 퍼지고 있었다. 신박사는 그 노래가 레온 카발로의 오페라 팔리아치 중의 백미인 광대의 노래 "의상을 입어라"임을 곧 알아차렸다.

신박사 부부는 둘 다 고전 오페라 매니아였다. 아름다움을 추구하기보다는 아름다움을 조롱하고, 가벼운데 쓸데없이 난해한 현대 음악보다는 깊고 진중한 멋이 우러나는 옛날 오페라들이 두 사람의 체질에 맞았기 때문이다. 특히 1892년에 이탈리아에서 초연된 이 비극적인 오페라 팔리아치를 신박사 부부는 아주 좋아했다. 거듭되는 연구로 머리가 아플 때면 아내와 함께 방에서 입체 영상으로 펼쳐지는 오페라 객석에 앉아 이 아리아를 듣곤 했다.

그런데 지금 아래층에서 노래하는 가수는 누군지 금방 알기 어려웠다. 오래 전부터 마리오 델 만코, 루치아노 파바로티 등에서 시작하여 현대의 수많은 명가수들도 이 노래를 불렀지만 그들보다 더 깊은 음색을 보여 주고 있는 이 테너는 누구인가? 거실 바닥에 설치된 3차원 입체 영상 프로젝터가 360도로 생생한 영상을 뿜어내며 오페라 극장 분위기를 만든 가운데 식구들은 무대에서 노래하는 광대 차림의 키 작은 배우에게 주목하고 있었다. 가만히 보니 그 가수는 놀랍게도 엔리코 카루소였다.

19세기 말에서 20세기 초에 걸쳐 세계 최고의 테너로 알려진 카루소. 하지만 그의 음반들은 대부분 너무 과거에 녹음되어 음질이 형편없었다. 게다가 몇몇 사진들 이외에 실제 그의 공연 영상이 담긴 것은 1918년의 흑백 무성영화 "마이 이탈리안 커즌"(My Italian Cousin)에서 카루소가 입만 벙긋거리며 출연했던 것이 거의 유일했다. 그런데 지금 총천연색 광대 옷을 입은 엔리코 카루소가 생생한 질감의 입체 영상으로 살아와 완벽한 음질로 노래하고 있는 것이었다. 신박사가 곁에 앉자 아내가 고개를 돌리더니 웃으며 허공 아래쪽을 가리켰다. 거기엔 이런 자막이 흐르고 있었다.

2080년 PPP스튜디오의 최첨단 기술력이 또다시 놀라운 일을 해냈습니다. 20세기 최고의 테너 엔리코 카루소의 공연 장면이 담긴 과거 흑백 영상을 소스로, 그의 모든 모션과 칼라를 입체로 완벽 재연하고 목소리도 깨끗한 음질로 복원하여 그의 입에 정확히 담아내었습니다. 그러므로 지금 여러분은 130년 전인 1919년의 엔리코 카루소의 진짜 모습을 보고 계신 것입니다.

자막 아래로 가사 내용도 함께 흘러가고 있었다.

나의 마음은 애달파 대사와 연기를 모두 잊었네.
하지만 공연은 해야지. 아! 이게 사람인가?
하하하하……, 그대는 광대일 뿐.
의상을 입고 또 분장을 하여라.
저 사람들을 즐겁게 웃겨라.
네 사랑이 널 두고 도망쳐도…….

극단의 광대였던 카니오는 아내의 부정을 알고도 무대에서 여전히 광대로 관객들을 웃겨야만 했다. 그 아픈 심정을 노래한 것이 이 아리아 '의상을 입어라'였다. 결국 나중에 카니오는 공연 도중 아내와 정부를 실제로 죽이고 만다. 그래서 최박사는 남편과 함께 이 아리아를 들을 때마다 만약 자기가 배신해도 카니오처럼 죽일 거냐고 농담을 하곤 했었다.

꿈결 같은 아리아의 피날레가 지나가자 아버지가 신박사를 보더니 웃으며 입을 열었다.

"그 사람 정말 노래 잘 하는구나."

그 말에 아내인 최박사가 약간 들뜬 목소리로 말했다.

"아버님 그렇죠? 제가 작년에 PPP에서 이 작업을 한다는 소식을 듣고는 이 영상을 얼마나 기다렸는지 몰라요."

카루소의 모습이 완전히 사라지자 곧이어 잡다한 광고들이 허공에 나타나기 시작했다. 아버지는 리모컨을 들어 영상을 끄려 했다. 헌데 잠시 후 뭔가 색다른 것을 발견했는지 레이저 리모컨을 광고

밑으로 천천히 지나가는 한 뉴스 기사에 맞추고는 클릭을 했다. 대한민국 공영 방송에서 나오는 최신 뉴스였다. 낭랑한 목소리의 여자 아나운서가 데스크에 앉아 이런 소식을 전했다.

"대한민국뿐 아니라 온 세계가 축하할 소식 한 가지를 전하겠습니다. 한국이 낳은 세계적인 과학자 신가람, 최고운 박사 부부의 연구에 대한 소식이 금번 《리턴투에덴》지에 실렸습니다. 모두들 아시겠지만 《리턴투에덴》지는 세계 최고의 과학 저널입니다. 그런데 그 내용이 놀랍습니다. 신가람, 최고운 박사팀은 인간 세포 속에 숨겨져 있는 영생 불사의 코드를 발견했다고 합니다. '엘프 666' 이라고 이름 붙여진 이 물질에 대해, 자세한 사항은 아직 완전히 공개되지 않았지만 만약 연구가 제대로 진행된다면 인간의 몸이 불노불사의 영생체로 변화시킬 힘을 가지고 있을지 모른다고 합니다. 만약 그렇게 된다면 인류는 마침내 죽음을 이기고 영생을 누리는 기적적인 단계로 돌입하게 될 것 같습니다. 정말 기쁜 소식이 아닐 수 없습니다."

뉴스가 진행되는 동안 신박사는 기분이 좀 얼떨떨했다. 프랭크 소장이 이렇게 빨리 연구 결과를 발표할 줄 몰랐기 때문이었다. 하지만 눈이 동그래져서 자신을 쳐다보는 아버지와 형님 부부에게 뭔가 뿌듯한 기분도 들긴 했다.

"가람아. 저 말이 사실이니?"

형님의 질문에 신박사는 어색한 미소를 띠면서 고개를 끄덕였다. 이제 좀 쑥스러운 칭찬이 시작되면 어떤 표정을 지어야 하나. 하지만 잠시 후 이어진 아버지의 말씀은 좀 싸늘했다.

"너는 왜 인간에게 영생이 필요하다고 생각하니?"

뜻밖의 반응에 신박사는 조금 당황했다. 곁에 앉은 최박사의 얼굴에도 곤란한 빛이 돌았다. 아버지는 말을 끊더니 다시 레이저 리모컨을 작동하였다. 입체 화면 우측 상단에 있는 즐겨 찾기를 여니 '임아름 박사의 종교 철학 특강'이라는 제목과 함께 여러 개의 항목들이 주욱 나타났다. '유교적 관점에서 본 인간 윤리', '불교가 말하는 인간', '바이블이 말하는 인류의 미래', '코란과 이슬람 문화' 등등. 아버지는 세 번째에 위치한 '바이블이 말하는 인류의 미래'라는 항목을 클릭했다. 그러자 거실은 오페라 극장에서 순식간에 아담한 강연장으로 변했다. 곧이어 요란한 박수 소리와 함께 정면에 놓인 자그마한 강단으로 한 젊은 남자가 올라섰다. 임아름 박사였다.

개인적인 친분은 없어도 신박사는 임박사를 익히 알고 있었다. 인문학 분야에 해박한 지식을 가지고 앞으로 다가올 인류의 미래를 예측하는 세계적인 미래학자였다. 일곱 살 때 이미 공자와 맹자를 읽고 칸트와 슐라이에르마허를 이해했다는 철학과 종교학의 신동이었다. 이후로 세계의 수많은 종교와 철학을 두루 섭렵한 임박사는 스물다섯에 동양 철학과 서양 철학 그리고 비교 종교학 분야에서 세 개의 박사 학위를 얻었고 자연과학 분야의 신박사와 함께 한국을 대표하는 학자로 자리매김을 했다. 특히 그의 핵심을 찌르면서도 부드럽고 자상한 달변은 매우 유명해서 인터넷의 자동 더빙 프로그램을 통하여 세계 곳곳에서 자주 방영되었다.

"아버지. 갑자기 웬 철학 강의를 트세요?"

"가만 있어 봐라. 이건 며칠 전 내가 인상 깊게 들은 강연인데 아무래도 니들이 한 번 들어 볼 필요가 있을 것 같다. 그러니 잠깐 앉아서 시간 좀 내거라."

일생을 공무원으로 꼿꼿하게 살아오신 아버지가 단호히 말씀하면 아무도 거역할 수 없었다. 신박사 부부는 자세를 고쳐 앉아 영상 속에 나타난 임아름 박사의 얼굴을 바라보았다. 사회자의 소개에 이어 곧 강연이 시작되었다. 임박사는 노련한 강사답게 몇 가지 농담으로 좌중의 분위기를 부드럽게 만들고는 이렇게 강연을 이어갔다.

"지난주에는 불교가 말하는 인간에 대해서 말씀드렸지요. 잠깐 복습을 해 봅시다. 불교는 인간을 상당히 긍정적으로 바라보는 종교라고 말씀드렸습니다. 비록 불교가 인간의 삶을 고통이라고 정의하지만 인간 자체는 무척 긍정적인 존재로 해석합니다. 인간이 부처라는 최고의 경지에 도달할 수 있다고 가르치니까요. 그런데 이에 반해서 기독교는 전혀 반대의 가르침을 가지고 있습니다. 흔히 기독교가 긍정적인 사고방식을 주장하는 것처럼 보는 시각이 있는데 바이블을 꼼꼼히 연구해 보면 그건 사실과 다릅니다. 물론 한때 기독교 특히 개신교 안에 파지티브 씽킹, 즉 긍정적인 사고방식의 강조가 유행한 적도 있었습니다. '하면 된다', '할 수 있다' 라는 말이 교회 안에 자주 울려 퍼졌고 신도들이 자기 개개인의 사적인 문제에 이 사고방식을 아낌없이 적용했지요.

이를 통해서 교회들은 큰 호응을 얻고 엄청난 부흥을 이루었습니다. 하지만 이런 분위기가 이어지자 교회는 점점 무속적인 신앙과 접목되어 갔습니다. 우리 한국만 해도 2060년경까지 곳곳의 교회 게시판에 질병 치료를 위한 기도는 얼마, 수험생을 위한 기도는 얼마 하는 식의 가격표가 달려 있었으니까요. 그러다가 개신교는 2069년에 역사적인 두 번째 종교개혁을 가졌습니다. 이 개혁을 통해서 나온 개신교의 핵심 고백이 바로 '솔라 스크립투라' 즉 '오직 성경만으로'입니다. 과거 16세기 초반에 마틴 루터가 목숨 걸고 강조했던 것을 550여년 만에 다시 한 번 강조하기 시작한 것이지요. 그리하여 개신교는 마침내 개인적인 복에 치중하는 무속적인 '하면 된다'를 버리고 바이블의 핵심 속에 존재하는 인간의 본질을 고백하기 시작했습니다.

그것이 바로 방금 말씀드린 부정적인 인간관 즉 인간은 죽어 마땅한 죄인이라는 가치관입니다. 불교가 인간을 스스로 부처에 도달할 수 있는 존재로 보는 반면 기독교는 인간이 스스로는 절대 회복이 불가능한 죄인이라고 강조합니다. 물론 저는 기독교인이 아니지만 제가 지금까지 바이블을 연구해 본 관점에서 개신교의 두 번째 종교개혁을 평가하자면 개신교는 정확하게 바이블의 핵심을 찔렀다고 생각합니다. 실제로 신약 성경의 절반 이상을 기록한 바울도 인간을 일차적으로 '죽어야 할 죄인'이라고 정의하고 있지요.

물론 바울의 몇몇 성경 구절들은 긍정적인 사고방식들을 묘사하고 있는 것 같기도 합니다. 그래서 아직 일부 도심에 남아 있는 교회들에서는 여전히 자신들을 긍정적인 종교라고 주장합니다. 신약성경에 이런 구절도 나오니까요. '내게 능력 주시는 자 안에서 내가 모든 것을 할 수 있느니라(빌 4:13).' 하지만 이것은 당시 바울이 당했던 '핍박과 고난'이라는 정황에서 나온 말들로 앞뒤를 잘 읽어 보면 과거에 교회가 강조했었던 개개인이 잘되기 위한 '하면 된다'가 아니라 힘들고 어려운 일이 왔을 때 잘 참아 낼 수 있음을 강조하는 소극적 파지티브 씽킹이었습니다. 결국 이런 것들은 냉정한 시선으로 평가할 때에 바이블이 인간 자체 속에 있는 가능성들을 상당히 부정적으로 보고 있음을 엿보게 하는 것들입니다. 오직 누군가를 죽도록 믿고 의지해야만 구원을 얻을 수 있는 인간, 어찌 보면 퍽 의존적인 사고방식을 갖고 있는 것이지요."

신박사에게 약간 흥미가 생겼다. 그의 말대로 과거에는 한국의 도심 곳곳에 수많은 빨간 십자가들이 있었다고 한다. 하지만 지금은 그 상당수가 산속이나 전원으로 들어갔고 오히려 산에 있던 불교의 절들이 인구 밀집 지역으로 속속 내려와 세워져 있었다. 한동안 세상의 주류 종교로 행사하던 기독교 특히 개신교는 2069년에 또 한 번의 종교개혁을 맞이한 이후로 갑자기 부정적인 태도를 세상에 보여 주기 시작했고 이 때문에 이전과 달리 상당히 뻐딱한 관점을 가진 종교로 인식되어 가고 있었다. 따라서 현재는 과거 수십억 명에 달했다는 개신교도의 수가 5분의 1이상으로 현저히 줄어든 상황이었다.

"어쩌면 이런 기독교의 개혁은 자기들의 주인인 예수의 삶을 제대로 따른 것이라고 볼 수도 있습니다. 기독교 신앙의 핵심 대상인 예수도 세상에서 시대를 비판하던 이단자로 삐딱한 삶을 살다가 결국 사람들에게 배척받고 죽임을 당했지요. 예수 이후로 기독교를 세우는데 앞장섰던 그의 제자들과 바울도 거의 모두 끔찍한 사형으로 최후를 맞이했고요. 이런 것들은 기독교의 사상이 세상의 사상과 잘 맞지 않는 부분이 항상 있어 왔기 때문이라고 해석할 수 있습니다.

여기서 한 걸음 더 나가 보면 기독교는 인간 자체 뿐 아니라 인류의 역사에 대해서도 매우 부정적입니다. 불교가 힌두교에서 발전한 윤회 사상을 이어받아 역사를 순환적으로 해석하는 반면 기독교는 세상과 인간의 역사를 직선적이고 일회적인 관점에서 해석합니다. 즉 세상 역사에는 시초가 있었고 언젠가는 역사의 종말을 맞이하게 될 것이라는 사상입니다. 그들은 역사의 종말이 이르면 마침내 기독교인들의 신앙의 대상인 예수의 나라가 도래한다고 주장합니다. 한마디로 종말적인 역사관이지요. 좀 거칠게 말하자면 인간 자체 속에는 희망이 없으므로 인간은 죽고 망해야 희망이 있다는 주장입니다.

기독교의 이런 관점은 일반적인 시선으로 볼 때 상당히 비관적입니다. 그래서인지 일부 급진적인 기독교 단체들은 인류 속에 일어나는 이른바 불로장생을 위한 노력들을 부정하면서 생명 공학 분야에 사사건건 시비를 걸고 있습니다. 예를 들면 요즘 한국의 기독교 단체들은 최근에 허가가 내려진 대체 장기 제조 공장을 폐지하라고 강력히 주장하고 있습니다. 개인의 장기를 성장시키는 자기 복제체가, 비록 뇌 없이 몸만 존재한다고는 하지만, 뇌가 없다고 해서 그 존재를 물건처럼 보고 심장과 콩팥이나 간을 마구 꺼내 쓸 수 없다는 것이지요. 이런 태도는 흔히 인간의 존엄성이라는 측면에서 해석되지만 한 걸음 더 깊이 들어가 보면 그 근본에 종말론적인 입장이 깊게 관여하고 있음을 알 수 있습니다. 즉 죽을 수밖에 없는 죄인이 스스로의 힘으로 영원한 생명을 추구하는 것 자체가 바이블의 가르침에 위배된다는 것이지요."

영원한 생명이라는 말에 신박사는 귀가 번쩍 뜨이면서 강의에 더 몰입하기 시작했다.

"사실 이런 입장은 바이블의 첫 권인 창세기에서 나온 것입니다. 제가 여러분께 바이블의 구절 하나를 소개해 보겠습니다. 잘 들어보세요."

곧이어 그는 창세기의 한 구절을 읽기 시작했다. 그의 목소리와 함께 창세기의 구절이 또렷한 문자로 허공에 나타났다. 이런 내용이었다.

> 여호와 하나님이 이르시되 보라 이 사람이 선악을 아는 일에 우리 중 하나 같이 되었으니 그가 그의 손을 들어 생명나무 열매도 따먹고 영생할까 하노라 하시고 여호와 하나님이 에덴 동산에서 그를 내보내어 그의 근원이 된 땅을 갈게 하시니라. 이같이 하나님이 그 사람을 쫓아내시고 에덴 동산 동쪽에 그룹들과 두루 도는 불 칼을 두어 생명나무의 길을 지키게 하시니라(창 3:22-25)

"기독교에 따르면 세상을 창조한 신은 인간이 죄를 지었을 때 '너는 흙이니 흙으로 돌아갈 것이니라(창3:19)'고 명하였습니다. 이때부터 인간은 죽음을 피할 수 없는 운명이 되어버렸습니다. 더 나아가 피해서도 안 되는 입장이 되고 만 것이죠. 신약성경에 보면 '한 번 죽는 것은 사람에게 정해진 것이요 그 후에는 심판이 있으리니(히 9:27)'라는 구절이 나옵니다. 인간은 불로장생을 하려고 하기보다는 겸허히 죽음을 받아들이고 오히려 죽음 이후에 만날 신의 심판을 더 깊이 의식하면서 살아야 한다는 것입니다.

이런 차원에서 보면, 최근 다시 냉동인간이 된 퍼먼트 회장 같은 경우는 바이블의 입장에서 매우 이단적인 사람이 되고 맙니다. 퍼먼트 회장 아시지요? 21세기 초엽에 신장암 말기로 사형선고를 받았던 세계 최고의 갑부 퍼먼트. 그는 죽기 직전인 2027년에 77세의 나이로 냉동인간이 되었었습니다. 이후 암이 완전 정복된 49년 뒤, 즉 2076년에 퍼먼트는 다시 깨어나 자신의 신장암을 고쳤습니다. 하지만 자식들도 다 죽은 상태에서 홀로 깨어난 그는 불과 4년을 더 살다가 어제 밤 그러니까 그간의 냉동기간을 빼고 총 82세의 나이로 다시 두 번째 냉동 상태에 들어갔다고 합니다. 첨단 의료기기인 죽음 예측기가 그에게서 빠르면 일주일 이내에 노화로 인한 심장 마비 사망의 징조를 알려 주었기에 재빨리 선택한 방법이었습니다. 두 번째 냉동에 들어가기 직전 그는, 앞으로 과학이 죽음을 이겼을 때 다시 깨어나서 영원한 삶을 살겠다는 말을 남겼답니다."

    신박사는 깜짝 놀랐다. 휴가랍시고 외부와의 접속을 잠시 끊고 있었는데 그런 일이 있었구나. 퍼먼트는 전 세계의 제약 및 의료기 시장을 거의 장악하고 있는 굴지의 제약회사 GL(Good Life) 그룹의 회장이다. 동시에 현재 신박사의 연구에 가장 많은 연구비를 조달하는 사람이기도 하다. 실제로 그는 냉동인간으로 49년간 얼려져 있다가 2076년에 다시 깨어났다. 그의 해동 과정에 아내 최박사가 직접 참여했기 때문에 확실한 사실이었다. 깨어나자마자 그는 첨단 의술을 통해 몸에 있던 암을 완전히 제거 받았다.

    하지만 이미 그의 자손들은 대부분 사망한 후였다. 처음 냉동되던 당시 47세였던 그의 외아들은 2048년에 68세로 이미 죽었고 손자도 그가 깨어나기 2년 전인 2074년에 비행선 추락 사고로 죽고 말았다. 그래서 GL 그룹의 경영은 죽은 손자의 아들 그러니까 퍼먼트의 젊은 고손자가 맡고 있었다. 하지만 냉동에서 깨어난 퍼먼트는 다시 그룹의 경영권을 쥐고 직접 GL의 경영을 시작했다. 당시 일부 극단적인 거프(인간 탄생 이전의 영혼들이 모여 있는 곳) 신봉자들은 이미 죽었다가 아기의 상태를 거치지 않고 다시 생명을 주입받은 퍼먼트 박사에겐 영혼이 없을 것이기 때문에 이제 곧 인류의 파멸이 올 것이라고 주장했다. 하지만 다시 살아난 퍼먼트 박사는 세상을 위해 많은 기부금을 내놓았고 특히 신박사 부부의 프로젝트에 적극적인 지원을 아끼지 않았다.

그런데 일주일 전 신박사의 1차 실험 결과 발표 자리에 퍼먼트는 참석하지 않았고 그의 고손자만 왔다. 손자에게 할아버지의 안부를 물었을 땐 좋으시다는 일상적인 답변을 들었는데 아무래도 그때 이미 냉동 상태에 들어가기 직전이었던 것 같다. 퍼먼트의 고손자는 이제 갓 20살로 똑똑하고 잘생긴 청년이었다. 12살 때부터 시를 짓는 재능을 발휘하여 17살에 벌써 세계적인 베스트셀러를 낸 문예의 신동이었기에 딜릿이라는 그의 이름은 시인으로 세계 각국에 꽤 널리 알려져 있었다. 하지만 솔직히 신박사는 딜릿의 시가 마음에 들지 않았다. 그의 시에는 남들이 생각도 못할 아름다운 언어와 비유와 상징들이 있어 매력적이긴 했지만 밑바닥에 깔린 사상은 인간의 모든 욕망들, 그중에서도 특히 성적인 감정을 그 대상이 누구이든 심지어 기혼자든 동성 간이든 간에 솔직하게 표현하고 누려야 한다는 것이었기 때문이었다. 신박사는 딜릿의 이런 불륜적인 시가 별로 마음에 들지 않았다.

하지만 세계적인 세포 조직 연구의 권위자이면서도 소녀처럼 아름다운 언어들을 좋아하던 아내 최고운 박사는 조신한 여인인데도 불구하고 딜럿의 시를 좋아했다. 특히 그의 시어들이 매우 특별하다는 말을 자주 했었다. 그래서 1차 브리핑 때 딜럿이 GL의 대표로 온 것을 알고는 자기 책장에 있던 그의 시집을 가져와서 사인을 받는 극성을 보이기도 했다. 딜럿은 순진하고 쑥스러운 표정으로 오히려 자신이 영광이라며 사인을 해 주었었다.

하지만 역시 한국으로 오던 비행기 안에서 아내가 했던 말이 옳았던 것 같다. 아내는 4년 전 퍼먼트 회장의 해동 과정에 참석했을 때 조사해 본 결과 그의 몸속 세포들이 수십 년간 냉동되어 있는 동안 완전히 노화 진행을 멈춘 상태는 아니었던 것 같다고 말했다. 냉동 자체가 생체 세포의 노화 진행을 완전히 차단하지 못했고 어떤 스트레스를 겪은 흔적이 분명 있었다는 말이다. 그래서였을까? 퍼먼트는 암을 이기고 4년을 더 살았지만 이번엔 심장이 더 버티지 못해서 두 번째 냉동 상태에 들어간 것이다. 퍼먼트의 고손자 딜럿은 신박사와 헤어지면서 "생명의 씨앗인 엘프 666을 반드시 움트게 해 주세요"라고 부탁했다. 지금 생각해 보면 그 모두가 자기 할아버지를 위한 효심에서 나온 말이었던 것 같다. 생각이 여기까지 미치자 신박사는 왠지 모를 책임감이 밀려왔다. 그 와중에 임박사의 강연은 계속 이어졌다.

"기독교적인 관점으로만 본다면 퍼먼트 회장이 다시 냉동인간이 된 것은 지혜롭지 못한 선택이었지요. 왜냐하면 바이블은 인간의 근본이 흙이라고 가르치기 때문입니다. 흙은 흙으로 돌아가야 한다는 것이지요. 하지만 인간은 선악과를 따먹은 이후로 영생은 빼앗겼지만 대신에 끊임없는 탐구심과 놀라운 지혜를 가지게 되었습니다. 신은 아마도 이런 점을 염려했던 것 같습니다. 방금 읽은 구절에서 신은 인간이 생명나무의 열매를 따먹고 영생할지도 모른다고 걱정하면서 인간이 생명나무의 실과를 따먹지 못하도록 천사와 불칼로서 그 길을 지키게 하였습니다. 이 황당한 신화적 진술 속에 숨겨진 의미는 무엇일까요? 한마디로 인간이 생명의 신비를 밝히려는 시도를 하게 되면 결국 실패하여 큰 재앙을 맞이하게 될 것이라는 예언입니다. 지금 우리 인류의 과학은 엄청나게 발전해서 생명의 신비에 점점 접근해 가는 중입니다. 저도 아직 확실한 내용은 모르지만 전 세계 최고의 과학자들이 모인 '인류진화센터'에서는 최근 인간 생명의 근원을 찾는 연구가 본격적으로 진행되고 있다는 소문을 들었습니다.

하지만 기독교의 텍스트인 바이블에 따르면 인간은 생명의 신비로 나아가다가 결국 신이 예비해 놓은 불칼을 맞게 될 것이라고 합니다. 어떻습니까? 여러분은 바이블의 이런 사상에 공감이 가십니까? 물론 저는 이런 부정적인 관점에 별로 동조하고 싶지는 않습니다. 하지만 한편으로 조금 섬뜩한 점도 있습니다. 어떻게 수천 년 전 원시적인 시대에 써진 바이블이라는 고대 문서가 영생을 위한 오늘날의 인간들의 노력을 미리 감지하고 이에 대한 비유적인 경고들을 신화적인 사상의 틀 속에서 남겨 두었는가 하는 점입니다. 저는 아마도 이런 점들이 기독교인들로 하여금 바이블을 신뢰하게 만드는 힘이 아닌가 하는 생각을 가끔 합니다."

임박사의 강연이 끝나고 영상이 사라지자 아버지는 혼잣말처럼 천천히 말했다.

"요즘 내가 저 젊은 박사의 강연에 푹 빠져 있단다. 정말 해박한 사람이더구나. 그런데 며칠 전 저 강연을 들은 후부터 흥미가 생겨서 요즘 바이블에 관해 이리저리 공부하는 중인데 알면 알수록 공감 가는 내용들이 꽤 많더라고. 그래선지 생명나무로 가는 길에 불칼이 막고 있다는 경고도 어쩌면 일리가 있을지도 모른다는 생각이 드는데……, 지금 너희가 생명의 신비를 찾는 연구를 한다고 하니까 좀 염려가 된다."

신박사는 딱히 할 말이 없어 가만히 듣고만 있었다. 물론 아버지도 더 이상 잔소리를 하지는 않았다.

3. 납치

어느새 한 달이 후딱 지나갔다. 프랭크 소장이 공항에 제트기를 대기시켰다는 연락을 보내왔다. 신박사 부부는 아버지와 형님 내외에게 인사를 올리고 나래의 비행선에 올라탔다. 미리 신박사의 잔소리를 들은 나래는 전보다 조심스럽게 비행선을 이륙시켰다. 공중에서 내다보이는 산들은 이미 겨울 분위기를 벗어나고 있었다. 신박사는 아래로 보이는 첩첩한 산들을 바라보며 이런저런 생각에 잠겼다. 이제 다시 연구실로 가면 눈코 뜰 사이 없이 바쁜 실험 일정들이 기다리고 있을 것이다. 과연 엘프 666 내부의 날개막을 제거할 방법이 있을 것인가. 그 속에 있는 두 개의 조각이 맞춰지면 과연 어떤 일이 벌어질 것인가. 한참 생각에 잠겨 있는데 갑자기 나래가 입을 열었다.

"삼촌. 아까부터 어떤 놈들이 우릴 따라 오는데요."

고개를 돌려보니 창밖으로 검은색 대형 리무진 비행선 두 대가 신박사가 탄 비행선을 추격하고 있었다. 나래의 말대로 그냥 지나가는 놈들은 아닌 것 같았다. 나래가 말했다.

"따돌려 버릴까요?"

신박사가 고개를 끄덕이자 나래는 속도를 올리기 시작했다. 하지만 상대도 만만치 않았다. 엄청난 속도로 산을 휘감고 곡예비행을 하는데도 놈들은 능숙하게 추격하고 있었다. 뭐하는 놈들일까? 그때 갑자기 나래의 입에서 비명이 튀어나왔다.

"앗 저 미친놈들이."

그 순간 콰쾅 하는 굉음과 함께 비행선에 커다란 충격이 가해졌다. 정체를 알 수 없는 충격파를 놈들이 발사한 것이었다. 후미에서 연기가 치솟는다 싶더니 비행선은 금세 균형을 잃었다. 조종간을 잡고 용을 쓰던 나래가 급박한 소리로 외쳤다.

"삼촌 숙모, 아무래도 비상 탈출을 해야 할 것 같아요. 손을 뒤로 올리고 목 뒤의 손잡이를 꽉 잡으세요."

비행선은 어느새 아래로 추락하기 시작했다. 그러자 의자 등받이 부분에서 자동 고정 장치가 튀어나와 상체를 꽉 고정시키나 싶더니 위 뚜껑이 활짝 열리면서 순식간에 몸이 위로 치솟았다. 비상탈출 장치가 작동한 것이었다. 세 사람의 몸이 공중으로 아찔하게 치솟아 한없이 올라가나 싶더니 운동에너지가 제로가 되고 위치에너지만 남게 되자 다시 무서운 속도로 아래로 떨어지기 시작했다. 정신이 아득해 지는 순간 다행히 자동 낙하산이 확 펴졌다. 세 사람은 바람을 타고 천천히 아래로 내려오기 시작했다. 나래가 몰던 비행선은 멀리 산 중턱 절벽에 부딪혀 요란한 굉음과 함께 폭발했다.

한때 아내와 패러글라이딩을 해본 적이 있었기를 다행이었다. 세 사람 다 찬물에 몸을 적시지 않고 강변 모래톱에 무사히 내려앉았다. 하지만 그것도 잠시. 낙하산 줄을 풀고 있는 그들 앞에 놈들의 리무진 비행선들이 사뿐히 내려앉았다. 철컥. 비행선의 문들이 열리자 검은 안경을 낀 다부진 체격의 사내 다섯 명이 내리더니 가죽 장갑을 고쳐 끼며 다가왔다. 나래가 재빨리 신박사 부부 앞으로 막아서며 방어 자세를 취했다.

앞장 선 두 놈이 자그마한 몸집의 나래를 보고 싱긋 웃으면서 동시에 주먹을 날리는가 싶은 순간 나래의 양손이 순식간에 엑스자로 갈라지면서 둘의 주먹을 가볍게 튕겨냈다. 의외의 능숙한 방어에 두 놈은 잠시 당황해서 주춤거렸다. 그 틈을 노려 나래는 연속적으로 손등과 족 기술을 이용하여 가볍게 상대를 때려눕혔다. 궁중무술의 가장 큰 특징은 방어가 곧 공격으로 이어진다는 것이었다. 그동안 자기 아들이 열심히 수련을 했다는 형님의 말은 거짓이 아니었다. 검은 안경들의 실력도 만만찮아 보였는데 어느새 나래는 세 번째 사내의 배에 옆차기를 꽂아 넣고 고꾸라지는 놈의 등을 밟고 날아올라 네 번째 사내의 턱에 발뒤꿈치를 꽂아 넣었다.

하지만 거기까지였다. 맨 뒤에 서 있던 두목인 듯한 키 큰 사내가 작은 막대기 같은 것을 꺼내들고 발사한 순간 나래의 몸은 금세 가느다란 그물로 칭칭 감겨 쓰러지고 말았다. 신박사는 엉겁결에 강변의 큰 돌멩이를 하나 집어 들고 놈에게 달려들려 했다. 하지만 이내 소음기가 달린 차가운 총구가 눈앞으로 쑥 다가왔다. 신박사가 주춤 멈춰 서자 놈은 총구를 최고운 박사 쪽으로 향하고는 손가락으로 신박사의 돌멩이를 가리키며 말했다.

"닥터 신. 우쥬 플리이즈?"

훤칠한 키에 번쩍이는 은회색 머리, 단단해 보이는 턱 선에는 서늘한 살기가 서려 있었다. 신박사는 결국 손에 든 돌멩이를 툭 떨어뜨렸다. 나래에게 맞아 쓰러졌던 검은 양복들이 그제야 정신을 차리고 일어서더니 결박된 나래를 보고 난폭하게 발길질들을 하기 시작했다. 하지만 은회색 머리가 곧 그들을 제지했다.

"헤이 보이즈. 릴랙스, 릴랙스, 테이키디지."

아직 기온이 낮아서 강변엔 낚시꾼 하나 없었다. 신박사 부부와 나래는 곧 테이프로 손발이 묶이고 눈과 입이 가려진 후 그들의 비행선 뒷자리에 강제로 태워졌다. 곧이어 은회색 머리가 자신의 엄지손가락을 신박사 부부와 나래의 목에 차례로 갖다 댔다. 따끔한 느낌이 드나 싶더니 금세 정신이 까마득해져 갔다. 비행선은 어느새 이륙하여 어딘가로 날아가기 시작했다. 신박사의 가슴에 얼굴을 기댄 아내는 이미 정신을 잃은 것 같았다. 신박사는 애써 정신을 가다듬으며 캄캄한 흑암 속에서 비행선이 날아가는 방향을 추측해 보려고 애썼다. 하지만 세계 최고라는 그의 머리도 점점 아물아물해지더니 촛불이 꺼지듯 마침내 정신을 잃고 말았다.

쫙.

화끈한 느낌과 함께 눈과 입을 가렸던 테이프가 뜯겨져 나갔다. 얼마나 시간이 지난 것일까? 한동안 빛을 보지 못했던 눈에 조명이 들어오자 시려서 뜰 수가 없었다. 머리가 깨질 것 같은 아픔을 느끼면서 신박사는 실눈을 뜨고 곁에 있는 아내를 바라보았다. 다행히 그녀의 정신도 서서히 깨어나고 있었다. 신박사가 아내를 불렀다.

"여보. 정신이 들어요?"

신박사의 목소리에 아내의 눈이 살풋 떠졌다가 강한 빛에 다시 질끈 감겼다. 다행히 큰 상처는 없는 것 같았다. 곧이어 또 다른 낯익은 목소리가 들려왔다.

"아따. 삼촌 조카는 사람도 아니에요? 전 걱정도 안 되시나 보죠?"

나래의 목소리였다. 조카도 별탈이 없는 것 같았다. 신박사는 서서히 빛에 익숙해지는 눈을 가만히 떠 보았다. 희미한 영상이 또렷해지는 순간 소스라치게 놀랐다. 자기들을 납치했던 키 큰 은회색 머리가 재미있다는 듯이 앞에 서서 싸늘한 미소를 짓고 있었기 때문이다. 얼결에 벌떡 일어난 신박사는 놈을 향해 어떤 공격을 펼쳐 보려다가 그만 꽈당 넘어지고 말았다. 손과 발목이 여전히 꽁꽁 묶여 있어서였다. 그러자 갑자기 누군가가 다가와서 그를 부축해 주며 말했다.

"닥터 신. 세계적인 과학자를 이렇게 대접해서 죄송하군요."

낯익은 목소리였다. 고개를 들어 목소리의 주인공을 발견한 신박사는 깜짝 놀랐다. 아내도 놀란 듯이 나지막한 비명을 질렀다. 그들 앞에 선 것은 딜릿이었다. 퍼먼트 회장의 손자 딜릿. 천재 시인으로 알려진 딜릿이 지금 그들 앞에 살벌한 분위기를 연출하며 서 있는 것이었다.

"딜릿. 이게 어떻게 된 일이지?"

딜릿은 싱긋 웃으면서 일행 앞에 놓인 소파에 앉더니 허리를 뒤로 제치며 다리를 꼬았다. 그 뒤로 은회색 머리도 뒷짐을 진 채 턱을 당기고 버티듯이 섰다. 신박사는 재차 물었다.

"딜릿. 도대체 이게 무슨 짓인가. 왜 우리를 납치한 거야?"

딜릿은 탁자에 놓인 황금색 상자에서 가느다란 담배를 꺼내 물었다. 은회색 머리가 재빨리 불을 붙여 주었다. 담배 한 모금을 길게 빨아들여 연기를 내뿜던 딜릿이 입을 열었다.

"당신 부부가 발견한 엘프 666 말이오. 그게 무척 곤란한 물건이란 걸 당신들은 아세요? 그건 말이죠, 일종의 흰 코끼리? 아니, 아니 오히려 계륵이라는 표현이 더 맞을 것 같군. 아아, 미안해요. 내가 자꾸 글쟁이 티를 낸다니까."

그러면서 딜릿은 기분 나쁘게 킬킬 웃었다. 신박사가 다시 물었다.

"그게 도대체 무슨 말이야."

"옛날 중국의 조조라는 왕이 '계륵(鷄肋)'이라는 말을 남겼지요. 코리아에서도 이 말을 쓴다니까 알겠지만 계륵이라는 말은 닭 갈비뼈라는 말입니다. 먹자니 별로 먹을 것이 없고 버리자니 아까운 것 말이에요. 당신들이 지금 발견한 엘프가 제겐 그 꼴이에요. 그러니 이제부터 나를 좀 이해하시고 얌전히 굴어주세요. 그러신다면 굳이 목숨까지 건드릴 마음은 없습니다."

이번엔 최고운 박사가 외쳤다.

"그게 대체 무슨 의미죠? 엘프 666이 왜 계륵이에요?"

딜릿의 눈초리가 싸늘해지더니 다시 담배 연기를 길게 내뿜고는 말했다.

"머리 좋으신 분들이 왜 이리 안 통하실까? 조금만 생각해 보면 아실 텐데. 인간 관계론에는 늘 이런 충고가 나오지요. 입장을 한번 바꿔 놓고 생각해 봐라. 여러분도 너그러운 마음으로 내 입장에 서 보면 이해가 가실 겁니다. 일단 여러분은 제 손님들이니 아주 불편하게는 안 해드리겠지만 행여 도망치려는 생각은 절대 하지 마십시오. 특히 저기 꽁지머리 하신 분. 대단한 무술 실력을 가지고 있던

데, 깜짝 놀랐어요. 나는 전설의 제트 리가 다시 살아온 줄 알았어요. 하지만 혹시라도 엉뚱한 생각을 품으면 매우 곤란한 일이 생길 것입니다. 헤이, 킬뎀."

딜릿의 뒤에 서 있던 은회색 머리가 깍듯한 태도로 대답했다.

"옛 써."

"저분들을 크리스털 룸으로 모셔."

킬뎀이라고 불린 은회색 머리는 손목에 붙은 시계를 입에 대고 뭐라 말했다. 그러자 곧 10여명의 검은 양복들이 나타나더니 손발이 묶인 세 사람을 번쩍 들고 어디론가 사라졌다.

방안에는 필요한 것들이 다 갖춰져 있었다. 하지만 전후좌우 사방이 모두 투명한 크리스털이었고 넓은 공간 한복판에 붕 떠 있어서 사면 가득한 감시의 눈초리들을 느낄 수 있었다. 다행히 손발은 풀린 상태였지만 탈출은 꿈도 꾸지 못할 일이었다. 게다가 그들이 잡혀 있는 건물 자체가 완전 밀폐된 공간이어서 현재의 위치가 어디인지 낮인지 밤인지 조차 알 수 없었다. 위성 전화를 비롯해서 첨단 기능이 집약된 신박사와 최박사의 인공지능 손목시계 역시 이미 빼앗긴 상태였다.

탈출이 불가능하다는 것을 깨달은 신박사 일행은 일단 휴식을 취하기로 했다. 나래가 냉장고에 과일과 음료수가 가득 들어 있는 것을 확인하고는 사과 주스를 컵에 따라 신박사 부부에게 건넸다. 새콤한 액체가 목을 적시자 정신이 좀 드는 것 같았다. 컵을 내려놓으면서 최박사가 입을 열었다.

"도대체 우리 연구가 계륵이라는 것은 무슨 의미일까요?"

아내의 말을 듣자 고개를 숙이고 뭔가 곰곰이 생각하던 신박사가 입을 열었다.
"딜릿이 입장을 바꿔 놓고 생각해 보라 했지?"
아내가 고개를 끄덕였다. 신박사는 수수께끼의 실마리가 조금씩 풀려가는 느낌을 받았다.
"그러고 보니 이해가 좀 가는군. 아마도 이런 의미가 아닐까. 일단 딜릿은 엘프 666이 공개적으로 개발되는 것을 원하지 않고 있어. 그건 어쩌면 당연한 거야. 만약 인간이 영생 불사의 존재가 된다면 GL같은 의약 회사들은 더 이상 이 세상에 불필요한 기업이 되고 말겠지. 온 인류가 늙지도 병들지도 않는 영생의 몸이 된 마당에 누가 의약품 회사의 주식 따위에 가치를 두겠소. 그러니 그것은 곧 자신의 파산을 의미하는 것이야. 따라서 그에게는 엘프 666의 날개막이 공개적으로 부서져서는 안 될 것이지."
"하지만 엘프 666이 완성되어야 자기 할아버지도 다시 냉동을 풀 수 있잖아요."
"바로 그 부분도 계륵이라는 의미에 포함될 수 있어요. 과연 딜릿은 퍼먼트 회장이 깨어나기를 바라고 있을까? 사실 그와 퍼먼트는 냉동에서 깨어난 이후로 최근 4년까지 아주 잠깐 동안 만나 본 사이일 뿐이야. 그런데 할아버지가 깨어나기 직전까지 딜릿은 GL그룹의 회장 자리를 차지하고 있었어. 그러니 유언을 관리하던 변호사 협회의 주장으로 퍼먼트가 다시 냉동에서 깨어난 것이 딜릿에게 뭐가 기쁜 일이었겠어? 게다가 퍼먼트가 두 번째 냉동에 들어가면서 인류가 죽음을 이긴 후에 깨어나겠다고 했다는데 그건 곧 우리 연구가 성공하면 딜릿은 영원히 GL의 회장이 될 수 없다는 의미도 되는 것이지."

"하지만 계륵에는 버리기 아깝다는 의미도 있잖아요."

"물론 그렇지. 그것도 간단해. 딜릿은 자기 자신만이 엘프 666의 주인이 되고 싶은 것이야. 혼자만 영생을 얻어 신적인 존재로 인류 위에 군림하고 싶은 마음을 가지고 있는 것이겠지."

신박사의 말이 여기까지 이어졌을 때 갑자기 거실 한복판에 커다란 웃음소리와 함께 딜릿의 영상이 나타났다. 영상은 이렇게 말했다.

"하하하. 신박사님. 역시 천재다우시군요. 이거 정곡을 찔려서 좀 쑥스럽기도 하고……, 하지만 어쩌죠? 제 비밀을 그렇게 다 아시면 앞으로 박사님들을 살려 두기가 곤란한데."

딜릿의 말에 최박사가 기가 막힌다는 듯이 말했다.

"딜릿. 어떻게 이럴 수가. 그토록 아름다운 언어들을 빚어낸 사람이 어떻게 그런 마음을 품을 수가 있죠?"

딜릿은 코웃음을 한번 치더니 대수롭지 않게 말했다.

"이런, 이런, 아픈 곳을 한번 찔러 보시겠다? 쓸데없는 잔머리 굴리지 말아요. 나는 내 글에 누구보다 정직하니까. 아시다시피 내 시들 속에는 욕망이라는 주제가 늘 꿈틀거리고 있죠. 나는 그걸 잠 못 드는 밤에 사춘기 소년이 낙서하듯 솔직하게 표현해 왔어요. 하지만 더 솔직히 말하자면 내 시들이 세상에 알려진 건 꼭 내 글 솜씨 때문이라고만은 할 수 없지. 끝없는 광고, 엄청난 판매 부수 그리고 권위 있는 평론가들의 칭찬. 이 셋만 있으면 베스트셀러 작가 되는 거야 누워서 떡먹기 아니겠소? 그 정도야 돈만 있으면 얼마든지 얻을 수 있는 것이죠."

신박사가 날카롭게 대꾸했다.

"하지만 만약 우리 부부가 없으면 어떻게 엘프의 연구를 마무리하겠는가?"

딜릿의 입체 영상은 잠시 고개를 숙이는가 싶더니 곧 날카롭게 웃음을 터뜨렸다.

"역시 코리아 사람들은 자부심이 지나치단 말이야. 자신들이 무조건 최고라고 생각하는 경향이 있어요. 닥터 신. 이 넓은 세상에 엘프 666을 계속 연구할만한 과학자가 당신들밖에 없다고 생각하는 건 아니겠죠?"

그 말과 함께 갑자기 또 한 사람의 모습이 딜릿 옆에 나타났다. 놀랍게도 그 영상은 엘프의 연구에 함께 참여하고 있던 수석 연구원 패스트 박사였다. 초승달처럼 가볍게 웃는 눈매의 패스트는 늘 그렇듯이 파이프를 입에 문 채 말했다.

"닥터 신, 닥터 최. 이런 자리에서 두 분을 뵈니 기분이 묘하군요. 엘프 666의 남은 연구는 너무 염려 마세요. 연구 진행 과정은 제가 모조리 다 알고 있으니까. 두 분은 고향에서 편히 쉬셨는지 모르지만 휴가 떠났던 다른 팀원들은 이미 다 소환되어서 지금 계속 연구를 진행하고 있지요."

신박사의 주먹이 불끈 쥐어졌다. 최고운 박사도 기가 막힌다는 표정으로 배신자를 바라보았다. 잠시 서늘한 침묵이 흘렀다. 바로 그 때. 삐잉 삐잉. 갑자기 건물 전체에 비상벨의 소음이 울리기 시작했다. 영상 속의 딜릿이 급히 뒤를 돌아보며 소리쳤다.

"무슨 일이야?"

딜릿의 뒤편에서 무슨 대답이 들리는가 싶은 순간 영상은 사라지고 말았다. 위에서 내려다보니 사방에서 감시하던 검은 양복들이 급히 건물 한편 출입구 쪽으로 달려가고 있었다. 그들이 사라진 틈을 노려 나래는 의자를 집어 들고 크리스털 룸의 투명한 벽을 쳐서 깨뜨리려고 했다. 하지만 끄덕도 하지 않았다. 몇 번이나 벽에 맞고 튀어나온 의자를 나래가 다시 집어 들었을 때 갑자기 밖에서 거대한 굉음이 울렸다. 내려다보니 건물 한쪽 벽이 뭔가에 의해 동그랗게 녹아 쿵하고 넘어지면서 커다란 구멍이 뚫렸다.

구멍 안쪽에서 잠시 침묵이 흐르나 싶은 순간 딜릿과 패스트 박사가 황급히 안쪽으로 튀어 들어왔다. 뒤를 이어 은회색 머리의 킬뎀도 도망치듯 뛰쳐나왔다. 세 사람은 정신없이 반대편 비상구로 도망쳤다. 좀 더 시간이 지나자 킬뎀의 부하들도 우르르 뒷걸음질을 치며 들어왔다. 그들 뒤로 하얀 복면을 뒤집어쓴 수십 명의 사람들이 투명한 방패에 광선 검을 들고 뒤따랐다. 복면의 이마 부분에는 모두 붉은 글씨의 영문으로 〈마라나타〉라는 구절이 적혀 있었고 그들 맨 뒤에는 대장으로 보이는 흰 복면이 돌고래의 머리에 낙타의 몸을 한 합성동물인 쌍봉 돌카를 탄 채 들어오고 있었다. 검은 양복들은 권총을 빼들고 난사했지만 흰 복면들의 방패를 뚫지 못했다. 오히려 흰 복면들의 칼은 휘두르는 족족 새파란 광선을 내뿜었고 킬뎀의 부하들은 여지없이 그 검광에 쓰러지고 있었다. 신기하게도 칼을 휘두르는 복면들의 손이 모두 왼손이었다.

검은 양복들이 다 쓰러지고 났을 무렵 갑자기 비상구 쪽에서 급한 엔진소리와 함께 초소형 비행선 하나가 날아들었다. 딜릿 일당이 탄 비상 탈출선이었다. 흰 복면들은 급히 허공을 향해 광선검을 휘둘렀다. 작은 비행선은 넓은 홀을 익숙하게 날아다니며 검광을 피하다가 잠시 후 천장으로 솟아올랐다. 그러자 천장 한부분이 스르륵 개방되었다. 그 틈으로 푸른 하늘이 비치고 태양 빛이 들어온다 싶은 순간 비행선은 전속력으로 날아올라 좁은 천장 틈새로 순식간에 사라져 버렸다. 그 모습을 지켜보던 나래가 말했다.

"이야, 킬뎀. 적이지만 훌륭하군. 정말 기막힌 조종사야."

딜릿 패거리들의 저항이 모두 사라지자 돌카를 탄 흰 복면은 천장에 매달린 크리스털 룸을 보더니 뭐라고 지시했다. 그러자 부하 중 하나가 벽에 매달린 스위치를 작동시켰다. 곧 스르렁 하는 기계음과 함께 공중에 매달려 있던 크리스털 룸이 홀 아래로 천천히 내려왔고 땅에 닿자 투명한 벽하나가 문처럼 징 열렸다. 대체 이들의 정체는 무엇인가. 신박사 일행은 불안한 눈으로 방안에 가만히 서 있었다. 그러자 흰 복면이 돌카에서 내려 그들 쪽으로 걸어왔다. 별로 해칠 뜻이 없어 보이는 눈치였다.

신박사 일행 앞에 다가온 흰 복면의 우두머리는 팔꿈치까지 오는 흰 장갑을 낀 손으로 악수를 청하였다. 신박사가 우물쭈물하는 것을 본 최박사는 재빨리 그 손을 잡고 흔들며 말했다.

"쌩큐. 정말 고마워요."

그제야 신박사도 정신을 차리고 물었다.

"당신들은 누굽니까?"

흰 복면이 말했다.

"자세한 것은 말씀드릴 수 없지만 여하튼 당신들을 구하라는 명령을 받고 온 사람들입니다. 무엇보다 일단 여기를 빨리 나가셔야 할 것 같습니다. 탐측기가 경고를 멈추지 않는 것으로 봐서 아무래도 자동 폭파 장치가 작동하는 것 같습니다."

밖은 산 중턱이었고 아래로 넓디넓은 사막이 펼쳐져 있었다. 사막의 모습이야 시시각각 변하는 것이지만 그들이 서 있는 장소는 아무래도 신박사의 눈에 익었다. 그러고 보니 인류진화센터의 9층 휴게실에서 동쪽으로 멀리 바라보이는 선라이징 마운틴 같다는 생각이 들었다. 아니나 다를까. 산 맞은편을 바라보니 인류진화센터의 뾰족한 탑 꼭대기가 까마득히 보였다. 그들이 감금되었던 곳은 아마도 선라이징 마운틴 내부에 건설된 지하기지 같았다. 밖에는 초대형 비행선이 허공에 뜬 상태로 산 절벽에 트랩을 걸쳐 놓고 있었다. 서두르라는 흰 복면의 지시에 따라 세 사람은 급히 비행선에 올랐다. 나머지 왼손 전사들과 돌카까지 모두 올라타자 비행선은 급히 산을 피해 전속력으로 날아가기 시작했다. 잠시 후 콰쾅 하는 폭발음과 함께 선라이징 마운틴의 거대한 산자락이 한번 들썩하고는 굴 입구에서 시뻘건 불길이 연기와 함께 터져 나왔다. 흰 복면의 말대로 딜릿의 비밀 기지가 폭발한 모양이었다.

4. 수수께끼

　비행선은 서쪽 방향으로 날아갔다. 잠시 후 인류진화센터의 모습이 나타났다. 감금되어 있던 곳이 연구소와 이토록 가까운 곳이었다는 사실에 신박사는 기분이 이상했다. 흰 복면은 연구소가 올려다 보이는 언덕에 비행선을 착륙시키더니 신박사 일행을 내리도록 했다. 그리고는 작은 가방을 하나 건네주며 말했다.
　"제 이름은 에후드 벤저민입니다. 두 분의 연구가 꼭 성공하기를 바랍니다. 이 가방 속에 있는 문서는 오래 전부터 우리 지도자께서 준비해 놓으신 것들입니다. 혹시 두 분의 연구에 도움이 될지도 모르니 전해 주라고 하셨습니다. 받으십시오."
　신박사는 그들이 내미는 가방을 받아들었다. 흰 복면은 트랩을 오르려다가 다시 몸을 돌려 한마디를 던졌다.
　"다시 말씀드리지만 두 분의 연구를 꼭 성공시키십시오. 우리 공동체 모두가 대대로 고대해 오던 일이니까요. 우리는 진심으로 두 분의 연구가 성공하기를 고대하고 있습니다. 그럼 안녕히 계세요. 마라나타."

흰 복면은 자기 이마에 적힌 글씨를 손으로 한번 가리키고는 비행선에 올랐다. 곧이어 비행선은 굉음과 함께 사라졌다. 신박사는 가방을 들고 아내와 조카와 함께 연구소 언덕 계단을 걸어 오르기 시작했다. 잠시 후 연구소 입구 쪽에서 총을 든 경비병들이 뛰어 내려오다가 신박사 부부를 발견하고 깜짝 놀랐다. 선라이징 마운틴에서 일어난 갑작스런 폭발음과 연구소 가까운 곳에 나타난 정체불명의 비행선의 출현으로 연구소 전체에는 비상이 걸린 눈치였다. 경비병들은 급히 신박사 부부에게 경례를 붙이고는 무전기로 뭔가를 보고했다. 잠시 후 프랭크 소장이 커다란 몸집을 자동 보행기에 태우고 달려왔다.

"닥터 신, 닥터 최. 어떻게 된 겁니까? 휴가를 한 달 더 연장하기로 패스트 박사에게 연락 하셨다던데. 연구는 계속 진행시키라고 하셨다면서요? 그런데 왜 벌써 오신 겁니까?"

사람 좋아 보이는 프랭크 소장의 얼굴을 보니 그제야 안도의 한숨이 나왔다. 신박사는 프랭크의 어깨를 두드리며 말했다.

"프랭크. 미안하오. 자세한 이야기는 나중에 하고 일단 우리 샤워 좀 할 게요."

패스트 박사의 말대로 신박사의 연구팀은 벌써부터 휴가에서 돌아와 연구를 진행하고 있었다. 물론 그 모두가 신박사의 지시라고 믿고 있었다. 하지만 그동안의 연구에도 더 이상의 진척은 없었다. 엘프 666의 날개막을 부술 수 있는 방법은 여전히 오리무중이었던 것이다. 그 와중에 신박사는 패스트 박사의 데스크에서 일지 한 권을 발견했다. 이리저리 뒤적여 보니 그가 딜릿과 이전부터 비밀리에 내통하고 있던 정황들이 드러났다. 엘프 666이 완성되면 딜릿과 함께 둘이서만 영생을 누리겠다는 한심스런 포부와 함께 신박사 부부의 납치 계획도 소상히 적혀 있었다.

신박사에게 자초지종을 전해 들은 프랭크 소장은 당장에 GL 회장 딜릿과 프랭크를 체포해야 한다고 펄펄 뛰면서 유엔의 국제 범죄 수사팀에 연락을 하였다. 연구소의 경비도 더 삼엄하게 강화했다. 동시에 연구실 출입뿐만 아니라 연구에 관련된 모든 파일들과 프로그램 및 초초 부팅 방식에서도 이전에 허용되었던 패스트 박사의 홍채나 지문 그리고 손등 혈관 지도 등을 모두 삭제하였다. 그리고 연구와 관련된 모든 것들에 대한 접근을 오직 신박사를 통해서만 가능하도록 보안 시스템을 완전히 새롭게 짰다. 만일의 경우 딜릿의 야욕에 대비하기 위해서였다.

나래는 생전 처음 보는 사막 풍경이 마음에 드는 듯 좀 더 오래 머물고 싶다고 했다. 그런 나래를 놓아 두고 신박사 부부는 팀원들과 합류하여 연구에 몰두했다. 하지만 여전히 진척은 없었다. 문제의 핵심은 엘프 666을 한 번 더 쪼개는 것인데 그 어떤 방법으로도 꿈쩍 하지 않았다. 그러던 어느 날 신박사는 잠자리에 눕다가 흰 복면이 준 가방을 기억해 냈다. 그는 침실 탁자에 앉아 아내와 함께 가방을 열었다. 가방 속에는 별다른 것 없이 자그마한 보고서 용지 한 장만 들어 있었다. 제일 위에는 〈언젠가 다가올 그날을 위하여〉라는 제목이 붙어 있었고 아래에 이런 메모가 적혀 있었다. "새 쿰란 공동체의 정의(正義)의 교사가 주께로부터 얻은 예언들." 그 아래에는 불교의 선문답처럼 알쏭달쏭한 문장들이 나타났다. 이런 문구들이었다.

> "죽음은 죽음이 아니니 죽음은 죽음을 이기는 길이다."
> "너희의 적은 타락함으로 그 날개가 꺾이었도다."
> "아비의 가슴이 멍든 곳에 세워진 견고한 탑은 어찌 무너졌는가."
> "이 탑 앞에 처음 선 자는 개와 벼룩과 메추라기에서 왕이 된 자의 젊은 날의 고통이 뒤따르리라."
> "멸망은 멸망이 아니니 멸망은 곧 영원이다."
> "그러므로 마라나타. 마라나타."

 신박사는 한참 그 문장들을 읽어보다가 아내를 보고 피식 웃으며 의자에서 일어났다. 명쾌하고 합리적인 성격의 신박사는 이런 알쏭달쏭한 어구들을 별로 좋아하지 않았다. 본래 수수께끼 같은 문구들은 이리저리 끼워 맞추는 대로 얼마든지 해석될 수 있다. 하긴 그런 모호함 때문에 종교인들의 장사가 늘 짭짤한 건지도 모른다. 하지만 자기가 답을 알면 왜 딱 잘라서 명쾌하게 말하지 않고 말을 알쏭달쏭하게 빙빙 돌려 하는가.
 이런 생각을 하며 냉장고에서 붉은 와인 두 잔을 부어왔을 때 함께 글을 읽고 있던 아내의 표정은 예상외로 진지했다. 신박사는 와인 잔을 건네면서 말했다.
 "당신 상당히 심각한데 수수께끼가 좀 풀릴 것 같아?"

아내가 와인 잔을 받아들며 말했다.

"여보, 이거 일전에 아버님 집에서 본 임박사 강의에 나온 말 아니에요? 왜 그 있잖아요. 기독교의 바이블은 인간을 부정적인 관점에서 죽어야 할 존재로 본다는 얘기 말이에요."

아내의 말을 듣고 다시 글을 읽어 보았다. 그러고 보니 그런 것도 같다. 그때 임아름 박사는 바이블 속에, 인간은 흙이기 때문에 결국 흙으로 돌아가야 하고 이것이 신의 뜻이기 때문에 인간은 죽음을 겸허히 받아들여야 한다는 사상이 있다고 했다. 인간은 살아서 영원을 얻는 것이 아니라 죽어서 영원을 얻는 것이라고도 했다. 그런 관점에서 보면 이 수수께끼 같은 문구들이 어느 정도 해석은 된다. 죽어야 영원을 얻으니 "죽음은 죽음이 아니고 죽음을 이기는 길이 되는 것이고, 멸망은 멸망이 아니라 멸망이 곧 영원"이 되기 때문이다.

약간 흥미가 동했다. 그러면 나머지 말들은 무슨 의미일까? 신박사는 침대 머리맡에 벗어둔 만능 시계를 가져와 지문인식을 거친 후 스위치를 눌렀다. 그러자 시계 상단에서 빛이 나오더니 허공에 스크린과 자판을 만들었다. 신속히 검색창에 접속한 신박사는 마라나타라는 단어를 쳤다. 곧 수많은 검색 결과가 허공의 스크린에 나타났다. 그 중 하나를 손으로 터치하자 다음과 같은 설명이 나타났다.

마라나-타(Marana qa): 기독교 신약 성경의 고린도 전서 16장 22절에 나오는 아람어로 직역하면 "주여 어서

> 오시옵소서"라는 뜻이다. 여기서 말하는 주란 기독교인
> 들의 신앙의 대상인 예수를 의미하는데 기독교는 예수가
> 다시 재림함으로써 새 하늘과 새 땅이 시작된다는 희망
> 을 가지고 있다. 따라서 이 말 속에는 예수의 재림을 고
> 대하는 초대 기독교인들의 염원이 담겨져 있다.

설명을 읽으면서 신박사는 자신들을 구해 준 흰 복면 부대의 이마에 마라나타라는 명칭이 붙어 있던 것을 새삼 다시 떠올렸다. 그렇다면 그들은 종말론적인 기독교 단체였단 말인가? 신박사는 와인을 한 모금 마시고는 시니컬한 목소리로 아내에게 말했다.

"만약 여기 적힌 게 사실이라면 우리 연구는 그 흰 복면들에게 매우 이단적인 것이 되겠군."

아내가 고개를 돌리면서 말했다.

"그건 왜죠?"

"아 당연히 그렇지. 그들이 마라나타라는 표어를 가진 것은 세상의 종말을 기대하고 있다는 증거잖소? 하지만 우리는 이 땅에서 죽음을 없애는 연구를 하고 있으니 말이요."

"하지만 그 사람은 왜 그런 말을 했을까요?"

"누가 무슨 말을 했다고?"

"돌카를 타고 있던 사람 말이에요. 그 사람은 분명히 우리 연구가 성공하기를 빈다고 했어요."

듣고 보니 그렇다. 만약 그가 마라나타를 기대하는 종말론적인

기독교인이라면 신박사의 연구에 반대하는 입장을 가져야 한다. 하지만 그는 신박사의 영생 연구가 꼭 성공하기를 바란다고 했다. 왜 그랬을까? 머리가 복잡해진 신박사는 얼굴을 한번 찡그리고 남은 와인을 죽 들이켰다. 그 모습을 본 아내는 컴퓨터 영상을 꺼버리더니 가만히 신박사의 품에 안기면서 말했다.

"여보, 이제 골치 아픈 생각 그만해요. 예수 그리스도는 이런 말도 했데요. '내일 일은 내일 염려하라, 하루의 괴로움은 그날에 족하다.' 그러니 우리 오늘은 머리 아픈 것 다 잊고 푹 쉬어요."

신박사는 품에 안긴 아내를 바라보았다. 아내도 고개를 젖혀 신박사를 올려 보았다. 생명 공학, 미생물학, 전자 공학, 그리고 의학, 10년 만에 이 네 분야에서 박사 학위를 다 따고는 세계적인 천재들만 모인다는 모교 제뉴인 유니버시티의 교수로 채용되었던 신박사는, 젊은 나이에 대학 강단만 지키는 것이 답답해서 UN 소속 국제 연구원으로 현장 연구를 위해 떠났다가 첫 임지에서 아내를 만났다. 아프리카 세렝게티 평원 근처의 연구소에 도착해서 계단을 오르는데, 그때 최고운 박사는 멀리 마당 구석에 엎드려 땅에 있는 뭔가를 열심히 채취하고 있었다. 신박사의 비행선이 착륙하는 것도 모를 정도로 채집에 몰두하는 검은 머리의 동양계 여인을 본 순간 오직 공부에만 관심 가졌던 그는 숨이 턱 막힐 만큼 그 여인에게 끌렸었다. 알고 보니 그녀는 이미 몇 권의 저서를 통해 접한 적이 있던 한국의 뛰어난 세포 공학자 최고운 박사였다.

두 사람이 사랑에 빠지는 것은 어쩌면 당연한 일이었다. 그렇게 그녀를 사랑하고 결혼한 후로 벌써 15년째. 둘의 사랑은 변치 않고 점점 더 깊어만 갔다. 한 가지 문제가 있다면 둘 사이에 아직 아이가 없다는 것. 하지만 그들은 굳이 첨단 의학의 도움으로 아기를 가지려고 시도하지 않았다. 아이가 없는 상태였기 때문에 오히려 두 사람은 서로를 격려하며 연구에만 몰두해서 오늘의 이 자리까지 오를 수 있었기 때문이었다. 아내는 언제나 신박사의 힘과 용기가 되어주고 난제의 해결사가 되어 주었다. 신박사는 그런 아내가 늘 고맙고 사랑스러웠다. 지금도 자신을 올려다보는 아내의 걱정과 연민 가득 찬 검은 눈동자를 보자 두통이 싹 가시는 것 같았다. 신박사는 아내의 이마에 입을 맞추고 번쩍 안아서 침대로 걸어갔다.

이후로 다시 한 달이 흘렀다. 하지만 연구는 계속 진척이 없었다. 이럴 때가 제일 난감했다. 가능한 모든 방법이 다 동원되었음에도 아무 결과를 얻지 못했을 때 느끼는 낭패감. 꽉 막힌 상태. 게다가 지난번 휴가 도중에 프랭크에게 소환 당했던 연구원들은 이미 지칠 대로 지쳐 있었다. 결국 신박사는 아침 정기 미팅 때 프랭크 소장과 팀원들을 모아놓고 이렇게 선언했다.

"아무래도 우리 팀은 한 번 더 휴식을 가져야 할 것 같습니다. 무엇보다 다른 분들은 패스트 박사 때문에 지난번 휴가를 제대로 못 가지셨으니까요. 아이작 뉴턴도 정원에서 쉬다가 만유인력의 법칙을 깨달았는데 우리도 좀 쉴 필요가 있을 것 같아요. 따라서 앞으로 2주간 우리 팀 모두 휴가를 다녀오겠습니다. 프랭크 괜찮겠지요?"

프랭크는 쾌히 승낙했다. 다만 신박사 부부는 비밀리에 경호팀이 따라다닐 것이라는 조건을 달았다. 팀원들은 환호를 지르며 기뻐했다. 그 후 네 시간 뒤. 프랭크의 신속한 조치로 신박사 부부와 나래를 포함한 17명의 팀원들은 공항에서 각자의 고국으로 향하는 제트 비행선에 올라타고 있었다.

석 달 만에 다시 대한민국 국제공항에 도착한 신박사는 나래에게 바퀴 달린 자동차를 한 대 빌려오라고 법인 카드를 내주었다. 나래가 의아한 얼굴로 말했다.
"아니 삼촌. 자동차를 타고 어떻게 길도 없는 치악산 계곡까지 올라가요?"
신박사가 말했다.
"집에는 나중에 갈 거고 지금은 만나야 할 사람이 있다. 어서 자동차를 빌려 와라."
그러자 곁에 있던 최박사가 물었다.
"어딘지는 모르지만 왜 하필 차를 타고 가시려 하나요?"
"여보, 우린 지금 휴가 중이잖소. 꼭 가보고 싶은 데가 있어서 그래요. 여기서 조금만 더 가면 옛날 내가 살던 동네와 다니던 초등학교가 있어요. 아버지가 아침마다 자동차로 학교에 데려다 주셨는데 30년 전 그 길을 다시 한 번 지나가 보고 싶구려."
최박사는 고개를 끄덕이다가 다시 물었다.
"근데 방금 누굴 만나야 한다고 했잖아요?"
"응. 그 사람도 거기서 만나기로 했소. 가 보면 알아요. 아마 당신도 꼭 만나고 싶은 사람일 거야."
어느새 두 사람은 나래가 몰고 온 자동차에 오르고 있었다. 비행선의 발달로 자동차 도로는 오히려 한산했다. 신박사는 기억을 되살려 나래에게 이리 혹은 저리로 가라고 열심히 지시했지만 동네가 너무 다르게 바뀌어서 도저히 옛 모습을 찾을 수가 없었다. 하지만 과거엔 좁다랬던 골목들이 6차선으로 시원하게 넓어진 큰 도로 가에 신박사의 모교인 여울 초등학교가 새로 멋지게 지어져 있는 것을 찾을 수 있었다. 나래는 학교 교문 앞 주차장에 차를 세웠다. 세 사람이 차에서 내리자 교문 쪽에 서 있던 두 사람이 곧 다가와 손을 내밀었다. 그 중 젊은 사람을 보고 최박사는 깜짝 놀랐다. 뜻밖에도 임아름 박사였던 것이다. 임박사 곁에 선 사람은 나이가 많아 보이는 노신사였다. 신박사가 아내에게 말했다.

"여보 인사하구료. 임아름 박사님이 알고 보니까 내 초등학교 후배더구먼. 그래서 연락을 했지. 옛날 초등학교 앞에서 한번 만나자고 말이야."

임아름 박사도 활짝 웃으면서 최박사에게 인사를 했다.

"안 그래도 평소 두 분을 꼭 뵙고 싶었는데 이렇게 먼저 불러 주시니 영광입니다. 하늘같은 선배님 명령이라 오늘 강의를 다 취소시키고 부랴부랴 달려왔습니다."

영상으로 보는 것보다 임박사는 더 젊고 순진해 보였다. 동서양의 철학과 종교 사상을 두루 관통한 세계적인 철학자라는 것이 믿어지지 않을 정도로 여려 보였다. 임박사는 곧이어 자기 곁에 선 노신사를 소개했다.

"참. 여기 계신 어른은 Y대 명예 교수이신 고녀볏 박사님이세요. 저명한 성서학자이시고 제가 존경하는 스승님이시기도 하십니다. 마침 고박사님이 운영하시는 도서관이 가까이에 있어서 바쁘신 분을 제가 억지로 모시고 왔어요. 신박사님이 문의하신 바이블의 내용에 대해서는 고교수님이 저보다 훨씬 더 학식이 깊으시니까요."

신박사 일행은 일제히 노교수를 향해 머리를 숙였다. 그러자 근엄해 보이는 외모와 달리 고교수는 손사래를 치면서 말했다.

"아이고 이런. 왜들 이러시나. 사실은 내가 두 분을 얼마나 만나고 싶었는데. 지금 우리나라가 세계를 이끄는 선진국이 된 것도 모두 두 분들 덕택 아닌가. 임박사가 나보고 바쁜 사람이라고 했지만 사실 나 별로 안 바빠요. 은퇴한 뒤로는 할 일도 별로 없는데 뭘. 그리고 ……."

잠시 말을 끊은 고박사는 나래 쪽을 향해 손을 내밀며 말했다.

"자네는 궁중 무술의 명인 신배래, 유선샘 부부의 자제분이지?"

나래가 그렇다고 대답하자 고박사가 말을 이었다.

"두 선생님 모두 안녕하신가? 두 분 다 내 사부님들이시지. 사실 내가 오십 넘어 큰 병이 있었는데 그 분들께 궁중 무술을 배우면서 건강을 되찾았어요. 자네가 그분들 뒤를 잇고 있다는 소식은 들었네만 이렇게 만나게 되니 정말 반갑구먼."

잠시 후 일행은 나래가 빌려온 차에 함께 올라탔다. 여울 초등학교 뒤편 산 속에 고녀볏 교수의 연구실이 있었다. 대나무가 우거진 호젓한 산길로 올라가니 아담한 4층 건물이 나타났다. 건물 안에는 층층마다 창문만 빼고 바이블 관련 서적들로 가득 차 있었다. 또 한쪽 구석에서는 컴퓨터 시스템과 연결된 구식 책 제작 기계가 허공에 떠 있는 영상 전자책의 내용을 종이에 인쇄해서 곧바로 책으로 제본하고 있었다. 그 곁에는 세 사람의 연구원들이 제작되어 나오는 책들을 분류하여 열심히 번호를 붙였다. 고박사가 쑥스러운 듯이 말했다.

"오늘이 마침 신간 파일들이 들어오는 날이라 좀 번잡스럽구먼.

내가 노인네라 아무래도 전자책에 익숙하지가 않아서 그놈들을 다시 종이 책으로 만드는 작업을 하는 중이야. 손에 침을 묻혀 페이지를 넘기고 코에 종이향기가 들어와야 책을 읽은 것 같거든. 그래서 여기는 나처럼 구식 인간들이 추억을 찾아서 자주 찾아오곤 하지."

일행은 한동안 고박사의 안내를 받으며 건물을 돌아다니다 어느 정도 구경을 마치자 2층 로비 가운데 놓인 소파에 앉았다. 조수가 가져다준 커피를 한 모금 마셨을 때 신박사가 임아름 박사를 향해 입을 열었다.

"혹시 임박사. 마라나타라는 말의 뜻을 아시오?"

임아름 박사가 웃으면서 말했다.

"알지요. '주여 오시옵소서'라는 뜻이지요. 신약 성경이 써지던 이천년 전은 기독교 박해가 무척 심했던 시절이라 기독교인들은 예수의 재림을 무척 갈망했지요. 그래서 초창기 교회 신도들은 그 말을 인사말로 사용했다고도 합니다."

"그런 사상을 기독교의 종말론이라고 하오?"

"그렇죠. 인류 역사의 마지막에 자기들의 왕인 예수가 도래해서 박해하던 인간들을 심판하고 자기들은 예수의 백성이 되어 그의 나라에서 영원히 행복하게 살 것이라는 사상. 그것이 종말 사상이지요. 바이블 속에 들어있는 핵심 사상입니다."

곁에서 가만히 듣고 있던 나래가 궁금한 얼굴로 물었다.

"그럼 그 사상을 가진 사람들은 모두 이 땅이 빨리 망하기를 바라겠네요."

임아름 박사가 잠시 멈칫 하더니 다시 웃으며 말했다.

"나래 씨가 중요한 질문을 하셨네요. 사실 그 부분에 대한 논리적인 연결이 좀 힘들어요. 성경 속에 분명히 서로 상충되는 것 같은 이중적인 분위기가 나타나거든요. 무슨 말인고 하니, 한편으로 기독교는 사회 정의와 복지 문제에 깊이 참여하려고 하지요. 그건 예수가 직접 내린 명령에 기초한 것이에요. 바이블은 기독교인들을 향해 너희는 세상의 빛과 소금이 되어라는 식의 명령을 분명히 하거든요. 정의가 강처럼 흐르는 사회를 만들라는 명령도 하지요. 그래서 지금도 기독교는 공해 문제라든가 도덕적인 타락, 사회의 부조리한 부분을 개선시키기 위한 노력들을 열심히 하고 있지요. 한 20년 전이었나요? 전 세계 최고의 골치 거리였던 핵무기를 완전 폐기하는데 앞장섰던 '엔토스 휘몬'이라는 단체도 기독교 소속 단체였지요. 당시 전 세계의 동의하에 어마어마한 양의 핵을 모두 폐기하고는 인류 전체가 겨우 안도의 한숨을 쉴 수 있었지 않습니까? 이런 분위기는 분명히 기독교가 이 땅의 멸망을 바라고 있지 않다는 증거처럼 보입니다. 물론 이런 활동들을, 나중에 세상을 심판하러 올 예수에게 잘 보이려는 행동 정도로 해석할 수도 있겠지요. 하지만 사회정의를 주장하는 기독교의 사상은 분명히 그 이상입니다. 그들은 확실히 이 세상이 변화되어 정의롭고 살기 좋은 곳으로 바뀌기를 소망하고 있지요.

하지만 다른 한편으로 반대적인 분위기도 분명히 존재해요. 요즘 우리 한국의 기독교에서도 상당히 많이 나타나는 분위기인데, 이른바 과거 중세 시대의 수도원 같은 분위기로 다시 돌아가자는 주장이지요. 세상은 악하고 더러운 곳이니 사회에 참여해서 세상을 새롭게 하기 보다는 한 걸음 물러나 자신들의 거룩함만 지키면서 조용히 종말을 맞는 순간을 기다리자는 사상입니다. 이런 사상도 역시 성경 속에 분명히 나타나고 있는 것입니다. 물론 박해라는 상황이 전제되어 있기도 했지만 바울이나 초대 교회의 사람들도 분명히 이런 식의 기대를 가지고 살았으니까요. 마라나타라는 말을 성경에 처음 기록한 사람도 바울이었지요. 여하튼 그들 모두는 심지어 자기들의 시대에 예수가 꼭 다시 올 것으로 믿고 있기도 했지요."

이번엔 최박사가 입을 열었다.

"그럼 그 둘 중 어느 쪽이 더 바이블의 사상에 일치하는 건가요?"

"바로 그게 어려운 문제입니다. 한편으로는 이 땅을 더 정의롭고 아름다운 곳으로 만들려고 노력하면서 또 한편으로는 이 땅에 종말이 오기를 바란다는, 좀 모순되어 보이는 두 사상이 바이블 안에는 서로 양립하고 있는데……"

여기까지 말하더니 임박사는 도움을 청하듯이 고너볏 교수 쪽을 바라보았다. 조용히 대화를 듣고 있던 고교수는 찻잔을 내려놓으면서 말했다.

"그건 말이지, 기독교인들이 기다리는 '하나님의 나라'를 어떻게 해석하느냐에 따라 입장이 달라지는 것이라오. '엔토스 휘몬' 같이 사회 정의를 위해 열심히 뛰는 기독교 단체들은 자기들이 고대하는 하나님의 나라가 이 땅에서 이미 시작되었다고 보는 관점을 가지고 있어요. 엔토스 휘몬이라는 희랍어 자체가 '너희 안에'라는 의미지요. 본래 성경에는 이렇게 나옵니다. 한번 여기를 보세요."

고박사는 윗주머니에서 돋보기를 꺼내 끼고는 탁자 위에 놓인 커다란 성경책을 펼쳐서 한군데를 찾더니 일행에게 보여 주었다. 거기에는 이런 말이 있었다.

> 예수께서 대답하여 이르시되 하나님의 나라는 볼 수 있게 임하
> 는 것이 아니요 또 여기 있다 저기 있다고도 못하리니 하나님의
> 나라는 '너희 안에' 있느니라 (눅 17:20-21)

고박사가 다시 말을 이었다.

"이런 말씀을 보면 기독교는 이 땅에서 막연히 종말을 기다리기 보다는 열심히 정의를 외치고 사회에서 빛과 소금의 역할을 감당해야 하는 것이 옳지요. 왜냐하면 하나님의 나라가 앞으로 다가올 어떤 장소라고 보지 않고 이 땅에서 이미 시작된 것으로 보니까요. 하지만 임박사 말대로 성경에 이런 사상만 있는 것은 아니지요. 분명히 성경 속에는 세상이 멸망할 곳이고 가망이 없기 때문에 한걸음 물러나서 자신들의 거룩함만을 유지하면서 종말을 기다려야 한다고 주장하는 것처럼 보이는 구절들도 많지요. 그런 사람들은 이 세상에 속히 종말이 임하여 신의 재판을 거친 후에 전혀 새로운 예수의 나라가 세워져야 한다고 믿고 있어요. 여기를 한 번 보세요."

고박사는 다시 성경을 뒤적이며 몇 개의 구절을 찾아 보여 주었다.

> 또 내가 새 하늘과 새 땅을 보니 처음 하늘과 처음 땅이 없어졌
> 고 바다도 다시 있지 않더라. (계 21:1)
> 이것들을 증언하신 이가 이르시되 내가 진실로 속히 오리라 하
> 시거늘 아멘 주 예수여 오시옵소서. (계 22:20)

"이런 구절들은 이 땅에 종말이 오면 지금과 완전히 다른 새 세

상이 열릴 것임을 보여 주는 증거들이지요. 동시에 기독교인들이 이를 오래전부터 갈망해 왔음을 보여 주기도 하고요. 특히 세상의 종말을 예언하는 요한계시록 마지막 부분에 나오는 '아멘 에르쿠 쿠리에 예수(계 22:20)' 즉 '아멘 주예수여 어서 오시옵소서'라는 구절은 바울이 말한 아람어 마라나타를 희랍어로 풀어 쓴 것이 분명합니다."

신박사의 머리에 다시 흰 복면들이 떠올랐다. 흰 복면들의 이마에는 마라나타라는 말이 적혀 있었다. 그렇다면 질문은 또 돌고 돈다. 고교수의 말대로라면 그들은 세속을 떠난 종말론자들이다. 그렇다면 왜 신박사의 연구가 성공하기를 바란다고 했는가. 신박사의 연구는 이 땅에 멸망이 아니라 영원을 가져오려는 것이 아닌가? 고박사의 말이 계속 이어졌다.

"사실 이처럼 바이블을 어느 각도로 해석하느냐에 따라 기독교 안에서도 여러 의견들이 갈라지기 때문에, 세상에는 수많은 기독교 종파들이 존재하는 것이라오. 아까 말한 '엔토스 휘몬' 같은 사회 참여적인 단체가 있는가 하면 '마라나타' 같은 종말론적인 단체들도 있지요."

고교수의 입에서 마라나타라는 단체가 있다는 말을 듣고는 신박사가 물었다.

"마라나타라는 기독교 단체가 실제로 있는 겁니까? 그 단체의 정체는 뭡니까?"

고박사가 안경을 벗어 탁자 위에 놓으면서 말했다.

"신박사님도 마라나타라는 단체를 아시오? 그들은 정체가 불확실한 일종의 비밀 종교단체라오. 중앙 본부는 어디 있는지 아무도 모르고 지부들이 세계 곳곳에서 활동하고 있지요. 혹시 10년 전에 일어난 '새 쿰란 공동체' 사건을 기억하시는지요. 2070년 2월 7일에 지구의 멸망이 있을 것이라고 주장해서 우리나라를 비롯하여 세계 곳곳에 큰 물의를 일으켰던 사건이었지요. 꽤 많은 사람들이 가정과 직장을 버리고 그 선교회에 들어가서 종말을 기다렸어요. 그리고 그날이 왔을 때 그들은 자정 넘도록 곳곳의 집회 장소 옥상에서 재림 예수를 기다렸지요. 하지만 결국 아무 일도 일어나지 않았어요. 그때 경찰들이 건물 밑에다가 안전 쿠션들을 펼쳐 놓았기에 망정이지 큰일 날 뻔 했어요. 예수가 안 온다고 실망한 사람들 상당수가 옥상에서 몸을 던졌으니까. 여하튼 나중에 관련자들을 조사해 보니 그때 종말을 예언한 것이 바로 마라나타의 교주였다는 증언이 나왔지요. 자기들은 그를 '정의의 교사'라고 부른다고 합디다만. 여하튼 전 세계적으로 그런 거짓 종말 사건이 있었음에도 불구하고 그 마라나타라는 단체는 여전히 베일에 쌓여 있다고 합니다."

고박사의 입에서 '새 쿰란 공동체'라는 말을 듣자 신박사는 가지고 온 가방을 열어 흰 복면에게서 건네받았던 서류를 탁자 위에 올려놓았다. "새 쿰란 공동체의 정의(正義)의 교사가 주께로부터 얻은 예언들"이라는 제목과 함께 아래에 써진 구절들을 보면서 고박사와 임박사의 눈이 동그래졌다.

> "죽음은 죽음이 아니니 죽음은 죽음을 이기는 길이다."
> "너희의 적은 타락함으로 그 날개가 꺾이었도다."

"아비의 가슴이 멍든 곳에 세워진 견고한 탑은 어찌 무너졌는가."

"이 탑 앞에 처음 선 자는 개와 벼룩과 메추라기에서 왕이 된 자의 젊은 날의 고통이 뒤따르리라."

"멸망은 멸망이 아니니 멸망은 곧 영원이다."

"그러므로 마라나타. 마라나타."

신박사가 계속 말을 이었다.

"지금 고박사님이 말씀하신 10년 전 말세 사건은 저도 어렴풋이 기억나는 것 같습니다. 당시 해외 토픽이었으니까요. 그렇다면 마라나타라는 단체와 새 쿰란이라는 단체는 서로 같은 것인가 보죠?"

"그렇습니다. 마라나타의 사람들은 자신들을 새 쿰란 공동체라고 주장하지요. 본래 쿰란 공동체란 BC 2세기경에 존재했던 고대 유대교의 한 종파였어요. 1947년에 한 양치기 소년이 사막에서 우연히 그들의 문서를 발견하고 세상에 알려진 종파인데 그들은 자신들을 참 이스라엘이라고 주장하면서 세속을 떠나 자신들만의 경건한 삶을 살면서 종말을 기다렸지요. 자기들 시대에 우주적인 큰 전쟁이 일어나고 결국 종말이 올 거라 믿으면서 말이에요. 그들을 이끌던 지도자의 명칭이 바로 '정의의 교사'였습니다. 그래서 마라나타도 자신들의 지도자를 위대한 정의의 교사라고 부르고 있지요. 하지만 현대의 새 쿰란 공동체는 신약성경의 가르침을 따르는 것으로 보아 예수를 자신들의 메시아로 인정하는 단체인 것 같습니다.

이런 점은 과거 쿰란 공동체와 확실히 다른 점이지요. 그건 그렇고 지금 신박사님이 가져오신 이 문서는 어디서 난 것입니까?"

신박사는 자신들이 하고 있는 엘프 666 연구와 석 달 전의 납치 사건 그리고 마라나타 사람들의 도움으로 딜릿에게서 구조 받은 이야기들을 간략히 설명하였다. 그리고 이어서 이런 질문을 임박사에게 던졌다.

"사실 그때 임박사님의 창세기 강연을 들으면서 저는 고민이 좀 생겼습니다. 박사님이 말한 생명나무의 길과 이를 막고 있는 천사와 불칼의 이미지가 지금 우리가 발견한 엘프의 이미지와 비슷하다는 생각이 떠나지를 않거든요. 결국 앞으로 우리가 해야 할 일도 그 입자 속에 있는 날개막을 깨뜨려 상단의 조각과 하단의 조각을 결합시켜서 생명의 신비를 밝히려는 작업인데 그렇다면 바이블의 관점에서 보면 이건 신의 뜻에 도전하는 것이 아닐까요? 사실 제 아버님은 임박사님의 강연을 들으시고 혹시 제가 생명나무 열매를 따려는 중인지도 모른다고 염려하고 계시답니다. 그러다 불칼을 맞으면 어떡하느냐고 말입니다."

신박사의 말에 임박사가 웃으면서 말했다.

"글쎄요. 사실 고대 문서 속에 등장하는 표현들을 문자 그대로 받아들이는 것은 문제가 있다고 봅니다. 어찌 보면 박사님의 연구와 그때 제가 예로 든 창세기의 구절이 상통하는 점도 있지만 그렇다고 그 구절이 바로 박사님의 엘프 666에 대한 지적이라고 말하는 것은 성급한 것 같아요. 솔직히 저는 인류가 속히 생명의 비밀을 밝혀 오래오래 사는 날이 오기를 바라고 있습니다. 그래야 일생 홀몸으로 저를 힘들게 키워 주신 어머니와 영원히 행복하게 살 수 있지 않겠습니까. 하하하. 여하튼 그런 차원에서 저는 두 분의 연구가 꼭 성공하기를 바라는 마음이니까 별로 엘프와 창세기의 생명나무 이야기를 연관시키고 싶지는 않네요. 하지만……,"

잠시 말을 끊고 커피를 한 모금 마신 임박사가 다시 입을 열었다.

"마라나타 같은 종말주의자들이 왜 두 분의 연구가 성공하기를 고대하는지는 저도 참 의문이군요. 그나저나 이 문장들의 수수께끼는 다 푸신 겁니까?"

신박사가 대답했다.

"임박사님의 강연에서 얻은 힌트를 적용한다면 처음 것과 네 번째 것은 어느 정도 의미가 풀린 것 같아요. 죽음이 죽음을 이기는 것이고 멸망이 곧 영원이라는 것은 임박사님의 강연에 나온 바이블의 종말 사상과 비슷하다고 생각합니다. 무엇보다 끝에 나오는 마라나타라는 말이 확실한 증거지요. 그러니까 이 세 구절은 확실히 바이블의 사상을 적은 것 같아요."

신박사의 설명에 임박사와 고박사가 천천히 고개를 끄덕였다. 신박사가 다시 말했다.

"하지만 나머지 문장들은 대체 무슨 말인지 전혀 이해할 수가 없습니다. 혹시 두 분께서는 뭔가 집히시는 것이 없습니까?"

한동안 말이 없던 고박사가 입을 열었다.

"이 문구들이 바이블에 기초한 것이라면 분명히 해답은 바이블의 내용 속에 있을 것인데. 어디 보자. '너희의 적은 타락함으로 그 날개가 꺾이었도다.' 너희의 적이라. 쿰란 공동체나 종말론자들의 궁극적인 적은 사탄을 의미하는데, 그렇다면 두 번째 문장은 사탄의 타락에 대하여 말하는 건가? 날개라는 의미는 천사와 연관이 있는데 기독교는 전통적으로 사탄이 천사가 타락한 것으로 보고 있거든요. 날개가 꺾였다는 말은 바로 그런 천사의 타락을 의미하는 것 같은데."

신박사의 머리에 엘프 666 속에 있는 날개막 형상이 다시 스치고 지나갔다.

"고박사님. 바이블에 등장하는 천사들은 정말로 날개가 달렸나요?"

"그렇지요. 물론 바이블에는 여러 종류의 천사들이 등장하는데 그 중에 스랍과 그룹이라는 천사가 있어요. 흔히 세라핌 케루빔이라고도 불리는 그들은 바이블에 보면 분명히 날개를 달고 날아다녔지요."

"그런데 왜 천사인 사탄이 타락한 겁니까?"

고박사는 잠시 침묵하더니 성경의 한 구절을 펴서 보여 주었다.

> 너 아침의 아들 계명성이여. 어찌 그리 하늘에서 떨어졌으며, 너 열국을 엎은 자여. 어찌 그리 땅에 찍혔는고. 네가 네 마음에 이르기를 내가 하늘에 올라 하나님의 뭇 별 위에 내 자리를 높이리라. 내가 북극 집회의 산 위에 앉으리라. 가장 높은 구름에 올라 지극히 높은 자와 같아지리라 하는도다. 그러나 이제 네가 스올 곧 구덩이 맨 밑에 떨어짐을 당하리로다(사 14:12-15)

고박사가 말을 이었다.

"여기 나오는 계명성이라는 말의 원어가 루시페르입니다. 그래서 일부에서는 사탄을 루시퍼라고 부르기도 하지요. 여하튼 이 구절은 본래 바벨론 임금에 대한 비유지만 전통적인 관점에서는 과거에 사탄이 저질렀던 행위를 인용한 것으로 봅니다. 즉 사탄이 스스로 하나님의 위치까지 오르려고 했다가 천사의 자리를 빼앗긴 것이라는 말이지요."

이번엔 최박사가 말을 이었다.

"그럼 인간의 타락과 비슷하군요. 창세기에 보면 인간도 하나님처럼 되려고 선악과를 먹었다고 나오던데요."

"그렇다고 볼 수도 있겠지요. 그때 인간을 유혹한 것도 바로 사탄이었으니까 비슷한 타락을 유도했겠지요. 여하튼 그런 차원에서 보면 이 구절은 엘프 666의 날개막이 타락이라는 개념과 어떤 관련이 있음을 말하는 것이 아닐까요?"

여기까지 대화가 이어졌을 때 창밖에서 묵직한 엔진 음이 들렸다. 내다보니 도서관 마당에 버스처럼 생긴 대형 비행선이 착륙하더니 일단의 외국인들이 내리고 있었다. 그들을 보자 고박사가 일행에게 말했다.

"아이고 이런. 오늘 만나야 할 방문객들이 또 있는 것을 그만 까맣게 잊고 있었군요. 늙으면 이렇다니까. 독일 신학자들이 우리 도서관을 견학하러 온다고 했는데 이거 어떡하죠?"

방문객들의 소리가 벌써 입구 쪽에 웅성거리기 시작했다. 신박사 일행은 소파에서 일어나 고박사에게 작별 인사를 드렸다. 고박사는 잠시 기다리라 하고는 급히 탁자 위에 놓인 신박사의 문서를 스캐너로 카피하면서 말했다.

"일단 이 서류를 나도 좀 더 연구해 볼게요. 뭔가 새로운 정보를 얻으면 다시 연락을 드릴 테니 그때 또 이야기합시다."

5. 자극 지수

나래가 운전하는 자동차를 타고 다시 여울초등학교 앞으로 내려온 일행은 주차장에 내려 임박사와 작별을 나누었다. 임박사가 말했다.

"두 분 오늘 뵙게 되어서 영광이었습니다. 나래 씨도 반가웠고요. 제가 별로 큰 도움을 드리지 못한 것 같은데 앞으로 마라나타라는 단체에 대해 더 알아보고 뭔가 발견하면 또 연락드리겠습니다. 두 분께서도 앞으로 저를 써먹으실 일이 있으면 언제든지 연락주세요."

그러면서 임박사는 주차장에 세워 놓은 자기 자가용 비행선 쪽으로 걸어가기 시작했다. 그때였다. 교문 안쪽에서 갑자기 장총을 든 무리가 뛰쳐나왔다. 모두들 무장 강도들처럼 커다란 붉은 마스크를 눈 바로 밑에까지 쓰고 있었다. 그들은 비행선에 올라타려던 임박사를 위협하여 신박사 일행이 있는 곳으로 다시 끌고 왔다. 신박사 일행은 결국 붉은 마스크들의 위협 속에 모두 무릎을 꿇을 수밖에 없었다. 총을 겨눈 자들은 잘 알아듣지 못할 언어로 서로 바쁘게 이야기하면서 일행을 거칠게 위협했다.

바로 그 때 공중에서 비행선 한 대가 나타나더니 마스크 무리를 향해 총을 발사했다. 신박사의 머리에 총을 겨누던 마스크 하나가 픽 쓰러졌다. 비행선에 연구소 마크가 붙어 있는 것으로 보아 프랭크 소장이 딸려 보낸 비밀 경호팀이 발포를 시작한 것 같았다. 삽시간에 대로에서 총격전이 일어났다. 신박사 일행은 자동차 아래에 머리를 박고 핑핑 나는 총알들을 피했다. 비행선의 총격은 정확해서 붉은 마스크 여럿이 쓰러졌다.

그러자 땅에 엎드리고 있던 마스크 하나가 뒤춤에서 뭔가를 꺼내더니 총 끝에 달고는 비행선을 향해 쏘았다. 소형 미사일이었다. 비행선은 날아오는 미사일을 일단 피했지만 멀리 가버렸다고 생각했던 미사일은 다시 방향을 바꾸어 날아왔다. 경호팀의 비행선은 이리 저리 날며 미사일을 떨치려 했다. 하지만 미사일은 끝내 비행선의 꼬리에 자석처럼 찰싹 달라붙는가 싶더니 곧이어 쾅하는 굉음과 함께 폭발하였다. 후미가 날아간 비행선은 균형을 잃고 여울초등학교 교문에 부딪히며 완전히 폭파되었다.

폭발의 파편이 사방으로 흩어지자 붉은 마스크들의 진영도 흩어졌다. 나래는 그 틈을 노려 신박사에게 눈짓을 한번 하고는 주변에 있던 마스크 두 명을 연속으로 쓰러뜨리고 운전석에 올라탔다. 일행도 재빨리 차에 따라 올랐다. 모두 올라타자 나래는 급히 액셀을 밟기 시작했다. 바퀴가 헛도는 급박한 소리와 함께 신박사 일행이 도망가는 것을 본 붉은 마스크들은 급히 주차장에 서 있던 자신들의 바이크에 올랐다. 저공 부양 플라잉 바이크들이 쉐엑 하는 소리와 함께 나래의 차를 추격하며 날아왔다. 그들이 쏘는 총알들이 차

뒷부분에 핑핑 날아와서 박혔다. 신박사는 떨고 있는 아내의 몸을 감싸면서 깊이 고개를 숙였다. 임박사도 나래 옆자리에 앉아 고개를 숙였다. 잠시 후 자체에 큰 충격이 전해졌다. 바이크를 타고 바짝 쫓아온 마스크가 철퇴 같은 것을 휘둘러 차체를 때리기 시작한 것이었다.

하지만 나래는 요령껏 지그재그로 운전을 했다. 곧이어 복잡한 도심 시가지가 나타났다. 나래는 급히 도심 안쪽으로 차를 몰았다. 지나가는 행인들은 대낮에 일어난 영화 같은 추격전을 보고 비명을 지르며 몸을 피했다. 곧 경찰 사이렌 소리가 요란하게 울려 퍼지기 시작했다. 바이크를 탄 놈들은 뒤에서 경찰이 쫓아오자 잠시 주춤했지만 포기하지 않고 나래가 모는 차를 필사적으로 추격했다. 도로를 지나던 다른 차들이 그들의 추격전을 피하다가 여기 저기 전복사고를 냈고 도심은 아수라장이 되었다.

그러자 경찰도 발포를 하기 시작했다. 바이크 하나가 경찰의 총격을 받고 급하게 기울어지더니 도로 옆 가로수를 들이받고 박살이 났다. 하지만 잠시 멀어졌나 싶던 바이크 한 대가 다시 나래의 차 바로 뒤까지 쫓아오더니 철퇴로 차의 뒷부분을 또 강타했다. 뒤 유리가 부서지면서 신박사 일행의 머리 위로 유리조각들이 우수수 떨어졌다. 그 모습에 경찰이 다시 총을 발사했다. 하지만 총알은 바이크 탄 놈을 맞히지 못하고 엉뚱하게도 나래의 차 뒷바퀴에 맞았다. 갑자기 펑크가 나자 차는 속도가 확 떨어져 버렸다. 그러자 바로 뒤에 쫓아오던 바이크가 제 속도를 이기지 못하고 차 후면에 부딪히더니 그대로 도로 위에 미끄러져 뒹굴었다. 그제야 다른 바이크들은 추격을 멈추고 경찰 비행선을 피해 방향을 바꾸어 뿔뿔이 도망처 버렸다.

　쓰러진 몇 명의 마스크들을 조사한 결과 신박사 일행을 공격했던 자들은 아프리카계 용병들임이 밝혀졌다. 자신들의 이념이 아니라 고용한 자를 위해 일하는 무장단체였다. 그렇다면 딜릿의 사주를 받았을 확률이 높다. 하지만 며칠 동안 경찰의 보호 속에 호텔에 머물면서 신박사 일행은 놀라운 사실을 알아냈다. 자신들의 차 뒤에 부딪쳐 쓰러졌던 바이크 맨의 정체가 드러난 것이었다. 아직 병원에서 의식을 회복하지 못한 그는 DNA 조사 결과 10년 전 새 쿰란 선교회 종말 사건을 한국에서 주도했던 청년 간부 중 하나임이 밝혀졌다.
　경찰서장으로부터 그 소식을 들은 신박사는 큰 혼란에 빠졌다. 새 쿰란 선교회라면 마라나타에 소속된 것이다. 그렇다면 지금 자신들을 공격한 것이 마라나타란 말인가? 마라나타는 분명 한 달 전만 해도 신박사를 딜릿에게서 구출해 줄 정도로 우호적이었다. 하지만 왜 갑자기 붉은 마스크를 쓰고 총을 들이대면서 나타난 것인가? 아무리 머리를 짜내도 결론을 얻을 수가 없었다. 고민을 하며 하루를 더 보낸 신박사는 아내에게 다시 사우디아라비아의 연구소로 돌아가자고 말했다. 뭐가 어찌 되든 간에 이 연구를 끝내야 한다는 생각에서였다.
　신박사의 결심이 굳은 것을 알고 경찰청장은 국보 같은 두 사람에게 경찰청 소속의 제트 비행선을 제공하여 사우디아라비아까지 호위해 주었다. 임아름 박사는 경찰의 보호 속에 자기 집으로 돌아갔다. 하지만 나래는 신박사 부부와 함께 인류진화센터로 가겠다고 우겼다. 앞으로 삼촌과 숙모에게 또 무슨 일이 생기면 자기가 보디가드를 해야 한다고 하면서. 벌써 형님과 통화해서 허락까지 받았다고 하는 나래를 데리고 신박사 부부는 인류진화센터로 출발했다.

아라비아 공항에는 프랭크가 직접 경호 부대를 이끌고 나와 맞이해 주었다. 프랭크는 침통해 있었다. 자기가 보낸 신박사 경호팀이 모두 사망했기 때문이었다. 경호대 팀장은 프랭크의 오랜 친구였다. 신박사는 우울해 있는 프랭크를 위로했다. 그러자 프랭크는 단호한 목소리로 말했다.

"닥터 신, 닥터 최. 무슨 일이 있어도 우리 이 연구를 성공시킵시다. 내 친구의 죽음이 헛되지 않게 말이에요. 앞으로 연구소 경비를 더욱 철저히 해서 두 분의 연구에 절대 지장이 없도록 하겠습니다."

아침부터 체육관에는 요란한 비명 소리가 울려 퍼지고 있었다. 러닝머신을 달리던 최박사가 자꾸 킥킥 웃었다. 체육관 한 복판에는 뚱뚱한 프랭크가 다리를 벌리고 앉아 나래의 지시대로 다리 찢기를 하고 있었다. 고통스러워 땀을 뻘뻘 흘리는 프랭크의 손을 잡고 그의 다리를 찢고 있던 나래는 가차 없이 소리쳤다.

"아이 참. 좀 더 힘을 내세요. 무술의 기본은 다리 찢기에요. 다리가 찢어져야 공중에 발이 올라가지요."

"오우. 미스터 신. 이거 너무 힘든데 그만 하면 안 될까?"

"가르쳐 달란 사람이 누군데 사흘 만에 포기하자는 겁니까? 그리고 스승님에게 미스터 신이 뭐에요. 이제부터 저를 마스터라고 부르세요. 궁중 무술은 예의가 가장 중요한 무도니까요."

사흘 전, 우울해 있던 프랭크를 기쁘게 하기 위해서 나래는 몇 가지 궁중 무술의 묘기를 선보였다. 허공의 일곱 군데를 연속으로 번개처럼 정확히 찍어 차는 족 기술과 자기 키의 두 배 이상의 높이를 발로 차는 기술 그리고 사방에 매달은 네 개의 풍선을 한 번에 뛰어 올라 발로 모두 터뜨리는 묘기, 거기에다가 목검을 화려하게 휘두르는 검술까지 보자 프랭크는 나래에게 자기도 그 무술을 배우고 싶다고 매달렸다. 그때부터 아침마다 체육관에는 프랭크의 비명이 울려 퍼지기 시작한 것이다.

아침 수련 시간을 겨우 다 채우고 나래에게서 해방된 프랭크 소장은 러닝을 끝낸 신박사 부부가 쉬고 있는 자리에 오자마자 식당에 연락해서 아침 식사를 갖다 달라고 했다. 엄청나게 허기가 진 듯 프랭크는 커다란 감자 칩 한 바구니에 두꺼운 햄버거를 두 개나 우걱우걱 씹어 먹었다. 그러면서 탄산음료를 큰 잔으로 두 개나 해치운 후에야 만족스러운 표정을 짓더니 담배를 꺼내 물고 보행머신에 올라섰다. 프랭크가 담배에 불을 붙이려고 라이터를 켜는 순간 갑자기 번개 같은 발이 프랭크의 얼굴로 날아와 라이터 일 센티 앞에 정확히 멈추었다. 그러자 비행기 바람에도 안 꺼진다는 고급 라이터 불이 확 꺼졌다. 깜짝 놀라서 보니 혼자서 운동하던 나래가 어느 틈에 와서 옆차기의 바람으로 프랭크의 라이터 불을 끈 것이었다. 나래는 거의 150도 이상 벌어져 공중에서 멈춘 다리를 천천히 거두며 말했다.

"소장님. 담배 피면 암에 걸린다는 거 세 살 먹은 아이들도 다 알아요. 게다가 이 패스트푸드들 하고……. 이 많은 걸 혼자 다 드신 거예요? 대체 정신이 있으세요? 가뜩이나 비만이신 분이 만날 보행머신이나 타고 다니고. 대체 어쩌려고 그러세요? 처자식 있는 분이 자기 건강에 좀 책임을 지셔야죠."

프랭크는 겸연쩍은 얼굴로 말했다.

"아이 좀 봐줘. 암은 이미 정복했잖아. 게다가 이제 곧 두 분 박사님이 영생의 비밀을 밝혀내시면 우리는 영원 무궁히 살 텐데 뭘."

두 사람의 대화를 듣던 신박사의 얼굴에 갑자기 웃음이 싹 가셨다. 아내의 얼굴을 보니 그녀의 눈에도 어떤 깨달음이 서려 있었다. 분명 자신과 동일한 생각을 한 것 같았다. 신박사 부부는 서둘러 자리에서 일어나 나래와 프랭크를 뒤로 하고 연구실로 뛰어 갔다. 초초 앞에 선 두 사람은 이전 실험들의 결과를 녹화한 영상 파일들을 찾았다. 리스트의 말미에 헬라 세포와 디프라 세포의 엘프 영상이 있었다. 급히 재생해 보았다. 전에도 수십 번 확인했듯이 두 세포에서 나온 엘프 666 입자 속의 날개막은 털 빠진 형태처럼 약해 보였다. 최박사가 입을 열었다.

"여보. 이 입자의 세포 샘플들은 분명히 모두 암세포들이지요?"

"역시 당신도 나와 같은 생각을 했구려. 한번 자세히 조사해 봐야겠군."

신 박사는 급히 프랭크에게 연락을 해서 헬라 세포와 디프라 세포의 본래 주인에 대한 조사를 의뢰했다. 1951년에 분리시킨 헬라 세포의 주인은 너무 오래전이라 별다른 기록이 남아 있지 않았다. 하지만 2050년에 사망한 디프라 세포의 주인에 대한 자료들은 병원에 상세히 보존되어 있어서 금세 전송되었다. 디프라 세포의 주인인 프래비티 씨의 사망 나이는 62세였는데 원인은 폐암과 간암

이었다. 약 40년 넘게 헤비 스모커로 살았다고 한다. 하지만 원인은 담배에만 있는 것이 아니었다. 그의 생활 습관들이 기록된 파일에는 그가 평생 술을 좋아해서 늘 위스키 플라스크를 주머니에 꽂고 살아왔다고 적혀 있었다. 게다가 잦은 파티와 폭식을 즐겼고 여성 관계가 매우 복잡했다는 사실도 밝혀졌다. 이처럼 40년 이상 타락한 삶에 빠져 폭식, 폭음, 폭연과 수많은 여성 편력으로 살았던 프래비티는 그로 인해 암에 걸린 것이 분명했다.

현대의 인류는 2076년에 들어와서야 모든 종류의 암을 완전 퇴치하는 의술을 개발했다. 암과의 전쟁에서 승리하기까지 그간 수많은 관련 분야의 연구들이 함께 진행되었다. 그 중 획기적인 것 하나는 일반 세포가 암 세포가 되기까지 받았던 비정상적 자극의 총 수치를 알아내는 연구였다. 인간이 평생 동안 받는 스트레스와 체내에 흡수되는 모든 음식물들 속에 존재하는 나쁜 성분들 그리고 호흡하는 공기 중의 유해 요소들의 양은 엄청난 것이다. 그럼에도 불구하고 인체는 웬만한 불순물들을 어느 정도까지 이겨 내어 평생 건강을 유지시킬 수 있다. 하지만 신체가 비정상적인 자극을 지나치게 강력히 혹은 장시간 받았을 때는 특별한 몇몇 경우를 제외하면 대체로 암 세포로 변이되는데 이때 세포가 받은 데미지의 총량을 측정하는 방법이 암을 정복하는 과정에서 발견되었던 것이다.

여기까지 생각이 미치자 신박사는 급히 오드 교수에게 연락을 취했다. 오드 교수는 신박사가 제뉴인 유니버시티에서 의학 과정을 공부할 때 지도하던 교수였고 동시에 암 세포가 받은 자극 지수 측정 공식을 최초로 확정한 장본인이었다. 그는 세포가 받은 자극들에 대한 수많은 시간적 물리적 변수들의 데이터베이스와 복잡한 불

확실성 속의 공통점들을 발견해 나가다가 마침내 한 사람의 세포 한 개가 받은 암 변이 지수를 일반적인 열량을 측정하는 공식인 $Q=CM\Delta\Delta T$에 대입하여 sq(stimulus quotient)라는 단위로 수치화 하는데 성공하였던 것이다.

  신박사의 전화를 반갑게 받아든 미국의 오드 교수는 자기 암센터에도 헬라 세포와 디프라 세포의 배양 샘플이 있으니까 몇 시간 내로 두 세포의 암 변이 자극 지수를 보내 주겠다고 했다. 신박사 부부는 초조한 마음으로 의자에 기대앉아 초초의 모니터에 나타나는 디프라 세포의 내부를 가만히 바라보고 있었다. 스페이드 하단의 팩맨과 상단의 부채꼴은 여전히 얇아진 날개막을 사이에 두고 서로 달라붙으려고 부르르 떨고 있었다. 저 둘이 결합하면 어떻게 될까. 세포 자체가 변화하는 것인가? 아니면 전혀 예상치 못한 반응에 의해서 완전히 다른 뭔가가 생겨날까? 신박사는 이런 저런 생각을 하다가 의자에서 스륵 잠이 들었다. 곁에 함께 앉아 있던 최박사가 작은 담요를 가져와 남편의 몸을 덮어 주었다.

  꿈속에서 신박사는 넓은 사막을 홀로 헤매고 있었다. 지쳐 쓰러지기 직전의 상태였다. 신박사는 고함을 치며 구조를 외쳤지만 이글대는 사막 위엔 모래 외에 아무 것도 없었다. 신박사는 지칠 대로 지쳐 모래 속에 쿡 쓰러졌다. 그때 갑자기 누군가 돌카를 타고 다가오더니 가만히 신박사를 내려다보았다. 신박사는 고개를 들어 도움을 청하려다 깜짝 놀랐다. 자신을 내려다보는 사람은 아내인 최박사였다. 신박사가 아내의 이름을 부르자 아내는 슬픈 표정을 짓고는 고개를 두어 번 가로젓더니 돌카의 머리를 돌려 반대편으로 달

려가기 시작했다. 신박사는 아내의 이름을 목 놓아 불렀다. 그때 그
녀가 사라진 사막 저편에 한 입체 영상이 나타났다. 엔리코 카루소
였다. 그는 예의 그 빼어난 음성으로 팔리아치의 "의상을 입어라"
를 부르기 시작했다.

    나의 마음은 애달파 대사와 연기를 모두 잊었네.
    하지만 공연은 해야지. 아! 이게 사람인가?
    하하하하……, 그대는 광대일 뿐.
    의상을 입고 또 분장을 하여라.
    저 사람들을 즐겁게 웃겨라.
    네 사랑이 널 두고 도망쳐도……,

카루소의 노래 소리가 신박사의 가슴을 찢어지도록 아프게 만들
었다. 신박사는 모래 위에서 슬픔을 견디지 못해 엉엉 울었다.

벌떡 잠이 깼다. 꿈에서 얼마나 울었는지 목이 꽉 멘 상태였다.
하지만 신박사의 귀에는 카루소의 노래 소리가 계속 흐르고 있었
다. 정신을 차려 보니 손목에 찬 만능시계의 전화벨이 울리는 중이
었다. 신박사는 잠긴 목을 헛기침으로 몇 번 가다듬고 손목의 버튼
을 눌렀다. 시계 위로 곧 자그마한 형상이 나타났다. 한국의 고녀볏
교수였다. 반가운 표정으로 노교수가 입을 열었다.

"이런 신박사님. 주무시고 계셨던 모양이지. 이거 노인네가 주책
없이 잠을 깨워 미안해요."

신박사는 겸연쩍은 표정으로 몸에 덮인 담요를 치우면서 말했다.

"아닙니다. 교수님. 막 깨어난 참이었습니다. 그동안 안녕하셨어요?"

"그럼 나야 늘 잘 있지요. 그건 그렇고 그날 큰일 날 뻔 했다면서? 임박사에게 이야기 들었어요. 물론 신문에도 그날 사건이 대문짝만하게 났지만 말이야."

고교수를 만나고 돌아오던 길에 있었던 끔찍한 총격전이 다시 신박사의 뇌리에 떠올랐다. 그때 마침 최박사가 들어왔다가 고교수의 영상을 보고 인사를 드렸다. 고교수는 말을 이었다.

"신박사님 그리고 최고운 박사님. 전에 나한테 보여 주신 문장들의 의미를 어느 정도 파악하게 되어서 이렇게 전화를 드리는 겁니다. 지금 시간 좀 있는지요?"

어차피 오드 박사의 연락을 기다려야 할 처지였기에 부부는 그렇다고 말했다. 그러자 고교수가 말을 이었다.

"일단 두 사람은 앞으로도 몸조심을 더 많이 해야 할 것 같아요. 신박사님이 보여 준 문장들이 진짜 예언이라면 말이야."

신박사가 그게 무슨 말이냐고 물었다. 그러자 고교수가 대답했다.

"먼저 다섯 번째 질문의 의미에 대해서 설명을 하지요. 이런 문장이었지? '이 탑 앞에 처음 선 자는 개와 벼룩과 메추라기에서 왕이 된 자의 젊은 날의 고통이 뒤따르리라.' 이 말이 가리키는 인물은 아마도 고대 이스라엘의 두 번째 왕 다윗을 의미하는 것 같아요. 다윗이 골리앗을 죽인 후 백성들의 큰 인기를 얻었을 때 당시 왕이었던 사울은 다윗을 지독히 시기했거든. 그래서 사울은 다윗이 자기 딸과 결혼한 사위인데도 불구하고 궁전에서 두 번이나 창을 던져 죽이려고 해요. 결국 다윗은 사막으로 도망갔는데 이후로 사울은 줄기차게 다윗을 죽이려고 추격을 계속했지요. 그때 다윗이 광야에서 사울 왕을 만나 멀찍이 서서 이렇게 외치는 장면이 나오는데 한 번 보시게."

신박사의 영상이 손에 든 바이블을 펼치자 그 중 두 구절이 확대되어 허공에 나타났다.

> 이스라엘 왕이 누구를 따라 나왔으며 누구를 쫓나이까, 죽은 개나 벼룩을 쫓음이니이다. (삼상 24:14)
> 그런즉 청컨대 여호와 앞에서 먼 이곳에서 이제 나의 피로 땅에 흐르지 말게 하옵소서. 이는 산에서 메추라기를 사냥하는 자와 같이 이스라엘 왕이 한 벼룩을 수색하러 나오셨음이니이다.
> (삼상 26:20)

"여기서 보듯이 다윗은 자신을 개와 벼룩과 메추라기에 비유하면서 사울 왕에게 추격을 멈춰달라고 부탁하지요. 하지만 본래 다혈질인 사울은 멀리서 호소하는 다윗의 말을 들을 때는 감동해서 그러겠노라고 약속하지만 이후로도 줄기차게 다윗을 추격하다가 결국 다른 나라가 침공했을 때 전쟁 중에 죽고 말아요. 그리고 나서야 다윗은 오랜 광야 도피 생활을 마치고 마침내 이스라엘의 왕으로 정식 등극하게 되지요. 이런 것들을 종합해 보면 아마도 앞으로 두 분의 인생에 누군가의 추격이 끝없이 이어질 것이란 의미가 되는데, 어쩌면 지금까지의 일들로 보아 그 거센 운명이 벌써 두 분께 시작된 게 아닌가 하는 생각도 드는군요."

신박사는 가슴이 묵직해졌다. 그 말이 일리가 있었기 때문이었다. 엘프의 발견 이후로 마치 사울 왕이 다윗을 추격하듯 누군가가 계속 신박사를 뒤따르고 있었다. 잠시 걱정스러운 얼굴로 아내를 한번 쳐다본 신박사는 재빨리 화제를 바꾸면서 물었다.

"그럼 네 번째 문장의 의미는 무엇인가요?"

고교수가 말했다.

"네 번째 문장은 이랬지? '아비의 가슴이 멍든 곳에 세워진 견고한 탑은 어찌 무너졌는가' 이 문장도 역시 바이블에 나오는 사건과 관련이 있더군요. 아마도 아비의 가슴이 멍든 곳이란 이스라엘의 세겜 지역을 의미하는 것 같아요. 구약 성경에 나오는 야곱이라는 사람이 이 세겜이라는 곳에서 몹쓸 일을 당하는 장면이 성경에 나오거든. 한 번 봐요."

신박사의 영상에서 다시 이런 구절이 확대되었다.

> 야곱이 밧단아람에서부터 평안히 가나안 땅 세겜 성읍에 이르러 그 성 앞에 장막을 치고……, 레아가 야곱에게 낳은 딸 디나가 그 땅의 딸들을 보러 나갔더니 히위 족속 중 하몰의 아들 그 땅 추장 세겜이 그를 보고 끌어들여 강간하여 욕되게 하고
> (창 33:18-34:2)

고박사가 말을 이었다.

"여기 나오듯이 세겜이라는 곳에서 야곱은 자기 딸이 그 지역 추장에게 성폭행을 당하는 비극을 경험해요. 그래서 나중엔 야곱의 아들들이 복수를 한답시고 끔찍한 대학살을 저질러 또 한 번 아비

야곱의 가슴을 서늘하게 만들었고 말이야. 문제는 이 세겜이라는 땅에서 수백 년 뒤에 또 한 번의 끔찍한 사건이 일어났다는 것이에요. 그건 바로 아비멜렉 사건이지요. 사실 일반적으로 이스라엘의 초대 왕은 사울이고 두 번째 왕이 다윗이라고 하는데 그 이전에 이미 이스라엘에는 왕이라는 칭호를 가진 자가 한 명 더 있었어요. 이 구절을 보면 알 수 있지요."

고너볏 박사는 또 다른 구절들을 펴서 보여 주었다.

> 기드온이 아내가 많으므로 그의 몸에서 낳은 아들이 칠십인이었고 세겜에 있는 그의 첩도 아들을 낳았으므로 그 이름을 아비멜렉이라 하였더라 (삿 8:30-31)
>
> 세겜 모든 사람과 밀로 모든 족속이 모여 가서 세겜에 있는 상수리나무 기둥 곁에서 아비멜렉을 왕으로 삼으니라 (삿 9:6)

"기드온의 서자였던 아비멜렉은 깡패들을 고용해서 기드온의 정실 자식 70명 중 겨우 도망친 막내만 빼고 다 죽인 후에 스스로 이스라엘 최초의 왕이 되지요. 하지만 그는 3년 뒤에 자기 백성인 세겜 사람들의 신뢰를 잃어버리고 배신을 당하게 돼요. 그러자 분노한 아비멜렉은 군사를 모아 세겜을 공격하였는데 결국 세겜 사람들은 아비멜렉에게 패하고 높은 망대에 올라가 피신하고 말았어요. 이를 세겜 망대라고 하는데 네 번째 문장에 나오는 것을 대응해 보면 야곱의 가슴이 찢어진 곳 즉 세겜에 세워진 견고한 탑은 바로 이 세겜 망대를 의미하는 것 같아요. 이 망대를 포위하고 고민하던 아비멜렉은 자기 군대와 함께 도끼를 들고 산에서 나무를 해 와가지고는 망대 아래에 장작을 대고 불을 질러서 망대에 숨은 사람들을 모두 불태워 죽이거든. 따라서 네 번째 문장 '아비의 가슴이 멍든 곳에 세워진 견고한 탑은 어찌 무너졌는가'에 대한 답을 굳이 말하자면 '불로 무너뜨렸다'가 답이라고 볼 수 있을 것 같아요. 내 생각에는 새 쿰란 공동체의 정의의 교사는 두 분의 연구에 대한 실마리로 불을 제시하고 싶어 한 것이 아닐까 하는 생각이 들어요. 물론 그가 2070년에 종말이 온다고 했던 예언이 거짓이었던 것으로 봐서 이 예언들도 별로 믿을 만한 것이 못될지도 모르지만 여하튼 그런 내용인 것 같아요. 그나저나 두 분 모두 걱정스러우니 부디 몸조심들 하시길……."

고교수와의 통화가 끝나고 몇 시간이 더 지난 후에야 미국의 오드 교수로부터 연락이 왔다. 오드 교수는 두 세포에서, 지금까지의 일반 암 세포들의 수치와 너무 큰 차이를 발견했기 때문에 몇 번이나 재확인하느라 늦었다면서 아주 미세한 오차 범위가 있을지 모르지만 거의 정확할 것이라는 말과 함께 측정된 수치를 전송해 주었다. 두 세포의 자극 지수는 이러했다. 정상적인 세포의 자극지수 수치를 0으로 잡을 때 헬라 세포는 29.7sq였고 디프라 세포의 지수는 그보다 두 배 정도인 45.1sq였다. 보통 자기 주인을 죽인 신체의 암 세포들도 그 수치가 5이상을 넘지 않는 법인데 이런 차원에서 보면 분명 헬라와 디프라 세포의 자극 수치는 기이할 정도로 높았다.

그런데 좀 더 세심하게 연구를 진행시켜 보니 이 자극지수와 날개막의 두께 사이에는 신기한 비례 관계가 성립되고 있었다. 일단 정상적인 코어 아톰 세포들의 날개막은 예외 없이 모두 일정한 두께를 보여 주고 있었다. 신박사는 이 두께를 일단 10yt(욕토)로 잡았다. 하지만 자극 지수가 5sq정도 되는 암 세포의 날개막 두께는 9yt로 일반적인 것의 십분의 구 수준이었다. 그런데 자극 지수가 30sq 정도인 헬라 세포의 날개막은 4yt였고 45sq 정도의 디프라 세포는 1yt로서 정확히 5sq당 1yt씩 두께가 감소하고 있었다. 이런 식의 비례 관계가 성립한다면 디프라 세포에 5sq가 더해질 경우 그 날개막이 완전히 파괴될 수 있다는 의미가 된다. 그렇다면 10yt 두께의 정상 세포의 코어 아톰의 엘프 666 날개막은 총 50sq의 열량이면 파괴할 수 있다는 계산이 나온다.

신박사는 이어서 디프라 세포가 그동안 받은 데미지 열량을 대략 가늠해 보았다. 1sq를 일반적인 에너지 단위로 나타내면 약 41,800J(joule) 정도로 1칼로리(cal)가 4.168J로 환산되는데 대입해 보면 1sq는 대략 100,000cal 정도가 된다. 따라서 자극지수가 45.1sq인 디프라 세포가 받은 데미지는 약 4,500,000cal 정도이다. 보통 구형 폭탄인 TNT 1톤(1,000kg)이 폭발하는데 발생하는 열량을 일억 칼로리로 보는데 그렇다면 디프라 세포 한 개가 받은 자극은 거의 TNT 45kg의 폭발력에 맞먹는 것이다. 여기에다가 오십만 칼로리 그러니까 TNT 5kg의 자극을 더 주어서 50sq의 자극지수를 채우면 디프라 세포의 날개벽이 완전히 깨진다는 결론이 나온다.

여기까지 이론적으로 정리가 되자 신박사 부부는 모든 자료들을 컴퓨터에 넣어 정확한 미세 수치를 뽑아낸 후 당장 실제적인 실험에 돌입하려고 마음먹었다. 일단 코어 아톰이 아닌 날개막이 없는 일반 세포 하나를 가지고 실험에 착수해 보려고 했다. 하지만 그것은 결코 간단한 문제가 아니었다. 실험에 필요한 열량도 엄청났지만 설사 극히 작은 세포 하나에다가 50sq 용량의 엄청난 열을 가한다 해도 그것이 그 세포의 핵 속에 있는 코어 아톰 원자 속 666번째 분화체인 엘프에까지 영향을 끼칠 확률은 전혀 없었기 때문이었다. 하지만 이 문제는 엉뚱한 곳에서 해결의 실마리가 잡혔다. 인류구원센터의 경호대에서 무기 지원팀을 맡고 있던 한 군인이 식사 도중 재미있는 이야기를 꺼냈기 때문이었다.

한때 미국의 무기 전문가로 활동했던 그는 노벨의 다이나마이트 이후로 인류의 파괴적인 무기가 어떻게 발전되어 왔는지를 설명하다가 신박사가 관심을 가지자 신이 나서 최근에 개발된 그린 레이저 건에 대하여 설명해 주었다. 일반적인 레이저 광선보다 훨씬 더 센 에너지를 품은 초록 광선을 머리카락의 10,000분의 1보다 더 가는 수십 개의 관을 통과하게 함으로써 에너지 효율은 높이고 동시에 더 강력한 파괴력과 지속력을 가지게 한 신무기라고 했다. 이 그린 레이저 건은 미세한 만큼 에너지 집약도가 매우 높아서 두꺼운 쇠도 금방 자르고 인간도 쉽게 반 동강 낼 수 있다고 했다.

그 이야기를 듣고 나서 신박사는 당장 그 무기의 제조 회사라는 독일의 포피스사(For Peace)와의 접촉을 시도했고 실제로 그런 무기가 있음을 확인하였다. 신박사는 그 총의 개발자에게 그린 레이저 건을 지금보다 더 가는 광선으로 만들어 물체 속의 원자보다 더 작은 입자를 쏠 수 있도록 만들 수 있겠냐고 물었다. 담당자는 웃으면서 어쩌면 욕토 기술로 유명한 밀란다 박사가 함께 작업해 준다면 가능할 것도 같다고 농담처럼 말했다. 인도 출신의 밀란다 박사는 신박사와 함께 세계 최초로 욕토 기술을 개발하여 초초 제작을 주도한 인물로서 신박사와는 제뉴인 유니버시티 시절 같은 기숙사 방에 있던 룸메이트였다.

  신박사가 정색을 하고 밀란다 박사를 포피스 회사로 파견시켜 주 겠다고 하자 포피스의 관계자는 다소 당황해 하는 것 같았다. 하지 만 신박사는 충분한 연구 개발비와 사례를 약속하였고 곧 인도의 밀란다와 연락하여 포피스 회사의 그린 레이저 건 전문가들과 팀을 이루도록 주선했다. 밀란다는 신박사의 설명을 듣고 나더니 급한 일이 마치면 일주일 뒤쯤 프로젝트에 참석할 수 있을 것이라고 약 속했다. 프랭크 소장은 거액의 착수금을 포피스사와 밀란다의 계좌 로 송금하였다. 그리고 일주일 후 밀란다는 독일의 포피스 회사에 도착했고 그린 레이저 건 전문가들과 함께 엘프 666 입자에까지 도 달할 욕토 기술의 그린 레이저 광선총 제작 작업을 시작했다는 전 갈을 보내왔다.

6. 이상한 보고서

 연구소 밖에서 울리는 괴성을 견딘 지 벌써 사흘 째였다. 실험실에 있던 신박사는 아무래도 뭔가 조치를 취해야 한다는 생각에 프랭크를 찾다가 보안 모니터 실에서 그를 만났다. 프랭크는 경비대장과 함께 연구소 안과 밖을 동시에 보여 주는 수십 개의 모니터 중 하나를 뚫어지게 쳐다보고 있었다. 신박사도 함께 모니터를 보았다. 수염이 덥수룩하고 체격이 우람한 사내 하나가 털도 다듬지 않은 짐승 가죽을 걸치고 허리에 띠를 띤 채 커다란 지팡이를 입에 대고 연구소를 향해 고함을 치고 있었다. 지팡이에는 고성능의 마이크와 스피커가 장착되어 있는지 그의 목소리는 쩌렁쩌렁 연구소와 사막 전체를 울렸다.
 세계 전역에서 영어가 통용되는 시대였지만 그의 언어는 낯설어서 알아들을 수가 없었다. 프랭크는 곁에 다가온 신박사를 보더니 경비대장에게 통역기를 작동해 보라고 했다. 경비대장이 통역기 버튼을 누르자 이런 음성이 들려왔다.
 "회개하라. 너희가 지금 무슨 짓을 하고 있는지 아느냐? 천벌이 내릴 것이다. 당장 그 사악한 연구를 멈추고 회개하라."

통역 컴퓨터 모니터에는 그가 사용하는 언어가 히브리어라고 적혀 있었다. 그렇다면 이스라엘 사람인가? 성미 급한 경비대장의 입에서 "미친 놈"이라는 말이 흘러나왔다. 사실 이런 일이 처음은 아니었다. 과거 영국 과학자들을 중심으로 진행된 '머리 없는 인간 제작'이나 '지능 업그레이드 형 합성 동물 제작' 프로젝트 때에도 각종 시민, 종교 단체들이 연구소 앞에 몰려와 오랫동안 반대 농성을 했었다. 경비대장은 모니터 앞 데스크의 마이크에다 대고 입구 담당 보초에게 그 놈을 강제로 쫓아버리라고 명령했다.

잠시 후 두 명의 경비병이 가죽 털옷에게 다가가는 모습이 보였다. 경비병들은 그에게 총부리를 겨누고 썩 물러가라고 했다. 그 순간 털옷은 번개 같이 지팡이를 휘둘렀고 경비병들의 소총은 어느 틈에 그의 지팡이 끝에 매달려 뱅글뱅글 돌고 있었다. 총을 빼앗긴 경비병들이 당황하여 허리춤의 곤봉을 빼서 달려들었다. 하지만 그는 거대한 몸을 가볍게 몸을 날리더니 지팡이 끝으로 그들의 뒤통수를 툭툭 쳤다. 별로 세게 친 것 같지도 않았는데 경비병들은 털썩, 털썩 쓰러졌다.

"음, 굉장한 고수군요."

어느 틈에 모니터실로 들어 온 나래가 그 장면을 보면서 말했다. 경비대장은 당장 다른 경비대원들을 출동시키려고 마이크를 잡았다. 하지만 나래가 그의 손을 붙들면서 말했다.

"무술 하는 사람 같은데 제가 한번 나가 볼게요. 아마 서로 통하는 게 있을 거예요."

경비대장이 프랭크 소장을 쳐다보자 프랭크가 고개를 끄덕였다.

나래는 체력 단련실로 가서 훈련용 목검 한 개를 집어 들고는 연구소 밖으로 나갔다. 잠시 후 털옷 입은 사람 앞으로 다가가는 나래의 모습이 모니터에 나타났다. 나래는 별다른 말없이 그의 앞에 서서 머리를 숙여 인사를 하고는 한 손에 목검을 빼들고 검술 자세를 잡았다. 수염 난 털옷도 말없이 나래를 바라보다가 고개를 한 번 끄덕이고는 지팡이로 들어 공격 자세를 취했다.

곧이어 두 사람의 한판 대련이 시작되었다. 현란한 검술과 봉술. 한마디로 신기였다. 영화에서처럼 보여 주기 위해 만든 동작들이 아니라 실제로 상대의 몸통 속에 있는 허점들을 찌르려고 둘의 무기는 전광석화처럼 움직였고 또한 번개처럼 상대의 무기를 걷어내고 있었다. 우열을 가늠하기 힘들만큼 현란한 수십 합의 기술들이 펼쳐졌다. 하지만 시간이 좀 더 흐르자 나래의 목검이 더 자주 상대의 허를 공격해 들어가기 시작했다.

총 24단계로 이루어진 궁중 무술의 19단계는 바로 신라 때부터 내려오는 본국 검법이다. 혹자는 무예도보통지에 실린 본국검법이 일본도의 영향을 받았다고 하지만 오히려 일본이 과거 신라검의 영향을 받았다고 보는 것이 옳다. 이 검법은 총 22가지로 구성되어 있는데 그중 대표적인 정면 공격인 진전격적세(進前擊賊勢)로 나래가 검을 상하로 그어 들어가자 상대는 주춤거리며 뒤로 물러가기 시작했다. 그 틈을 노려 나래는 순간적으로 날아올라 온 몸을 뒤틀어 검을 360도 회전시키면서 상대의 목덜미로 검날을 꽂아 넣었다. 털옷은 간신히 지팡이를 올려 그 공격을 막아내었다. 하지만 목검의 가공할 힘을 이기지 못하고 지팡이가 부러지더니 결국 털옷은 균형을 잃고 쓰러졌다. 그가 다시 일어나려는 순간 나래는 다시 몸을 날려 사뿐히 그의 앞에 내려앉고는 표두압정세(豹頭壓頂勢) 즉 표범의 정수리를 칼끝으로 겨누는 것 같은 자세로 그의 이마에 목검 끝을 들이댔다.

털옷은 당황한 얼굴로 나래의 검을 바라보다가 부러진 지팡이를 땅에 내려놓고 나래에게 손을 내밀었다. 나래는 그 손을 붙들어 일으키고 난 뒤에 목검을 양손으로 감싸 이마에 대고 인사를 했다. 잠시 나래를 바라보던 그는 털옷 사이에서 뭔가 주섬주섬 끄집어냈다. 작은 서류봉투였다. 그는 봉투를 나래에게 건네주고 나서 뒤로 돌아 넓은 광야 쪽을 향해 달리기 시작했다. 그러자 어디선가 구름조각처럼 생긴 플라잉 보드가 날아왔다. 그는 가볍게 보드 위로 올라탔고 상당한 속도로 모래 언덕을 넘어 사라지고 말았다.

나래가 받아 온 것은 한 장의 지도와 몇 장의 서류였다. 손으로 대략 그린 지도는 아마도 사막에 있는 어느 지역을 나타내는 것 같았다. 신박사가 지도에 적힌 꼬불꼬불한 히브리어에 만능시계의 번역 스캐너 기능을 작동시켜 갖다 대자 뜻밖에 낯익은 명칭들이 나타났다. 지도 우측 상단에 '새 쿰란 공동체'라는 이름이 나타난 것이었다. 나무들이 그려져 있는 것으로 보아 아마도 오아시스를 가리키는 것 같은데 그 위에 '새 쿰란 공동체'라는 명칭이 적혀 있었다. 명칭 옆에는 괄호가 있고 그 속에 '마라나타'라는 이름도 함께 적혀 있었다. '새 쿰란 공동체' 왼쪽으로 꽤 멀리 떨어진 곳에는 세 개의 산이 삼각형 형태로 모여 있었다. 그 중심부를 가리키는 화살표에는 '파루시아 카타콤'이라는 이름이 달려 있었다. 지도의 오른쪽 하단에는 돌산을 의미하는 것 같은 바위덩어리가 그려져 있고 거기에 '광야의 소리'라는 명칭이 붙어 있었다.

이번에는 다른 서류를 살펴보았다. 넉 장의 보고서 양식 서류에는 희랍어 문장들이 인쇄되어 있었다. 신박사는 자기 아내가 희랍어를 읽을 수 있다는 사실을 기억하고 최박사를 호출했다. 연구실에 있던 최박사가 내려와 지도와 서류를 보더니 무척 놀라는 표정을 지었다. 잠시 보고서를 훑어보던 아내는 앞부분의 내용은 사라지고 결론 부분만 남은 보고서라고 말하면서 꼭대기에 적힌 제목을 읽어 주었다. "2080년, 속세 인간들에 대한 정탐 결론"이라고 적혀 있었다. 프랭크는 보고서를 받아들고 컴퓨터의 스캐너에 집어넣었다. 그러자 보고서는 영문으로 번역되어 사람 수대로 찍혀 나왔다. 프랭크와 신박사 부부 그리고 나래와 경비대장은 각각 의자에 앉아서 보고서를 읽기 시작했다. 이런 내용이었다.

2080년, 속세 인간들에 대한 정탐 결론

본 12인의 정탐대는 서기 2079년 10월부터 2080년 3월까지 6개월 동안 서방의 미국, 영국, 독일, 아시아의 이스라엘, 한국 그리고 중국의 대형 도서관 자료들을 중심으로 속세인들의 삶을 정밀 분석하였고 또한 지상에서 직접 겪은 경험들까지 모두 종합하여 위에서 낱낱이 정리 보고하였다. 이제 본 보고서의 말미에서 우리는, 지금까지의 정탐에 대한 최종적인 결론을 '더블 존' 지도부의 시대 판단 기준에 따라 아래와 같이 요약하는 바이다.

첫째----지상인들의 의복 상태는 21세기라는 점을 감안한다고 해도 심각한 문제가 있었다. 먼저 의복에 남녀 구분이 거의 없는 상태였다. 일반인들의 삶에서 남성과 여성의 옷을 엄격히 구분해서 입으려는 조심성은 이미 사라진 상태였다. '광야의 소리' 〈생명의 옛 책〉 제 5권에는 분명히 "여자는 남자의 의복을 입지 말 것이요 남자는 여자의 의복을 입지 말 것이라. 이같이 하는 자는 네 하나님 여호와께 가증한 자니라(신 22:5)"고 기록되어 있다. 하지만 지상 인간들에게는 이런 말씀이 전혀 적용되지 않고 있는 상태였다. 물론 여성미와 남성미를 강조하는 의복들도 존재하기는 했지만 그 대부분은 자기 신체의 성적인 면을 강조하여 음탕한 분위기를 조장하려는 것들이 대부분이었다.

둘째----동성애와 트랜스젠더 문제가 도를 넘어섰다. 매 10년마다 있는 우리 광야의 소리의 세속 정탐 보고 때마다 이 문제가 지적되어 왔지만 현재 지상의 상태는 이 문제가 갈 데까지 갔음을 보여 준다. 거의 모든 국가들은 이미 남자와 남자, 여자와 여자의 결혼을 법적으로 허락하고 있고 또한 남자가 여자가 되거나 여자가 남자가 되기를 원할 때에 언제든지 성전환 시술을 받을 수 있도록 허용하고 있다. 이 또한 〈생명의 옛 책〉 제 3권에 기록된 "너는 여자와 동침함 같이 남자와 동침하지 말라 이는 가증한 일이니라(레18:22절)"와 〈생명의 새 책〉 제 6권의 "이 때문에 하나님께서 그들을 부끄러운 욕심에 내버려 두셨으니 곧 그들의 여자들도 순리대로 쓸 것을 바꾸어 역리로 쓰며 그와 같이 남자들도 순리대로 여자 쓰기를 버리고 서로 향하여 음욕이 불 일듯 하매 남자가 남자와 더불어 부끄러운 일을 행하여(로마서 1장 26~27절)"라는 말씀에 위배되는 일이다.

셋째----지상 사회의 가정 파괴 현상 또한 심각한 정도를 넘어섰다. 나라마다 혼전 동거, 계약 결혼, 리틀 맘 현상(미성년자들이 아기를 출생하는 현상)의 만연은 기본이었고 약 1세기 전부터 시작된 딩크족(Double Income No Kids의 약자로 아이를 낳지 않고 인생을 즐기려는 맞벌이 부부)이니 딘스족(Double Income No Sex의 약자로 직장생활 등의 피곤으로 부부간의 성적인 관계가 거의 없는 부부)이니 하는 출산 기피 부부들이 일반화되면서 전통적인 결혼생활을 유지하는 가정들이 급속도로 사라졌다. 그나마 깨지지 않고 유지되는 가정들도 남편과 아내가 자신들의 배우자 외에 다른 애인을 두

거나 혹은 다른 부부와의 스와핑에 중독되어 있는 현상들이 상당히 일반화되어 있다. 이 또한 우리의 〈생명의 옛 책〉 제 1권에 기록된 "이러므로 남자가 부모를 떠나 그 아내와 합하여 둘이 한 몸을 이룰지로다(창 2:24)"라는 말씀에서 강조하는 '부부는 한 몸'이라는 개념과, 〈생명의 새 책〉 제 10권의 "아내들이여 자기 남편에게 복종하기를 주께 하듯 하라 …… 남편들아 아내 사랑하기를 그리스도께서 교회를 사랑하시고 그 교회를 위하여 자신을 주심 같이 하라(엡 5:22, 25)"는 말씀에 정면으로 위배되는 현상이다.

넷째----위에서 지적한 가정 파괴 현상은 대략 두 가지 상반된 결과를 낳고 있었다. 아예 가족 구성원들 간에 대화 자체가 사라져 명목상의 가정 형태만 유지하든가 아니면 가족 구성원들로 서로에게 원인 모를 분노와 보복 심리를 품게 만들었다. 특히 후자의 경우 부부 간의 폭력이나 어린 자녀들에 대한 폭행 사례가 급증하게 만들었다. 이런 분위기에서 성장한 자녀들이 어른이 된 후에는 상당수가 자신의 늙은 부모를 구타하는 사태도 급증하고 있었고 이런 가정 내의 폭력적인 분위기는 그대로 사회에 전이되어 세상의 어두운 곳은 폭력과 범죄가 난무하는 무법천지로 흘러가고 있다. 이런 현상 또한 〈

생명의 새 책〉 제 15권에 나오는 "누구든지 자기 친족 특히 자기 가족을 돌보지 아니하면 믿음을 배반한 자요 불신자보다 더 악한 자니라(딤전 5:8)"는 말씀을 현재 지상인들이 따르지 못하고 있다는 증거이다.

다섯 째----지상의 문화들, 즉 대부분의 음악과 영상물들, 무대에서 공연되는 다양한 극들, 수많은 방송 내용들 그리고 서적들의 베스트셀러를 분석해 본 결과 대부분의 것들이 위에 언급한 성(性) 파괴적이고 음탕하고 폭력적인 현상들을 극도로 부채질하고 있는 것들임이 밝혀졌다. 이것은 지난 2070년의 정탐에서 선배들을 통해 똑같이 지적된 것이었는데 그때보다 지금의 양상이 훨씬 더 심각해졌다고 말할 수 있다. 21세기 말엽의 문화는 성적인 쾌락을 추구하고 증가시키려는 면에 지나치게 치중하고 있고 이에 대한 국가적인 단속이나 국민들의 자정 능력도 거의 사라진 상태이기 때문에 우리의 〈생명의 새 책〉 제 6권이 강조하는 "오직 주 예수 그리스도로 옷 입고 정욕을 위하여 육신의 일을 도모하지 말라(롬 13:14)"는 말씀에 정면 위배되고 있다.

여섯 째----지상의 크고 작은 모든 인간 활동들은 거의 대부분 양심을 따르지 않고 경제 이데올로기에 좌우

되고 있다. 특히 지상의 삶을 좌지우지하는 중요한 경제인들과 정치인들은 아무리 선한 일이라도 이득이 되지 않으면 결코 투자하지 않으며 아무리 악한 일이라도 이득이 남으면 기어이 해내고야 마는 경향이 있다. 본론에서 이미 세밀히 지적한 대로 이런 현상들 또한 "그들의 입을 막을 것이라 이런 자들이 더러운 이득을 취하려고 마땅하지 아니한 것을 가르쳐 가정들을 온통 무너뜨리는도다(딛 1:11)"라는 제 17권의 말씀과 "이 사람들은 원망하는 자며 불만을 토하는 자며 그 정욕대로 행하는 자라. 그 입으로 자랑하는 말을 하며 이익을 위하여 아첨하느니라(유 1:16)"라는 〈생명의 새 책〉 제 26권의 경고에 해당되는 현상이다.

일곱 째---지상의 과학은 하나님의 창조 영역을 무참히 파괴하고 있다. 오래 전 서기 2000년의 정탐에서 처음 논란이 관찰되었던 유전 공학과 인간 복제 문제들은 현재 모든 국가들에서 이미 허용된 상태이고 부유한 인간들은 장기 대체를 위한 몸통뿐인 자기 복제 체를 생체 공장에 보관 배양하고 있는 상태이다. 또한 죽지 않기 위해 냉동 상태로 영생의 비밀이 밝혀지기를 기다리는 인간들도 세계적으로 최소한 2천 명 가까이 이르는 것으로 밝혀졌다. 게다가 지상인들 사이에서도 논란이 되어

왔던 동물끼리의 합성 문제 또한 2종류까지의 합체는 합법적인 것으로 인정이 되어 우리의 사막 근처에서도 실험실에서 버린 합성 괴물들이 무수히 돌아다니고 있는 상황이 되고 말았다. 하지만 무엇보다 가장 중요한 문제는 최근 인간들이 생명의 신비에 상당히 근접하고 있다는 것이다. 우리와 같은 사막에 위치한 인류진화센터라는 곳에서는 생명의 열매라는 이름의 엘프(ELF 666)를 발견했다. 본론 7장에서 실은 사진에서도 짐작할 수 있듯이 이는 우리 더블 존 19세께서 전해 주신 '무저갱의 열쇠' 형상과 흡사한 것이 분명하다.

보고를 마치면서 정탐대가 제시하는 의견

이상과 같은 결론을 통해서 우리 정탐대원 12명은 자체 토론을 거친 후 다음과 같은 의견을 지도부에 제시하는 바이다. 지상인들은 현재 상당히 타락한 상태로 그 수준이 〈생명의 새 책〉 제 1권의 우리 주 예수 그리스도께서 제시한 세상 끝의 징조에 거의 도달했다고 보인다. 특히 문명의 발달에도 불구하고 여전히 난발하고 있는 각국의 전쟁들과 함께 전 세계적으로 빈발하고 있는 심각한 기상이변 현상들은 예수께서 말세의 징조로 일러주신 "민족이 민족을, 나라가 나라를 대적하여 일어나겠고 곳곳에 기근과 지진이 있으리니(마 24:7)"는 말씀에 부합하는 것 같다.

무엇보다 이러한 외적 현상들 이외에도 보고서가 지적한 여러 가지 인간 타락 현상과 문제점들은 예수께서 지적하신 마지막 때의 징조인 "불법이 성하므로 많은 사람의 사랑이 식어지리라(마24:12)"는 말씀과 바울 사도가 지적한 "너는 이것을 알라. 말세에 고통 하는 때가 이르러 사람들이 자기를 사랑하며 돈을 사랑하며 자랑하며 교만하며 비방하며 부모를 거역하며 감사하지 아니하며 거룩하지 아니하며 무정하며 원통함을 풀지 아니하며 모함하며 절제하지 못하며 사나우며 선한 것을 좋아하지 아니하며 배신하며 조급하며 자만하며 쾌락을 사랑하기를 하나님 사랑하는 것보다 더하며(딤후 3:1-4)"라는 항목에 거의 대부분 일치하는 것처럼 보인다.

물론 기독교 내부의 두 번째 종교개혁이나 우리의 형제 '엔토스 휘몬' 같은 단체들의 정의로운 활동들도 주목할 만하다. 하지만 우리 정탐대는 이런 고무적인 현상 또한 〈생명의 새 책〉 제 5권이 기록하고 있는 "하나님이 말씀하시기를 말세에 내가 내 영을 모든 육체에 부어 주리니 너희의 자녀들은 예언할 것이요 너희의 젊은이들은 환상을 보고 너희의 늙은이들은 꿈을 꾸리라(행 2:17)"는 말씀의 성취로서 역시 임박한 말세의 징조로 파악한다.

따라서 최종 결론을 내리자면 현재 2080년의 세상은 종말의 때에 거의 근접했다고 볼 수 있다. 무엇보다 우리 속에 예언되어 오던 '무저갱의 열쇠' 즉 엘프 666의 발견은 〈생명의 옛 책〉 제 1권에 기록된 대로 "하나님이 그 사람을 쫓아내시고 에덴 동산 동쪽에 그룹들과 두루 도는 불 칼을 두어 생명나무의 길을 지키게 하시니라(창 3:24)"에 나타난 대로 곧 불칼이 인류에게 떨어질 위기가 도래했음을 보여 준다. 그러므로 아마도 우리 공동체에게 맡겨진 사명을 실행해야 할 시기가 곧 도래하리라는 소견을 본 정탐대는 감히 제시하는 바이다. 이상 광야의 소리 제 일곱 번째 정탐 보고를 모두 마친다. 보고된 사항들은 추호도 거짓이 없음을 그리스도의 이름으로 확증한다.

제 9대 광야의 소리 정탐대원 12인
아가도스, 아가페, 카라, 에이레네, 마크로두미아, 크레스코테스, 아가도수네, 피스티스, 프라우테스, 에그크라테이아, 엘피스, 마카리오스.

맨 마지막에 나오는 12명의 이름들은 각자의 서명인 듯 친필로써 있었다. 보고서를 다 읽고 난 후 신박사 일행은 한동안 뭐라고 입을 열지 못했다. 잠시 후 침묵을 깬 것은 프랭크 소장이었다.

"또 그놈의 불 칼 타령이구먼. 엘프 666 연구가 진행되면서 기독교 단체들이 줄곧 창세기의 불칼 이야기를 떠들고 있는데……, 두 분 박사님도 아시죠?"

신박사는 프랭크 쪽을 보지 않고 그냥 고개만 끄덕였다. 잠시 후 책상 위의 지도를 뒤적이던 나래가 입을 열었다.

"삼촌, 여기 지도 뒤편에도 뭔가 적혀 있어요."

신박사는 지도를 받아들었다. 손으로 써진 히브리어 문장이었다. 신박사가 손목의 번역 스캐너를 갖다 대자 허공에 이렇게 번역된 문장이 나타났다.

'비밀의 열쇠를 얻으려면 나를 찾아오라. 나는 광야의 소리다.'

7. 초초 그린 레이저

세계의 모든 지리 정보를 담고 있다는 글로벌 포지셔닝 프로그램도 나래가 받아온 지도상의 위치를 정확히 알려 주지 못했다. 엄청난 속도의 사막화의 진행 때문에 더욱 거대해진 네푸드 사막은 여러 가지 위험 요소들이 난무해서 약 30년 전부터 사막 깊은 곳으로 들어가는 사람들이 거의 없어져 버린 상태였다. 프랭크는 아라비아 사막 지리를 잘 아는 현지인들을 수소문하기 시작했다. 하지만 사막 지리에 익숙한 그들도 지도가 어디를 가리키는 것인지 정확히 몰랐다. 그러다가 마침내 네푸드 사막 전체를 손바닥 보듯 한다는 한 사막 상인과 연락이 닿았다. 프랭크가 비행선을 보내려 했지만 그는 자신이 직접 찾아오겠다고 했다.

다음 날 아침, 전통적인 사막 상인의 복장을 한 사람 하나가 연구소 앞까지 커다란 돌카를 타고 와서 능숙하게 내리더니 신박사 일행에게 이슬람식으로 인사를 했다. 프랭크는 그를 데려다가 지도를 보여 주었다. 평생 위험을 무릅쓰고 네푸드 사막 구석구석을 다 돌아다녀 봤다는 그는 커다란 안경을 찡긋거리며 한참 지도를 들여다

보더니 지도 가운데 있는 세 개의 산을 가리키며 말했다.

"이건 아마 전설의 산 쓰리히든마운틴인 것 같군요."

신박사가 그게 뭐냐고 묻자 사막의 상인은 콧수염을 한 번 쓰다듬더니 말했다.

"메디나를 거쳐 홍해 쪽 사막으로 좀 더 들어가면 모래바람이 굉장히 센 광야가 있지요. 늘 모래바람이 거세게 불기 때문에 그 일대로 지나가는 사람이나 비행선은 거의 없어요. 그런데 그 모래바람의 중심부에 이렇게 생긴 세 개의 산이 있다는 전설이 있습니다. 이 지도는 아마도 거길 가리키는 것 같아요."

그는 다시 지도를 훑어보더니 말을 이었다.

"맞아요. 틀림없군요. 지도 오른편에 있는 오아시스와 돌산의 위치로 봐서도 이건 쓰리히든마운틴이 분명해요. 사실 이 광야의 소리 돌산과 마라나타라는 오아시스도 일반인들에게 거의 알려져 있지 않아요. 오아시스는 물이 있긴 하지만 너무 규모가 작고 무엇보다 이 일대에는 괴물들이 자주 출몰합니다. 왜 요즘 심각한 문제를 일으키고 있는 합성 괴물들 있지요? 그 놈들이 무슨 까닭인지 최근 여기에 상당히 많이 모여 살고 있어요. 그 때문에 오래 전 꽤 부흥하던 대규모 인공 관개 농장들도 모두 폐쇄되었으니까요. 그래서 이 세 지역을 연결한 삼각형을 죽음의 트라이앵글이라 부르지요. 오래 전부터 이 근방에서 고집스럽게 살아오던 작은 원주민 마을 하나 외에는 이 일대에 인적이라곤 없어요. 나도 젊은 시절 딱 한 번 이 근방에서 길을 잃었었는데 코모피언 떼를 만나서 거의 죽다 살아났었습니다."

메디나에서 홍해 쪽으로 가는 길 위에 지도 위의 장소들이 있다는 말을 듣고 신박사는 실제 아라비아 지도를 펼치고는 상인에게 정확한 위치를 그려달라고 부탁했다. 상인은 신박사의 요청대로 메디아에서 북서쪽 방향의 한 지점을 표시해 주었다. 신박사는 프랭크를 보면서 광야의 소리 돌산에 꼭 다녀오고 싶다고 말했다. 프랭크가 펄쩍 뛰면서 말렸다. 하지만 신박사는 단호히 말했다.

"이 사람의 말을 들어보니 그렇게 찾기 힘든 곳도 아닌 것 같구먼. 나래와 함께 비행선을 타고 가면 별 문제가 없을 걸세. 도대체 왜 우리의 엘프 666 실험이 이처럼 많은 이들의 구설수에 오르고 심지어 사막의 비밀 종교 단체들까지 선동하는 것인지 그 이유를 꼭 좀 알아보고 싶어. 더군다나 보고서에 나오는 광야의 소리라는 단체는 우리의 엘프 형상과 똑같은 것을 가지고 있다고 하지 않는가. 그게 도대체 뭔지 또 그게 왜 '무저갱의 열쇠'라고 불리는지 밝혀야겠네."

그러자 이번엔 최박사가 나섰다.

"여보. 방금 밀란다 박사님께 연락이 왔는데 초초와 결합시킬 그린 레이저 건을 완성했다는군요. 지금 특별기편으로 보냈다고 하시니까 넉넉잡고 두 시간 뒤면 도착할 거예요. 그러니 연구를 진행시키는 게 더 우선이지 않을까요? 당신이 가면 다른 팀원들 모두 계속 대기상태로 있어야 하잖아요."

아내의 말을 듣자 그제야 신박사의 급한 마음이 슬며시 꺾였다. 그녀의 말이 옳았다. 엘프 666 발견 이후 연속적으로 다가오는 종교적 이슈들이 부담스러웠기에 당장 그 뿌리를 파보고 싶은 마음이 들었지만 곰곰 생각해 보면 그냥 무시해 버릴 수도 있는 문제였다. 그놈의 세상 종말 타령은 수천 년 전 고대 벽화에도 나오는 스토리이지 않는가. 기독교의 사상을 정립한 바울도 자기 시대에 말세가 오기를 기다렸지만 그 이후로 벌써 2000년 이상의 세월이 훌쩍 지나갔지 않는가. 맞다. 모든 대업에는 구설수가 따르는 법. 만약 신이 진짜로 존재해서 내게 준 사명이 있다면 그건 바로 엘프의 비밀을 밝혀 인류에게 공헌하는 것일 게다.

결국 신박사는 광야의 소리를 찾아 떠나는 것을 일단 포기했다. 곁에서 사태를 지켜보던 나래는 신나는 모험이 좌절되자 한숨을 푹푹 쉬다가 공연히 인상을 쓰며 곁에 앉아 있던 폭키와 몽그를 장난스레 위협했다. 폭키는 꺅 소리와 함께 순식간에 책장 꼭대기로 기어 올라갔고 몽그도 의자 뒤로 숨었다. 그 모습에 모두들 함박 웃었고 심각하던 분위기는 부드럽게 풀렸다. 이윽고 두 시간 후, 예상대로 초초 레이저 건을 실은 화물 비행선이 도착했다. 반갑게도 밀란다 박사가 함께 왔다. 초대형 화물 비행선에 실린 초초 레이저 건은 엄청나게 크고 무거워 거의 15톤 트럭 크기인데다가 정면에 긴 포가 달려 있었고 포의 끝에는 도끼날처럼 생긴 날카로운 칼날까지 달려 있었다. 크레인으로 초초 레이저를 연구소 마당에 내리자 밀란다 박사가 말했다.

"당장 이 놈을 사용하려면 작업이 좀 필요해. 초초와 결합시켜야 하거든."

그러더니 크레인 기사를 불러 초초 레이저를 연구소 뒤편으로 이동시켰다. 거대한 모래 평야와 연결된 연구소 뒷부분은 초초의 튜브형 몸뚱이가 밖으로 불룩 튀어나온 형태였다. 밀란다 박사는 초초의 튜브 중간에 달린 작은 마개를 빼고 거기에 그린 레이저 정면에 붙은 대포 부분을 결합시켰다. 도끼날 부분이 튜브 안으로 쑥 들어가나 싶더니 포의 끝 부분이 희한하게도 초초와 딱 들어맞았다.

"이럴 줄 알고 처음 초초를 만들 때부터 미리 외부기기와의 도킹 시스템을 준비해 놓았지. 정말 나는 천재라니까. 하하하. 자 자네 이제 나랑 초초 몸속에 들어가서 수술을 한 번 해야지."

제뉴인에서 함께 수학할 때부터 명랑한 성격이었던 밀란다의 호탕한 웃음에 신박사도 덩달아 마음이 가벼워졌다. 두 사람은 도구를 챙겨들고 초초의 내부 수리를 위해 만들어 놓은 튜브 하단의 문을 열고 들어갔다. 그들 뒤로 밀란다의 지시에 따라 두께가 1미터 이상 되는 특수 제작된 은빛 쇳덩어리를 실은 전동 카트를 작동시키면서 두 사람의 인부가 따라 들어왔다. 밀란다는 초초의 접안렌즈와 초점이 맞춰진 특수 프레파라아트의 고정 판을 제거하고 대신 그 엄청나게 두꺼운 철판을 장착시켰다. 그린 레이저에서 나오는 강한 열을 샘플의 밑바닥이 견뎌야 하기 때문이었다. 이어서 두 사람은 초정밀 욕토 디지털 광선 룰러를 이용하여 입자 분할이 일어나는 핵심 부분에 초초 레이저 포의 도끼날 끝 부분의 초점이 정확히 맞도록 애를 썼다. 한참 렌즈에 눈을 대고 초정밀용 미세 전자팔을 조정하며 씨름하다가 마침내 광선 룰러의 인공지능 계기판이 '초점 일치'라는 신호를 보냈다.

두 사람은 오른 손을 한번 마주치고 초초 밖으로 나왔다. 모두들 다시 실험실로 돌아오자 즉시 1차 실험이 시작되었다. 이미 계획해 두었던 1차 실험은 코어 아톰이 아닌 날개막이 없는 일반 인체 세포 원자의 666번째 분할체를 가지고 하기로 했다. 일단 더 이상 절대 분리되지 않는 666번째 입자의 벽 자체를 그린 레이저가 뚫고 들어갈 수 있는가가 관건이었기 때문이다. 일반 인체 세포의 최종적인 입자 분할이 마치자 예상대로 코어 아톰의 엘프 666과 모양은 비슷하지만 속은 비어 있는 형태의 스페이드 마크가 나타났다. 여기에다가 50sq 즉 약 오백만 칼로리의 열을 발사하기로 했다.

밀란다 박사는 초초 상단의 오른 쪽 모니터를 통해 샘플 입자가 나타나자 모바일 조정기를 들고 그린 레이저를 작동시켰다. 왼쪽 상단의 모니터가 초초의 내부를 비추자 초초와 결합된 그린 레이저 포의 도끼 날 부분에서 더 얇은 날들이 연쇄적으로 나타나기 시작했다. 이전 도끼날의 절반 크기 정도로 계속 작아지던 그 날 끝은 마침내 면도날처럼 작아지나 싶더니 거의 시야에서 사라져 버렸다. 하지만 도끼날 끝을 무한히 확대해서 보여 주는 모니터는 그 끝에서 극미한 크기의 도끼날이 계속 나오고 있음을 확인시켜 주었다. 그러다가 거의 10의 마이너스 6승의 마이크로 단위까지 작아지자 더 이상 도끼날은 나타나지 않았다.

하지만 모니터의 영상을 보니 이번엔 그 작은 도끼날 끝에서 보라색 광선이 뿜어지기 시작했다. 밀란다 박사가 모니터 영상을 더 확대시켰다. 그러자 놀랍게도 그 보라 빛은 마치 돋보기를 댄 것처럼 초점이 한 곳에 모이며 계속 수축하고 있었다. 밀란다 박사는 뿌듯한 미소를 지으면서 초점 무한 축소 기술을 응용하여 그린 레이저와 섞이지 않고도 그 광선을 전달할 수 있는 신소재 보라 광선으로 엄청난 초극세 니들을 만들었다고 말했다. 이 보라 광선 니들은 엘프가 존재하는 욕토 단위까지 충분히 축소되기 때문에 곧바로 엘프에 그린 레이저를 발사할 수 있을 것이라고 했다.

최박사는 오백만 칼로리라는 에너지를 그린 레이저가 낼 수 있을지 의아해 했지만 밀란다는 이미 연구소의 모든 파워를 그린 레이저에 집중시켜 놓았으니 걱정 말라면서 출력을 오백만 칼로리로 맞추고 광선 발사 단추를 눌렀다. 인류진화센터 전체의 전등들이 일제히 잠깐 깜박거렸지만 잠시 후 놀랍게도 모니터에는 가느다란 초록 광선이 나타나더니 일반 세포 분할체의 스페이드 마크 위로 뿜어졌다. 그 순간 입자의 벽이 마치 썩은 나무 조각 부서지듯 해체되는 모습이 나타났다. 실험은 대 성공이었다. 마침내 엘프 666의 날개막에 직접 충격을 가할 수 있는 길이 열린 것이다. 신박사는 기쁜 얼굴로 밀란다 박사를 돌아보았다. 밀란다 박사는 어깨를 한번 으쓱했다. 신박사는 엄지손가락을 치켜세우면서 말했다.

"밀란다. 내가 오늘 드디어 자네를 최고의 천재로 인정하겠네. 이렇게 멋진 도구를 만들어 주다니. 고맙네. 정말 고마워."

신박사의 말에 밀란다가 말했다.

"그거야 자네가 지시한 설계대로 했으니까 그렇지. 하여간 학교 다닐 때부터 늘 내 앞을 달리던 가람 군에게서 이런 칭찬을 듣다니 정말 영광이구먼. 그럼 오늘 자네가 제대로 한잔 쏘는 거지?"

"물론이지. 좋아. 우리 본격적인 날개벽 파괴 실험은 내일로 미루고 오늘은 미리 파티부터 하자고. 좋지?"

식탁에 놓인 푸짐한 음식들을 보는 것은 언제나 기분 좋은 일이다. 프랭크는 특별한 순간의 전야를 위해 요리사들에게 명하여 한국 음식들과 인도 음식들을 중심으로 저녁 파티를 장만하게 했다. 강렬한 인도식 커리 향기에 한국 전통 청국장 향기가 더해지자 식당 안은 매콤 꼬리한 냄새로 진동하였다. 하지만 청국장 맛을 한 번 본 프랭크는 결국 코를 움켜쥐고 물러섰다. 그래도 압력 찜통에서 살이 쏙쏙 빠져나오도록 쪄 낸 갈비찜과 참나무 장작 위에 구워지는 삼겹살을 씹을 때는 연신 최고라며 엄지손가락을 치켜세웠다. 나래도 오랜만에 먹는 고국의 음식들을 신나게 즐겼다. 모두들 늦게까지 기분 좋게 웃고 떠들며 저녁식사를 즐기다가 밤이 깊어서야 각자의 방으로 돌아갔다.

최박사는 이미 곤히 잠들었지만 신박사는 술을 꽤 마셨는데도 이상하게 잠이 오지 않았다. 밀란다의 그린 레이저 덕분에 오랫동안 꽉 막혔던 실험을 다시 진행할 수 있게 된 것은 기쁜 일이 아닐 수 없다. 하지만 잠자리에 눕자 1차 실험 시간 동안 잊고 있던 그동안의 사건들이 떠오르면서 불안한 마음이 다시 밀려들었다. 드디어 내일이면 엘프의 날개막 파괴를 시도할 것인데 혹시 바이블이 말하는 대로 신이 준비해 놓은 불칼을 만나는 것은 아닐까? 그 불칼이 정말로 세상에 종말을 가져오는 것은 아닐까? 연속된 고민으로 한참을 뒤척이던 신박사는 새벽녘에야 겨우 잠이 들 수 있었다.

8. 아나스타샤 세포

 두 번째 실험을 하려는데 밀란다가 이상한 말을 꺼냈다. 일반 세포의 벽을 깨는데 오백만 칼로리의 열량이 필요했다면 이미 사백오십만 칼로리의 데미지를 입고 있는 디프라 세포의 날개벽을 공격하는 데에는 그 십분의 일인 오십만 칼로리 정도의 열량이 필요하다. 엘프 666의 외벽 또한 내부의 날개벽과 비례해서 강도가 약해진다는 것까지 이미 확인한 상태였기에 이론적으로 오십만 칼로리 정도의 열량이면 충분했다. 전날 오백만 칼로리의 열을 충분히 소화했던 초초 그린 레이저 건에게 이 정도의 열량은 아무 것도 아니었다. 하지만 밀란다는 좀 다른 방법으로 실험을 제안했다.
 "지금은 세포 하나씩만 가지고 실험을 하지만 앞으로는 훨씬 더 어마어마한 열이 필요할 것 아닌가. 인간의 세포 수만 해도 엄청난데 말이야. 이런 점을 감안해서 그린 레이저 건의 덩치가 저렇게 커진 것이라네. 웬만한 출력은 전기를 사용하여 낼 수 있지만 고출력일 경우에는 내부에 실제 폭탄을 터뜨려 그 열로 그린 레이저를 발생시킬 수 있도록 만들었지. 이놈을 감싸고 있는 금속 몸체는 최소한 TNT 100톤 이상의 폭발을 견딜 수 있는 초합금이이야. 또한 자체적인 충격 흡수는 물론 완벽한 내부 반사까지 하기 때문에 열량 소모가 거의 없이 폭발 열량 전체를 모두 그린 레이저의 열로 출력할 수 있도록 하는 장치도 장착되어 있지. 게다가 포의 끝에는 폭발 진동을 소멸시키는 진동 흡수 장치와 함께 폭발의 남은 진동이 있다 해도 말단에서 나오는 그린 레이저 광선이 목표에 오차 없이 도달하도록 만들어 주는 진로 유도 장치까지 있으니 거의 완벽하지. 하지만 단점이 하나 있긴 해요. 몸통 속에서 대 폭발이 일어나야 하기 때문에 한 번 사용하면 몸통을 통째로 교체해야 한다는 것이야. 그러니까 말 그대로 일회용이지. 하하하. 하지만 염려 말게. 지금 포피스에서는 더 크고 강력한 몸통들을 계속 제작하는 중이야. 그러니 얼마든지 실험하게. 자네가 돈만 대 준다면 백만 메가톤의 핵폭탄이라도 감당할 크기의 그린 레이저 몸통도 만들어 주지."

밀란다 박사의 말에 신박사는 좀 걱정이 되었다.

"실제 폭탄을 사용하면 너무 위험하지 않을까? 정말 그린 레이저의 몸통이 폭탄의 폭발력을 견딜 수 있을까? 잘못해서 그린 레이저나 초초가 고장 나기라도 하면 어떡하지?"

밀란다가 말했다.

"이 사람이. 언제는 나보고 천재라더니. 염려 마시게. 벌써 몇 번이나 테스트를 거친 것이니까. 사실 이게 다 우리 동기 스트롱이라는 친구 덕분이지. 왜 기억 안 나나? 제뉴인에서 괴짜로 소문났던 흑인 친구 말이야. 공부는 안 하고 맨 날 학교 앞 카페에서 힙합 공연하던 금속 공학과 친구. 우리도 몇 번 카페에서 그 친구 노래를 들은 적이 있지 않나. 굵직한 저음이 기가 막혔지. 근데 그 친구가 언제 그런 연구를 했는지 학위를 받고 난 다음부터 무서운 연구 성과들을 내놓기 시작해서 지금은 금속 합금 분야에서는 세계 제일의 전문가가 되었어요. 특히 어마어마한 고강도의 신소재 합금을 개발했는데 그 친구가 만든 이 초강력 합금 덕분에 그린 레이저 건의 출력도 걱정할 필요가 없어진 것이야. 얼마 전에는 일부 자치 도시 국가들이 전쟁에 대비해서 자기들 도시 전체를 이 초합금으로 감쌀 계획도 세우려 했다더군. 물론 엄청난 용량의 공기 순환 시스템과 천문학적인 냉방 비용 때문에 계획을 포기했지만 말이야. 여하튼 자넨 스트롱 박사에게 감사하게. 자네 연구에 정말 큰 도움을 준 친구니까 말이야."

여기까지 말을 마친 밀란다는 포피스에서 특별 제작한 폭약을 그린 레이저 건의 몸통 속에 장착하였다. TNT 5kg의 폭발력에 달한다는 손가락만 한 폭탄을 보자 신박사는 좀 불안해 졌다. 하지만 일단 밀란다의 말을 믿기로 했다. 그린 레이저에 달린 거대한 몸통 속에 폭약을 장착하고 실험실로 돌아 온 신박사와 밀란다는 어제와 같은 형태로 실험을 시작했다. 신박사가 먼저 미리 준비한 디프라 세포 샘플 하나를 실험 판에 올리고 초초를 작동시켜 코어 아톰을 찾아 분리해 들어갔다. 연쇄적으로 입자 분열이 일어나다가 계기판이 666을 가리키자 드디어 디프라 세포의 엘프 666의 모습이 나타났다. 역시 다른 엘프의 날개막의 10분지 1로 얇아진 날개막 사이로 두 개의 조각은 서로 강하게 결합하려는 듯 머리를 맞대고 떨고 있었다. 신박사가 밀란다 박사를 향해 고개를 끄덕이자 밀란다는 그린 레이저를 작동시켰다. 모두들 숨을 죽이고 모니터를 바라보았.

밀란다가 조정기의 단추를 누르자 그린 레이저의 몸통 속에서 일어난 폭발의 영향 때문인지 강한 흰빛이 잠시 왼편 모니터를 덮었다. 곧이어 오른 쪽 모니터에 보라 광선 니들을 타고 선명한 초록색 레이저가 뿜어져 나오는 모습이 나타났다. 초록 광선은 곧 디프라 세포의 엘프 666의 외벽에 닿았다. 예상대로 내부와 마찬가지로 이미 약화되어 있던 외벽은 오백만 칼로리의 초록 광선이 닿자 조각조각 깨지기 시작했다. 곧 광선은 내부로 뚫고 들어가 가늘어진 디프라 세포의 날개막을 공격했다. 순간, 마치 가을바람에 낙엽들이 흩날리듯 날개막의 깃털들이 우수수 빠지기 시작하더니 마침내 활 모양의 뼈대만 남았고 곧이어 그 뼈대마저 한가운데가 뚝 부러져 나갔다. 신박사는 밀란다에게 그린 레이저 발사를 중지하라고 했다.

밀란다가 광선을 멈추자 지금껏 날개막에 가로막혀 분리되어 있던 두 개의 입자는 잠시 멈칫하는 것 같더니 갑자기 놀라운 속도로 서로를 향해 돌진해 갔다. 이윽고 부채꼴 조각과 이 빠진 팩맨 원은 마치 처음부터 그랬던 것처럼 하나의 원으로 완전히 결합되었다. 합체된 원은 빙그르 회전을 하나 싶더니 강력한 흰 광선을 발하기 시작했다. 광선이 너무 강해서 신박사는 급히 모니터의 영상 콘트라스트를 최대로 낮췄다. 모니터에는 눈으로 바라보기 힘들만큼 강한 빛을 뿜는 원이 코어 아톰이 아닌 주변의 다른 극세 입자들 사이를 자유롭게 돌아다니는 모습이 나타났다. 그러자 놀랍게도 주변의 입자들도 그 원의 흰 빛에 동화되어 함께 빛을 내기 시작했고 세포를 뚫고 온 그린레이저에 손상된 다른 입자들이 다시 정상으로 회복되기 시작했다. 신박사는 초점을 신속히 확대하여 디프라 세포 전체를 살펴보았다. 작은 입자에서 나오는 빛은 점점 디프라 세포 전체를 물들여 가더니 곧이어 세포 전체가 새하얀 광선을 발하기 시작했다.

　실험이 여기까지 진행되자 이번엔 최박사가 흰 빛을 내는 디프라 세포에 미리 준비한 여러 가지 자극들을 가하기 시작했다. 먼저 미세한 탐침으로 세포벽을 찔러 보았다. 분명 날카로운 침이 세포벽을 뚫은 것 같았는데 세포벽은 여전히 멀쩡했고 세포는 마치 공기나 물을 통과하듯 탐침을 그냥 빠져 나왔다. 이번에는 탐침 끝에 강력한 불꽃을 일으켰다. 하지만 디프라 세포는 고열의 불꽃 속에서도 아무런 이상이 없었다. 최박사는 다시 미세한 전자 메스로 세포를 반으로 갈라보려고 시도했다. 역시 디프라 세포는 메스의 칼날에도 아무 상처를 입지 않았고 스르륵 메스 날을 빠져 나왔다. 이어서 집어넣은 강력한 화학 물질과 독액들에도 디프라 세포는 아무 탈이 없었다. 최박사는 다시 실험용으로 배양한 특수 세균들과 독성 바이러스들을 하나씩 디프라 세포에 침투시키기 시작했다. 평소같으면 인체 세포를 금세 감염시켜 숙주화 시킬 세균들과 바이러스들이 디프라 세포 근처에 오자마자 모두 녹아 없어져 버렸다.

　신박사 부부를 비롯하여 연구실 안에 있던 모든 사람들은 그 장면을 보면서 감격하였다. 예상과 정확히 맞아 떨어졌기 때문이었다. 엘프 666의 두 조각이 결합하자 세포는 모든 물리적 화학적인 손상에도 끄떡없고 더 나아가 병균의 독성도 이겨내는 기이한 존재가 된 것이다. 그렇다면 인체 내의 모든 엘프들의 조각이 결합했을 경우에는 어떻게 될까? 영생 불사의 인간이 탄생할 것이 확실했다. 연구실에 있는 사람들은 자신들이 이루어낸 경이로운 업적에 감동하여 전율을 느끼고 있었다. 그런데 순간, 전혀 예상치 못한 문제가 발생했다. 모니터에 하얀 빛을 발하며 얌전히 있던 디프라 세포가 갑자기 어디론가 사라져 버린 것이다. 마치 마술사가 비밀의 커튼을 열자 그 속의 물체가 사라지듯 시야에서 사라져 버렸다. 실험에서 모니터를 바라보던 사람들은 원거리 이동이 불가능한 인체 세포가 갑자기 사라져 버린 사건에 당황했다. 최박사가 다급하게 디프라 세포를 찾으려고 전자 팔로 초초 내부의 특수 프레파라아트를 이리저리 돌려 보았지만 디프라 세포는 온데간데없었다. 그러자 한동안 잠자코 소란을 바라보던 밀란다 박사가 혼잣말처럼 중얼거렸다.

"그것 참 지가 무슨 부활의 예수야 뭐야. 대체 어디로 가버린 거야?"

몽그를 껴안고 멀뚱히 서 있던 나래가 밀란다를 보고 그게 무슨 소리냐고 물었다. 밀란다가 말했다.

"아니 자네는 예수 그리스도 부활 이야기도 모르나? 예수가 부활했을 때 그는 시공의 영향을 받지 않고 자유자재로 제자들에게 나타났다 사라지곤 했지. 그러다가 제자들이 다 보는 앞에서 하늘로 승천했다고 바이블에 나오지 않나. 이 세포도 그런 부활체가 되었나보지 뭐. 그럼 이제 디프라 세포가 아니라 아나스타샤(부활) 세포라고 불러야겠구먼. 그나저나 폭발용 탱크는 다시 만들면 되지만 기껏 실험에 성공한 샘플이 사라져 버렸으니 어떡하나. 현미경을 눈에 대고 여기 저기 찾아다닐 수도 없고 말이야. 게다가 앞으로도 실험에 성공해 봤자 또 사라져 버릴 것 아닌가. 나 이거 참."

9. 광야의 소리와 더블 존 20세

신박사는 기어이 떠나기로 결심했다. 비밀의 열쇠가 있다는 광야의 소리 돌산을 찾아가 보기로 한 것이다. 말리고 말리다가 결국 신박사의 고집을 꺾지 못한 프랭크는 경호대를 딸려 보내겠다고 했다. 하지만 지난번 초등학교 앞에서의 경호선 폭발 사건을 기억하면서 신박사는 거절했다.

"나래의 실력을 잘 알지 않는가. 나래와 함께라면 별 문제 없을 것이야. 게다가 걸어가는 것이 아니라 비행선을 타고 가는 거니 아무 걱정 말게. 금방 다녀옴세."

신박사가 하도 완강하게 나오자 프랭크는 할 수 없다는 표정으로 신박사에게 자그만 광선총을 건넸다.

"전에 박사님한테는 벼룩인가 메추라긴가 하는 액운이 늘 따라다닐 거라고 했잖아요. 정말 고집도 참. 하여튼 정 그러시면 이거라도 꼭 갖고 다니세요. 나래의 비행선에도 광선 소총을 한 자루 넣어두었어요. 혹시 몰라서 비상용 배낭도 준비했으니 무슨 일이 생기면 꼭 챙기시고요. 만일의 경우를 대비해야지요."

프랭크의 말에 나래가 한복 저고리를 제치더니 옆구리 쪽을 가리키며 말했다. 거기엔 조선 진검이 한 자루 매달려 있었다.

"전 이게 있으니 괜찮아요. 그나저나 프랭크 내가 없다고 수련을 게을리 하면 안 되는 거 알죠?"

나래의 말에 프랭크는 두 손을 모으며 말했다.

"예스, 마스터."

곧이어 신박사와 나래는 연구소의 서쪽 방향으로 비행하기 시작했다. 다행히 최박사도 신박사의 고집에 단념한 듯 더 이상 말리거나 따라오겠다고 하지 않았다. 얼마 후 메디아에 도착한 신박사와 나래는 주차장에 비행선을 파킹하고 식당가로 가서 노천카페에 앉아 점심을 먹었다. 한동안 샌드위치를 우적거리던 나래가 고개를 돌리지 않고 앞을 바라본 상태로 조용히 신박사에게 말했다.

"삼촌, 그대로 제 말을 들으세요. 아까부터 어떤 놈들이 우릴 따라오는 것 같아요. 혹시 모르니까 제 곁에 꼭 붙어 계세요."

두 사람은 식탁 위에 돈을 놓아두고 천천히 일어나 비행선으로 갔다. 나래의 말대로 키 큰 서양인 남자 둘이 멀찍이서 따라오는 것 같았다. 두 사람은 비행선에 올라타자마자 사막의 상인이 일러준 방향으로 급히 비행을 시작했다. 뜨거운 태양 빛 아래 가도 가도 끝없는 사막이 이어졌다. 미행하던 자들도 더 이상 추격하는 낌새가 없었다. 한동안 날아가자 어디선가 거센 모래바람이 와서 비행선을 때렸다. 아마도 상인이 말하던 모래바람 지역 근처에 온 것 같았다.

바로 그 때. 비행선 옆으로 굵은 광선 한 줄기가 지나갔다. 뒤돌아보니 낯선 비행선 한 대가 두 사람을 뒤따르며 광포를 발사하고 있었다. 메디아에서부터 둘을 미행하던 놈들이 기어이 뒤따라온 것 같았다. 나래는 지그재그로 비행선을 몰며 광포를 피하다가 상대가 바짝 따라왔다 싶은 순간 비행선을 수직으로 솟구쳐서 상대를 앞쪽으로 보내고는 역으로 상대의 꼬리를 물었다. 어느새 비행선 창문이 내려지고 나래의 왼 손에는 프랭크가 준 소총이 들려 있었다. 첫 발은 빗나갔지만 두 번째 광선은 정확히 상대의 왼쪽 날개를 맞췄다. 날개 하나가 부러져 나가자 추격자들은 급히 저공비행을 시도하더니 사막의 모래톱에 불시착하고 말았다. 나래는 여유 있게 소총을 거두고 아래를 향해 큰 기합을 한 번 넣은 후에 창문을 올리면서 말했다.

"자식들 까불고 있어. 이래봬도 한때 다운타운 실탄 사격장에서 날리던 몸이시라고."

하지만 안심하기는 일렀다. 약 10분 후, 모래바람이 더욱 거세진다 싶더니 이번엔 갑자기 비행선이 문제를 일으켰다. 처음엔 엔진에 모래가 껴서 그런 줄 알았는데 알고 보니 연료가 다 떨어진 것이었다. 누군가 고의적으로 연료 탱크를 건드린 것 같았다. 연료는 급격히 소실되어 가는 듯 계기판에 경고등이 깜박이다가 곧 이어 비행선 고도가 점점 낮아졌다. 비상 탈출이 불가능할 만큼 고도가 급격히 낮아지자 나래는 신박사에게 안전벨트를 매라 하고는 긴급 착륙을 시도했다. 꽤 충격이 있었지만 다행히 비행선은 사막 모래 위에 머리를 파묻으며 무사히 내려앉았다.

신박사의 머리는 혼란스러웠다. 고너볏 교수가 해석해 준 정의의 교사의 예언대로 끝없이 그에게 다윗의 운명이 뒤따르고 있었기 때문이었다. 엘프 666의 발견 이후로 끊임없이 계속되는 누군가의 추격. 무엇보다 자신 앞에 나타나는 무리들의 정체도 계속 바뀌고 있다. 딜릿, 새 쿰란 공동체 즉 마라나타, 털옷 입은 사람, 정체 모를 비행선. 게다가 마라나타는 처음에 자신들을 구해 주더니 나중에는 자신을 공격하였다. 그렇다면 지금 광선포를 쏘고 비행선 연료 탱크에 구멍을 낸 이놈들은 또 누군가. 신박사가 이런 저런 생각으로 정신이 혼란스러운 와중에 나래는 벌써 프랭크가 준 비상 배낭과 총을 들쳐 메고 지도를 살피면서 신박사에게 말했다.

"삼촌. 여기서 동쪽으로 한 시간쯤 가면 숨겨진 마을이 하나 있데요. 거기서 광야의 소리까지 약 50km 거리라니까 일단 거기로 가죠."

해가 쨍쨍한 사막 길을 걷기란 여간 힘들지 않았다. 신박사는 연신 물을 들이키며 나래의 뒤를 따랐다. 다행히 상인이 적어 준 지도는 정확해서 한 시간 쯤 뒤에 그들은 죽음의 트라이앵글 근처 원주민 마을에 도착했다. 문명의 혜택을 거의 얻지 못한 작은 마을이었다. 신박사는 친절한 마을 촌장 집에서 잠시 휴식을 취하다가 프랭크와 전화 접속을 시도했다. 곧 프랭크의 영상이 신박사의 만능 시계 위로 나타났다. 대화를 시작하자마자 곧이어 아내의 영상도 프랭크 곁에 함께 나타났다. 신박사는 아내가 걱정할까봐 격추당했다는 말은 하지 않고 대신 여행이 좀 길어질 것 같다고만 말하고 끊었다.

원주민 마을에는 비행선도 자동차도 없었고 돌카만 몇 마리 있었다. 신박사와 나래는 마을의 촌장에게서 두 마리의 돌카를 샀다. 사막에 적합한 낙타의 몸체에 역시 사막에 적합하도록 개량된 긴 눈썹과 수염이 달린 독특한 돌고래 머리를 가졌기 때문에 돌카는 이미 중요한 사막의 도보 이동 수단이 되어 있었다. 무엇보다 머리가 좋고 사람의 말귀를 잘 알아들어서 타고 다니기가 편했다. 신박사와 나래는 마을 사람들이 극구 말리는데도 불구하고 돌카에 올라 다시 길을 떠났다.

생각보다 먼 길이었다. 입 안에 모래가 무수히 씹혔고 물도 마을에서 보충하지 않았더라면 금방 떨어질 뻔했다. 두 사람은 부지런히 돌카를 재촉하여 사막을 걸었다. 하지만 절반도 못가서 해가 저물고 말았다. 이미 각오한 일이었기에 두 사람은 돌카를 멈추고 야영을 준비했다. 프랭크가 준 비상 배낭을 열자 손바닥만 한 캡슐이 나왔다. 나래는 캡슐의 버튼을 눌렀다. 그러자 캡슐은 순식간에 부풀어 오르더니 커다란 이글루 형태로 변했다. 곧이어 이글루의 주변에 막대기 같은 것들이 죽 솟아오르더니 주변 모래 바닥에 스스로 박히면서 이글루를 단단히 고정시켰다. 나래는 고체 연료 깡통을 따서 불을 붙이고는 그 위에 주전자를 올렸다. 비상 식량으로 대충 식사를 마치자 나래는 주전자에 끓는 물을 부어 커피를 탔다. 검은 사막 한 가운데서 식사 후에 마시는 커피 향기는 기가 막혔다.

잠시 후, 나래는 자겠다고 이글루 속으로 사라졌지만 신박사는 커피를 연속해서 부어 마시며 이글루 입구에 앉아 검은 사막의 지평선을 바라보았다. 밤의 사막은 으스스하면서도 아름다웠다. 생텍쥐페리의 어린 왕자도 사막이 아름답다고 했다. 사막이 아름다운 건 어디엔가 우물이 숨어있기 때문이라 했다. 갑자기 아내의 얼굴이 떠올랐다. 최고운, 이 아름다운 곳에 그녀와 함께 있다면 얼마나 낭만적일까. 사막에서 만난 여우는 어린 왕자에게 길들여 달라고 했다가 끝내 이별의 눈물을 흘렸지만 신박사는 아내와 결혼하여 어언 15년을 함께 보냈다. 자기 부부만큼 서로 이해하고 사랑하는 커플이 없을 것이라는 생각에 새삼 고마운 마음이 들면서 신박사는 엘프의 연구가 성공하여 그녀와 영원히 함께할 삶을 상상해 보았다. 기분이 흐뭇해졌다. 이글루 곁에 매어 놓은 돌카 중 한 마리도 기분 좋은 꿈을 꾸는지 끼익 하고 귀여운 소리를 냈다.

다음날 아침 일찍, 신박사와 나래는 짐을 챙겨 돌카를 타고 다시 '광야의 소리' 돌산을 향해 출발했다. 한참을 걷는데 정면에 야트막한 언덕이 나타났다. 두 사람이 언덕을 오르려 할 무렵 갑자기 언덕 너머에서 무언가 거대한 것이 소란스럽게 쿵쿵 달려오는 소리가 들렸다. 두 사람은 돌카에서 내려 언덕 쪽을 바라보았다. 소리가 점점 더 가까워지나 싶더니 갑자기 코끼리만한 대형 짐승 두 마리가 나타났다. 거대한 합성 동물인 코모피언이었다.

코모도 도마뱀의 머리에 거대한 전갈의 몸을 가진 코모피언은 세계적인 영상매체 전문회사인 PPP에서 영화 제작을 위해 인류진화센터에 의뢰했다가 촬영 후 전부 폐기한 동물이었다. 너무 위험했기 때문이었다. 하지만 당시 센터에서 동물 합성을 주도했던 영국 과학자 팀은 실험의 실패를 우려해서 너무 과다한 양의 코모피언 새끼들을 만들었고 이를 폐기하던 도중 일부가 외부로 유출되어 사막에서 번식을 계속하였다. 물론 이때 코모피언 이외의 다른 합성 동물들도 사막에 상당수 풀려나갔다고 한다. 그런데 그 괴물들을 이렇게 정면으로 만날 줄이야.

갈라진 혀를 날름거리던 코모피언 하나가 두 사람을 향해 긴 꼬리를 날렸다. 뾰족한 전갈의 꼬리 끝이 날아오자 나래는 급히 신박사를 껴안고 모래 위를 뒹굴며 피했다. 거대한 꼬리는 모래에 박혀 깊은 웅덩이를 만들더니 금세 치켜 들려서 다시 두 사람을 노렸다. 신박사는 재빨리 프랭크가 준 광선총을 빼서 발사했다. 하지만 거대한 코모도 도마뱀 가죽과 전갈의 단단한 몸통에 가느다란 광선총의 빛은 별로 영향을 끼치지 못했다. 그러자 나래가 허리춤에서 시퍼런 칼을 빼어들고 몸을 날렸다. 처음엔 목을 겨냥한 것 같았지만 모래의 쿠션 때문에 생각보다 점프가 쉽지 않았던 듯 나래의 칼은 놈의 왼편 중간 다리 두 개 만을 베고 말았다.

그러나 조선 검의 위력은 대단했다. 몸을 지탱하고 있던 10개의 다리 중 2개가 꺾이자 놈은 균형을 잃고 한쪽으로 기울었다. 나래는 그 순간을 놓치지 않고 잘린 다리를 딛고 다시 뛰어올라 이번엔 목을 제대로 베었다. 칼이 짧아 목을 다 베지 못하고 3분의 1정도만 잘라냈다. 하지만 놈의 목에서는 곧 검붉은 피가 치솟더니 쿵 하고 바닥에 쓰러져 혀를 빼물고 말았다. 뒤에서 그 모습을 보던 또 한 마리의 코모피언이 크게 분노한 듯 나래를 향해 앞발에 달린 집게를 철컥거리며 휘두르기 시작했다. 무시무시한 공격에 나래는 뒤로 물러서다가 그만 모래톱에 발이 걸려 균형을 잃었다. 놈의 집게손이 나래를 향해 내리꽂히려 했다.

그 순간 신박사는 신속히 나래가 벗어 놓은 소총을 집어 들고 발사했다. 소총에서 뿜어져 나온 광선은 요행히 놈의 눈동자에 정확히 맞았다. 위력적으로 달려들던 놈은 권총보다 월등한 화력을 가진 광선에 상당한 타격을 입은 듯 공격하려던 집게발로 자신의 눈을 감쌌다. 그 틈을 노려 재빨리 다시 솟아오른 나래는 오른쪽 집게발 하나를 싹둑 잘라내고는 곧이어 하강하는 힘을 이용해서 놈의 목에 칼을 꽂고 그대로 가슴까지 북 찢어 내렸다. 연속 공격을 받자 그놈도 힘없이 자기 동료 위로 몸을 합치며 쓰러지고 말았다.

신박사는 숨을 헐떡거리는 나래에게 물병을 건넸다. 나래는 꿀꺽거리며 물을 들이키고는 말했다.

"삼촌도 명사수시군요. 꼼짝없이 당하는 줄 알았는데 고마워요."

신박사가 조금 우쭐한 표정으로 웃었다. 나래가 길게 휘파람을 불자 멀리 숨어 있던 돌카가 다시 달려왔다. 두 사람은 거대한 괴물들의 시체를 뒤로 하고 돌카에 올라 다시 길을 재촉했다. 멀리서 이들의 전투를 지켜보던 조그만 야생 폭키들이 코모피온의 시체를 뜯어먹으려고 달려왔다. 하지만 미처 한 점을 채 뜯어 삼키기도 전에 갑자기 하늘에서 날아 온 뱀 머리에 독수리 날개를 가진 거대한 스네이크 이글들의 공격을 받고 물러나 버렸다. 소란스런 소리에 뒤돌아 그 장면을 보던 신박사는 갑자기 얼마 전에 읽은 '광야의 소리' 의 보고서가 생각났다.

> 〈일곱 째---지상의 과학은 하나님의 창조 영역을 제 멋대로 파괴하고 있다.〉

두 사람은 지도를 보면서 다시 광야의 소리 산을 향해 걷기 시작했다. 상인이 일러 준 대로라면 약 4시간 뒤에 '광야의 소리' 산에 도착할 수 있을 것이다. 비록 돌카에 올라타긴 했지만 두 사람의 몸은 땀으로 흠뻑 젖어 지칠 대로 지쳤다. 하지만 꼬불꼬불한 언덕길을 통해 겨우 꼭대기에 도달해서 밑을 내려다본 순간 멀리 마치 누군가 마구 집어던진 것처럼 우람한 바위들이 겹쳐져 있는 돌산들이 보였다. 광야의 소리 산이 분명했다.

두 사람은 언덕을 내려와서 돌산 근처로 다가갔다. 겹겹이 쌓인 거대한 바위들 틈으로 험하고 좁은 길이 미로처럼 길게 이어져 있었다. 두 사람은 돌카를 길 입구에 매어 놓고 천천히 협곡 안으로 걸어 들어갔다. 한참 들어가는데 갑자기 삐익하고 공중에서 날카로운 휘슬소리가 들렸다. 고개를 들어 보니 바위 계곡 위에 수십 명의 사람들이 활과 화살로 무장한 채 두 사람을 겨냥하며 모습을 드러냈다. 그들은 모두 일전에 연구소 앞에 나타나 나래와 무술을 겨뤘던 자처럼 거친 털옷에 허리띠를 맨 차림들이었다. 나래가 급히 칼을 빼들려고 하자 신박사가 나래를 제지했다. 어차피 활을 든 그 많은 무리를 당할 수는 없는 노릇이었다.

잠시 후. 무리들 가운데 한 사람이 플라잉보드를 타고 계곡 아래로 내려왔다. 역시나 일전에 연구소로 찾아왔던 그 털옷이었다. 나래가 먼저 그에게 목례를 했다. 그러자 그는 계곡 위편의 사람들에게 손짓을 했고 무리는 일제히 활을 거두었다. 두 사람은 털옷의 안내를 받으며 계곡 끝에 있는 거대한 바위 덩어리로 걸어갔다. 그가 바위를 향해 뭐라고 외치자 바위가 자동문처럼 옆으로 밀려났다. 그 모습을 보면서 나래가 신박사에게 슬쩍 말했다.

"삼촌, 이 사람들 알리바바에 나오는 도적들인가 봐요. 지금 분명히 열려라 참깨 그랬죠?"

털옷은 두 사람을 데리고 안으로 들어갔다. 어디서 빛이 들어오는지 특별한 조명이 없는 것 같은데도 동굴 안은 환했다. 신박사와 나래는 시원한 동굴 바람에 땀이 식는 것을 느끼며 중앙 홀로 인도

되었다. 홀 가운데에 돌로 만든 커다란 탁자와 짐승 털이 싸여진 돌의자들이 놓여 있었다. 두 사람이 앉자 곧이어 또 다른 털옷 하나가 나타나 시원한 꿀물과 음식을 가져다주었다. 음식 접시를 보자마자 손을 뻗었던 나래가 갑자기 기겁을 했다.

"이거 메뚜기잖아?"

그러고 보니 그 음식은 커다란 사막 메뚜기를 불에 구운 것이었다. 나래가 황급히 메뚜기를 내려놓자 두 사람을 인도해 온 털옷이 재미있다는 듯 낄낄거렸다. 그러자 나래는 지기 싫다는 표정으로 다시 메뚜기를 집어 들고 씹어 먹기 시작했다.

"오, 이거 꽤 맛있어요. 삼촌도 하나 드셔 보세요."

털옷은 그런 나래의 모습을 지켜보다가 갑자기 벌떡 일어나 두 사람의 뒤 쪽을 향해 인사를 했다. 신박사와 나래도 고개를 돌려 뒤를 보았다. 머리에 작은 은색 관을 쓰고 긴 수염을 기른 노인 하나가 지팡이를 든 호위병 둘을 데리고 걸어오고 있었다. 온화하고 인자한 얼굴이지만 체격은 당당했다. 노인은 두 사람에게 앉으라고 하더니 자신도 신박사의 앞자리에 조용히 앉고는 호위병들을 물러가게 했다. 네 사람만 남게 되자 그가 입을 열었다.

"신가람 박사님. 이렇게 만나서 정말 반갑구먼."

신박사와 나래도 노인에게 인사를 했다. 그러자 노인이 자신을 소개했다.

"나는 이 광야의 소리 공동체를 이끌고 있는 '존 앤 존 더 뱁티스트 20세'야. 흔히 더블 존이라고 부르지."

그러더니 나래 쪽을 보면서 말을 이었다.

"우리 아가도스 대장이 말한 코리아의 무술가가 바로 자네로구먼. 아가도스의 지팡이를 이기다니 정말 대단한 실력자인가 봐. 하여튼 그날 이후로 자기가 무술 시합에서 진 건 평생에 꼭 두 번뿐이라면서 아침마다 두 배로 무술 수련을 해야 한다고 기합을 지르는 통에 우리 식구들 모두 요즘 시끄러워 죽을 지경이지. 하하하."

더블 존이라는 노인의 말에 아가도스라고 불린 수염이 겸연쩍은 듯이 웃었다. 신박사도 나래도 따라 웃었다. 더블 존은 분위기를 상당히 잘 이끄는 화술가였다. 두 사람은 어느새 마음이 가벼워졌다. 그 분위기를 타고 신박사가 궁금한 입을 열었다.

"여기 계신 아가도스라는 분을 저희 연구실로 파견하신 것으로 보아 노인장께서는 제 연구에 대해 잘 알고 계신 것 같으십니다."

더블 존이 대답했다.

"우리 공동체는 세상에 거의 알려져 있지 않지만 역사가 꽤나 오래되었지. 그 세월 동안 우리들은 매 10년마다 12명씩 정탐꾼을 속세에 보내어 세상이 어떻게 돌아가는지에 대해 정밀한 연구를 하고 있어요. 이번 2080 정탐으로 현재 전 세계 최고의 이슈가 신박사의 엘프 666이라는 정보를 알게 되었지. 약 2000년 전, 우리 공동체의 최초 선조이셨던 존 더 뱁티스트께서도 광야에 가만히 계셨던 것 같지만 외부 세상이 돌아가는 내용을 훤히 꿰뚫고 계셨지. 그래서 헤롯 안티파스가 자기 동생의 부인을 뺏었을 때 과감하게 도시로 들어가서 왕에게 호통을 치셨던 것이고. 물론 그 때문에 결국 목 베임을 당하셨지만 말이야. 여하튼 우리에게도 이 세상에 종말의 징후가 나타나면 반드시 감당해야 할 중요한 책무가 있어요. 이것 때문에 우리는 세상 밖의 소식에 항상 민감하게 귀를 기울이고 있지."

아버지의 집에서 임박사의 종교 철학 강연을 들은 이후, 신박사는 인터넷을 통해 조금씩 신약 바이블에 대해 공부해 오고 있었다. 존 더 뱁티스트라면 신약 성경에 나오는 세례 요한을 일컫는 말이다. 바이블에 보면 세례 요한은 '낙타털 옷을 입고 허리에 가죽 띠를 띠고 음식은 메뚜기와 석청이었더라(마 3:4)'고 나온다. 그는 광야에서 사람들을 가르치다가 나중에 왕이 자기 동생의 부인을 빼앗았다는 소식을 듣고 왕궁으로 가서 바른 말을 하다가 목이 잘려 죽었다. 이런 사실을 기억해 낸 신박사는 노인을 향해 입을 열었다.

"그렇다면 이 '광야의 소리' 공동체는 과거 예수 생존 당시에 활동했다는 세례 요한의 뒤를 잇고 있는 것입니까?"

"맞아요. 전혀 모르지는 않구먼. 우리 1대 선조이신 존 더 뱁티스트 그러니까 세례 요한의 별명이 광야에서 외치는 자의 소리셨지."

"제가 알기로는 예수 당시의 세례 요한은 예수를 세상에 처음 소개한 사람이라고 들었습니다. 그렇다면 더블 존께서 이끄시는 이 광야의 소리 공동체도 역시 예수를 신봉하십니까?"

더블 존은 다시 웃으며 말했다.

"물론이지. 우리들 모두 예수 그리스도의 제자들이야. 물론 모두가 그렇게 되는 데에는 좀 시간이 걸리긴 했지만 말이야."

"왜 시간이 걸렸죠?"

"이 공동체의 지도자 명칭이 '존 앤 존 더 뱁티스트'라는 것에서 어떤 느낌이 오지 않는가? 사실 세례 요한이 예수를 메시아로 고백하긴 했지만 그의 제자들은 그 사실을 쉽게 받아들일 수가 없었어요. 그들은 세례 요한을 메시아로 믿고 모인 자들이었기 때문이지. 그러다보니 자기들의 스승인 세례 요한이 예수를 메시아로 선포하자 그 즉시로 세례 요한을 떠나서 예수를 뒤따른 사람도 두 명이나 있었어. 그 중 한 명이 바로 '존' 그러니까 코리아 식으로 하면 요한이라고 불리던 사람이었지. 우리 공동체 역사가 궁금하다면 좀 더 자세히 설명을 해주겠네."

더블 존은 아가도스에게 뭐라고 지시를 했다. 아가도스는 홀의 벽에 가득 정렬된 책장에서 두툼한 책 한 권을 들고 나타났다. 히브리어와 희랍어 그리고 영문이 함께 있는 바이블이었다. 더블 존은 한 군데를 펴서 보여 주었다. 거기에 이런 구절이 있었다.

> 또 이튿날 요한이 자기 제자 중 두 사람과 함께 섰다가 예수께서 거니심을 보고 말하되 보라 하나님의 어린 양이로다 두 제자가 그의 말을 듣고 예수를 따르거늘(요 1:35-37)

더블 존이 말을 이었다.

"여기 나오는 두 제자 중 하나가 바로 예수의 제자였던 사도 요한이야. 물론 지금 우리가 읽고 있는 요한복음도 그가 쓴 것이지. 그러니까 초창기 세례 요한의 편에서 보면 사도 요한은 일종의 배신자였어요. 게다가 세례 요한도 예수가 자기보다 더 우위에 있다는 것을 인정하긴 했지만 나중에는 의심을 좀 품었던 것 같아요. 예를 들면 이런 구절이 바이블에 나오거든."

신박사와 나래는 다시 더블 존이 펴 준 성경 구절을 읽었다.

> 그들이 예수께 나아가 이르되 세례 요한이 우리를 보내어 당신께 여쭈어 보라고 하기를 오실 그이가 당신이오니이까 우리가

다른 이를 기다리오리이까 하더이다(눅 7:20)

더블 존이 설명을 이었다.

"사실 세례 요한은 철저한 종말주의자였지. 처음에 그는 메시아가 오는 즉시 세상이 심판받을 것으로 믿었어. 그래서 자신이 메시아로 믿었던 예수가 속히 세상을 심판하고 왕으로 등극하기를 기대했는데 예수는 전혀 그럴 기미를 보이지 않았거든. 그러다보니 감옥에 갇혀 있던 세례 요한은 애가 타서 자기 제자들을 시켜 이런 질문을 예수께 하도록 한 것이지. 어쨌든 이후로 세례 요한은 사형을 당했지만 그 제자들에 의해서 공동체는 계속 유지되었어. 하지만 세례 요한의 제자들로 구성된 공동체는 자신들을 배신하고 나간 사도 요한이 이끄는 공동체와 근접한 거리에 위치하면서 서로 좋지 않은 사이를 유지했던 것 같네. 생명의 책에 보면 그런 흔적들이 자주 보이거든."

더블 존은 다시 몇 개의 구절들을 보여 주었다.

> 예수께서 갈릴리로부터 요단강에 이르러 요한에게 세례를 받으려 하시니(마 3:13)
> 예수께서 갈릴리 나사렛으로부터 와서 요단강에서 요한에게 세례를 받으시고(막 1:9)
> 백성이 다 세례를 받을 새 예수도 세례를 받으시고(눅 3:21)

"예수의 삶이 기록된 복음서 총 네 권 중 세 권 속에는 모두 예수가 세례 요한에게 세례를 받았다고 나오는데 유독 요한이 쓴 요한

복음서에는 이 세례 사건이 빠져 있지. 물론 요한복음에도 세례 요한과 예수가 만나는 장면이 있긴 해. 하지만 그 장면에서도 세례 요한은 예수에게 직접 세례를 주지 않고 다만 그를 '세상 죄를 지고 가는 하나님의 어린 양(요1:29)'이라고 소개하는 역할만 하고 있지."

신박사가 다시 물었다.

"그렇다면 요한복음을 쓴 요한이 당시 세례 요한을 추종하던 사람들을 의식하고 의도적으로 그 구절을 빼버린 것이라는 말입니까?"

더블 존이 눈이 동그래지면서 대답했다.

"역시 천재답게 추리력이 대단하군. 맞아요. 예수가 부활하여 하늘로 승천하신 이후로 당시 세례 요한의 공동체와 예수의 제자인 사도 요한의 공동체는 서로 갈등하고 있었지. 무엇보다 세례 요한 공동체는 사도 요한 공동체가 예수를 메시아로 숭배하는 행위에 대해서 전적으로 동조하지는 않았어. 그들은 자기들의 선조인 세례 요한이 예수보다 더 우위에 있었다는 증거로 예수가 세례 요한에게 세례 받았다는 사실을 자주 내세웠지. 이런 분위기 때문에 사도 요한은 의도적으로 자기 복음서에서 그 구절을 뺀 것이야. 이런 흔적들은 요한복음 여러 곳에서 발견되는데 심지어 요한은 다른 복음서들과 달리 '세례 요한'이라는 명칭조차 쓰지 않고 그냥 요한이라고만 기록하고 있네. 게다가 여기를 한 번 보게."

> 그 후에 예수께서 제자들과 유대 땅으로 가서 거기 함께 유하시며 세례를 베푸시더라. 요한도 살렘 가까운 애논에서 세례를 베

푸니 거기 물이 많음이라. …… 그들이 요한에게 가서 이르되 랍비여 선생님과 함께 요단 강 저편에 있던 이 곧 선생님이 증언하시던 이가 세례를 베풀매 사람이 다 그에게로 가더이다. 요한이 대답하여 이르되 만일 하늘에서 주신 바 아니면 사람이 아무 것도 받을 수 없느니라. 내가 말한 바 나는 그리스도가 아니요 그의 앞에 보내심을 받은 자라고 한 것을 증언할 자는 너희니라. 신부를 취하는 자는 신랑이나 서서 신랑의 음성을 듣는 친구가 크게 기뻐하나니 나는 이러한 기쁨으로 충만하였노라. 그는 흥하여야 하겠고 나는 쇠하여야 하리라(요 3:22-30)

"다른 복음서에 등장하지 않는 이런 구절들이 유독 사도 요한이 쓴 복음서에만 등장하는 것은, 역으로 생각해 보면 당시 세례 요한 공동체가 자신들의 스승이 예수에게 세례를 주었다는 권위를 자꾸만 내세웠음을 반증하는 것이야. 따라서 본래 좀 호전적인 성격이 었던 사도 요한은 이들의 도전을 종식시키려고 예수의 생애를 기록하면서 예수가 그에게 세례 받은 사실은 드러내지 않고 오히려 세례 요한이 예수를 칭송하는 장면만 보도한 것이지."

신박사가 다시 물었다.

"그렇다면 지금 어르신이 이끄시는 공동체는 어디에 속한 것입니까? 왜 어르신께서는 '존 앤 존 더 뱁티스트'라는 명칭을 가지고 계신 겁니까? 그것은 두 공동체가 결국 화해했다는 것을 의미합니까?"

더블 존은 꿀물을 한 모금 마시고 나서 웃으며 말했다.

"맞았네. 내가 존 앤 존 더 뱁티스트로 20대를 이어온 것을 보아 알겠지만 사실 우리는 1517년에 하나로 합쳤어요. 본래 지독하게 싸우는 남녀가 부부가 된다는 말이 있듯이 우리 두 공동체는 세상에 모습을 드러내지 않고 광야에서 작은 수도원 형태로 계속 서로의 명맥을 이어 왔지. 물론 그 와중에도 두 공동체는 계속 가까운 곳에 살면서 열띤 논쟁을 이어 왔고 말이야. 그러다가 1517년 양 측 대표들이 한 테이블에 모여서 오랫동안 논의를 한 끝에 예수 그리스도가 하나님의 아들이시고 세례 요한은 그의 길을 예비한 자라고 결론을 내림으로써 세례 요한 공동체와 사도 요한 공동체는 하나로 합쳐지게 된 것이야. 그때 그 토론을 이끄셨던 분이 제 1대 존 앤 존 더 뱁티스트 즉 최초의 '더블 존 1세'가 되어 연합된 '광야의 소리' 공동체를 처음으로 이끄시는 수장이 되셨지. 비록 사상에서는 사도 요한측이 상대를 흡수한 것이지만 세례 요한 공동체의 구성원들을 배려하는 마음에서 공동체의 명칭은 세례 요한 식으로 '광야의 소리'라고 지었어. 물론 공동체의 제복도 세례 요한 측을 따랐고 말이야. 아마도 당시 1517년은 유럽에서 마틴 루터가 95개의 반박문을 비텐베르크 대학에 내걸고 종교개혁의 불길을 당기던 시기와 맞물릴 걸세."

10. 지하 호수

그때까지 잠자코 더블 존의 말을 경청하던 나래가 입을 열었다.

"그렇다면 어르신의 공동체는 이 깊은 사막에서 뭘 하고 계십니까?"

더블 존은 나래 쪽을 보더니 이렇게 말했다.

"그 질문에 대답하기 전에 내가 먼저 한 가지를 묻겠네. 자네들은 왜 여기로 날 찾아왔지?"

더블 존의 말이 정곡을 찌르는 것처럼 느껴진 신박사는 나래를 제지하면서 입을 열었다.

"우리가 여길 찾은 것은 궁금한 것이 있어서입니다."

"그게 뭔가?"

신박사가 단도직입적으로 물었다.

"제가 지금 진행하고 있는 엘프 666 실험은 잘못된 것입니까?"

더블 존은 일단 침묵했다. 신박사가 다시 말을 이었다.

"전에 여기 계신 미스터 아가도스께서는 우리 연구소에 와서 엘프의 연구를 당장 멈추라고 외쳤습니다. 그것은 광야의 소리라는 이 공동체가 우리의 연구를 반대한다는 의미인데 대체 그 이유가 무엇입니까? 바이블이 말하는 창세기의 생명나무와 천사 그리고 불칼 이야기와 관련이 있는 것입니까?"

더블 존은 곁에 앉은 아가도스 쪽을 쳐다보았다. 그의 눈길을 느낀 아가도스는 뭔가 부끄러운 듯이 고개를 푹 숙였다. 이윽고 더블 존이 입을 열었다.

"아가도스가 자네들을 찾아간 것은 사실 좀 독단적인 행동이었어. 우리 지도부가 파송 명령을 내릴까 말까 고민하며 회의하던 중간에 혼자 흥분해서 달려간 것이었거든. 물론 그 덕분에 자네들이 좀 더 빨리 우릴 찾아오기는 했지. 하지만 그때 일로 아가도스는 내게 혼이 많이 났었네. 어쩌면 하는 짓이 꼭 옛날 우리 선조이신 사도 요한의 젊은 시절과 꼭 같은지 말이야. 자네들은 잘 모르겠지만 우리 선조이신 사도 요한은 무척 성격이 급한 사람이셨어. 오죽했으면 예수께서 그에게 보아너게(막 3:17)라는 별명을 붙였겠나. 천둥번개 같은 사람이라는 뜻이지. 예수와 함께 있을 때 사도 요한은 여러 가지로 문제를 많이 일으켰었어요. 예수 이름으로 귀신을 쫓아내던 사람에게 자기 허락을 안 받았다고 야단치기도 하고(눅 9:49), 자기들의 통행을 거부하는 동네에는 불을 질러 버려야 한다고도 하고(눅 9:54) 심지어 나중에는 자기 어머니를 통해서 예수가 왕이 되면 오른 팔이 되게 해달라고 청탁을 넣기도 했었지(마 21:20-21). 하지만 젊은 시절에 이렇게 천방지축이던 제자 요한은 나이를 먹으면서 점점 변하기 시작했어요. 세월 속에서 그는 자신이 예수께 받은 사랑의 의미를 제대로 깨닫고 이후로 사랑을 외치는 사도가 되었지. 그가 외친 서로 사랑하라는 명령은 요한복음에

4번, 요한 일서에 5번, 요한 이서에 1번 그래서 총 10번이나 동일하게 반복되고 있어. 그만큼 그는 혈기 방자한 사람에서 사랑을 강조하는 사람으로 변해 간 것이야."

더블 존은 잠시 말을 멈추었다가 다시 입을 열었다.

"문제는 이런 사도 요한의 가르침과 세례 요한의 가르침이 우리 공동체 내부에 함께 스며들어 있다는 것이야. 물론 둘의 가르침에는 많은 공통점이 있지. 아마도 방금 전 나래 씨가 물은 질문의 답이 되겠지만, 세상에 섞이기 보다는 은둔적이고 금욕적인 태도를 지키면서 다시 오실 예수의 날을 경건하게 기다리는 것이 우리 공동체의 근본 자세야. 주님의 재림이야말로 우리의 가장 큰 소원 중에 소원이니까. 하지만 동시에 헤롯왕의 잘못을 지적한 세례 요한처럼 세상을 향해 정의를 외치고 질서를 바로 잡는 것 또한 우리들의 사명이기도 해. 지난 세월 동안 우리는 이 두 가지 사이에서 균형을 잘 잡아 왔다고 생각하네. 자네들 혹시 '엔토스 휘몬'이라는 단체를 아는가? 지금 이 타락한 세상에서 하나님의 말씀이 바로 서는 일에 적극적으로 앞장서는 단체이지. 그 '엔토스 휘몬'과 우리 '광야의 소리'는 매우 밀접한 관계를 가지고 있다네. 우리들은 과거로부터 전해 내려오는 귀한 골동품들과 상당량의 금과 보물들을 소장하고 있는데, 그걸로 '엔토스 휘몬'의 활동에 상당한 재정 지원을 하고 있거든. 이런 활동들을 통해서 우리는 은둔과 사회참여라는 선조들의 기본 자세를 꾸준히 견지해 왔어. 하지만 지금 2080년에 들어와서 우리는 드디어 어떤 기로의 순간을 맞이하게 되었다네. 쉽게 말해서, 보다 적극적으로 우리의 사명을 감당할 시기에 도달하게 된 것이지. 이 모두는 바로 신박사가 발견한 엘프 666 때문이야."

신박사가 말했다.

"제 발견 때문이라고요? 도대체 왜 항상 엘프 666이 문제입니까? 결국 이 땅에서 인간이 영생을 얻으면 안 된다는 말씀입니까?"

"물론 그런 의미도 있긴 해요. 자네도 좀 아는 것 같은데, 바이블은 인간이 자신의 죄의 결과로 선고받은 사망을 피하려 해서는 안 된다고 가르치고 있지. 그래서 생명나무로 가는 길에 불칼이 기다리는 것이고. 하지만 우리가 자네의 연구를 우려하는 근본적인 이유는 좀 다른 문제야. 이건 설명하기가 좀 복잡한데, 음……, 두 분은 아가도스가 전해 준 보고서를 읽어 보았지?"

신박사가 그렇다고 하자 더블 존이 입을 열었다.

"아까도 말했듯이 우리는 '엔토스 휘몬'을 통해서 현실 세상이 돌아가는 소식을 듣기도 하지만 매 10년마다 직접 자체 조사단을 파견해서 세상을 세밀히 진단하고 있어요. 정탐군들의 최근 보고서에서도 느꼈겠지만 우리는 이 땅에 진정한 종말의 징조가 오기를 쭉 기다려 왔네. 왜냐하면 확실한 종말의 징조가 나타났을 때 우리 공동체에게 주어진 중요한 사명이 있기 때문이야. 자네는 아가도스가 전해 준 지도에서 우리 공동체 북서쪽 약 100km 쯤에 위치한 파루시아 카타콤과 북쪽 약 80km에 위치한 마라나타 공동체의 모습을 보았을 게야. 이들은 상당히 급진적인 종말주의자들로서 오직 예수의 재림을 위해 이 땅이 속히 멸망하기만을 바라는 자들이지. 그들은 이 멸망을 이루기 위해 수단 방법을 가리지 않고 있어요. 우리는 이들의 악한 계략들을 저지해야 할 책임을 가진 사람들이야."

신박사는 일전에 마라나타의 흰 복면이 자기들을 구해 주면서 엘프 666의 연구가 꼭 성공하기를 고대한다는 말을 떠올리며 노인에게 물었다.

"더블 존께서 이끄시는 이 '광야의 소리' 공동체도 예수의 재림 즉 종말을 기다린다고 하셨지 않습니까? 그런데 왜 같은 종말론자들끼리 서로 다투는 겁니까?"

신박사의 질문에 더블 존이 수염을 한 번 쓰다듬더니 다시 입을 열려고 했다. 하지만 신박사는 그의 대답을 들을 수가 없었다. 갑자기 엄청난 굉음과 함께 정문을 막고 있던 바위가 폭발하면서 반 동강난 바위 덩어리가 동굴 안으로 데굴데굴 굴러 들어왔기 때문이었다. 탁자에 있던 네 사람은 깜짝 놀라 일어섰다. 그때 입구 쪽에서 경비병 하나가 더블 존에게 피하라고 소리치며 뛰어 들어왔다. 하지만 곧이어 따라 들어온 비행선 한 대가 능숙하게 한쪽 날개로 달려가는 경비병의 허리를 쳐서 꺾어 버렸다. 아가도스는 급히 더블 존을 구석으로 밀치고는 돌로 된 탁자를 번쩍 집어 들었다. 엄청난 괴력이었다. 아가도스는 탁자를 비행선 앞 유리를 향해 힘껏 던졌다. 돌 탁자는 정확히 비행선 앞 유리에 날아가 박혔고 곧이어 비행선은 균형을 잃고 땅에 떨어지면서 홀의 한쪽 벽에 처박혔다. 그 틈에 아가도스는 신속히 더블 존과 두 사람을 재촉하여 동굴의 깊은 곳으로 달아났다.

하지만 금세 뒤에서 쫓아오는 발자국 소리와 함께 총성이 울리기 시작했다. 귓전을 스치는 총탄을 느끼면서 네 사람은 있는 힘껏 달렸다. 잠시 후 큰 문이 하나 나타났다. 노인이 벽에 달린 버튼을 급히 누르자 문이 열렸다. 네 사람은 안으로 들어갔고 더블 존은 빗장까지 걸어 문을 잠갔다. 아마도 더블 존의 집무실인 것 같았다. 잠시 숨을 고르는데 곧 문을 발로 차는 소리가 들렸다. 더블 존은 일행을 자신의 책상 뒤로 데리고 가서는 책상 밑에 달린 버튼을 눌렀다. 그러자 그들 옆의 마루바닥이 열리면서 정사각형의 대형 발판이 나타났다. 더블 존은 일행에게 그 사각형 발판 위로 올라서라고 했다. 좁은 사각형이라 네 사람은 서로 꼭 껴안을 수밖에 없었다. 아가도스의 거친 털옷의 악취가 신박사의 코로 훅 들어왔다. 하지만 넷이 올라서자마자 정사각형은 아래로 연결된 튜브를 통해 굉장한 속도로 내려가기 시작했고 위쪽에 열렸던 뚜껑은 다시 철컥 닫혔다.

　한참을 내려가자 어느 순간 낙하 속도가 서서히 떨어지더니 잠시 후 발판은 땅 위에 사뿐히 착륙했다. 곧이어 반투명한 벽이 엘리베이터 문처럼 열렸다. 네 사람은 발판에서 내려와서 튜브 밖으로 나왔다. 동굴 바닥은 습기로 질척거렸고 기온도 섬뜩하리만큼 차가웠다. 신박사가 만능 시계의 라이트 기능을 작동시켰다. 불빛이 켜지자 지하 동굴의 모습이 드러났다. 더블 존은 신박사에게 한쪽 벽을 손으로 가리키면서 거기를 비추라고 했다. 불을 비추자 작은 금고 같은 것이 벽에 붙어 있었다. 더블 존은 금고에 붙은 다이얼을 돌렸다. 잠시 후 금고가 철컹하고 열리면서 스위치들이 여러 개 나타났다. 더블 존이 그 중 한 개를 위로 제쳐 올렸다.

　삽시간에 동굴 벽에 붙은 수많은 조명들이 불을 밝히더니 어디선가 낭랑한 나팔소리가 들려왔다. 천장에는 기이한 모습의 종류석들이 물을 뚝뚝 흘리고 있었지만 지하 동굴은 널찍했고 멀리 거대한 지하호수가 펼쳐져 있었다. 더블 존은 세 사람을 이끌고 호수 쪽으로 걸어갔다. 네 사람이 호수 앞에 서자 호수 저편 절벽에 있는 수

많은 동굴들 속에서 수십 척의 배들이 모습을 드러냈다. 배들마다 털옷을 입은 광야의 소리 부대원들이 등에 둥근 원반과 화살 통을 매고 손에는 활을 든 채 올라타고 있었다. 제일 앞에 서 있던 배 한 대가 호수가로 다가오더니 땅에 이동식 계단을 걸쳤다. 더블 존은 일행에게 배를 타라고 했다. 배 위에서는 왼쪽 팔을 깁스한 동양계 사람 하나가 더블 존에게 머리 숙여 인사를 했다.

모두가 배에 올랐을 무렵 갑자기 그들이 타고 내려 왔던 바닥이 튜브를 통해 다시 올라가는 소리가 들렸다. 지상에 있는 놈들이 벌써 입구를 발견한 모양이었다. 튜브 끝의 천장 위가 시끌시끌해지나 싶더니 누군가 다시 튜브를 타고 내려오는 소리가 들렸다. 그러자 배 위의 털옷 군대는 일제히 활에 화살을 먹여서 입구 쪽을 겨냥했다. 잠시 후, 아래로 다시 내려온 튜브에서 네 명의 사내들이 나오더니 호수가로 달려왔다. 아가도스는 손을 위로 쳐들고 군대를 가만히 정지시켰다. 놈들은 호수가의 배들을 보더니 총을 발사하기 시작했다. 그 순간 아가도스가 손을 내려 신호를 했고 군대는 일제히 그들을 향해 화살을 발사했다.

일순간에 세 명이 화살에 맞아 쓰러지고 용케 동료를 방패삼아 화살을 피한 나머지 하나가 급히 튜브 쪽으로 도망가기 시작했다. 그 모습을 지켜보던 신박사와 나래는 흠칫 놀랐다. 검은 양복을 입고 긴 다리로 재빨리 도망가는 놈은 바로 킬뎀이었다. 킬뎀은 도망가면서도 손을 뒤로 해서 미친 듯이 호수를 향해 총을 쏘았다. 그러다가 두 번째로 튜브를 타고 내려온 부하들을 발판에서 급히 끌어내리더니 자신만 도로 올라탔다. 아가도스가 다시 손짓을 했다. 털옷 부대의 화살이 다시 발사되자 두 번째 내려온 놈들도 화살 공격

10. 지하 호수 | 141

에 우르르 쓰러졌다. 하지만 이미 튜브에 올라선 킬뎀은 어느새 위로 올라가 버렸다.

아가도스가 한동안 정세를 살피다가 다시 손짓을 하자 배위의 부대는 일제히 화살을 거두었다. 상황이 종료되자 이번에는 더블 존이 일어나더니 뒤돌아서서 뱃머리에 섰다. 그러자 모든 부대원들이 일제히 차렷 자세로 일어서서 더블 존을 바라보았다. 더블 존이 우렁찬 목소리로 입을 열었다.

"하나님의 군대여. 예언자 더블 존 19세께서 우리 공동체에 주신 소중한 임무를 감당할 때가 드디어 되었도다. 이제 우리는 하나님의 뜻을 거역하는 악한 무리들의 그릇된 계략을 파괴하러 가야 한다. 우리 세대에 이 임무를 감당하게 하신 하나님께 감사드리자. 모두들 마음 단단히 먹고 주께서 맡기신 임무에 충성하기 바란다."

더블 존의 말에 온 무리가 큰 고함소리로 화답했다. 지하 호수는 그들의 함성으로 쩌렁쩌렁 울렸다. 더블 존이 뱃머리의 의자에 다시 앉자 아가도스가 크게 외쳤다.

"주님의 이름으로 출발!"

그러자 배들은 곧 호수 반대편을 향해 나아가기 시작했다.

거대한 지하 호수였다. 처음에 나지막하던 천장은 점점 더 높아져 갔고 어디선가 빛이 들어오는 듯 별로 어둡지도 않았다. 한동안 침묵을 지키던 나래가 더블 존을 향해 말했다.

"어르신. 이 호수에 끝이 있긴 한 겁니까?"

말없이 먼 곳만 바라보고 있던 존 앤 존 더 뱁티스트 20세는 그제야 정신이 난 듯 고개를 들고 말했다.

"피곤하면 눈을 좀 붙이게. 아마 앞으로 삼십분 정도 더 가야 할 테니까."

"이렇게 빨리 달리는데도 삼십 분이나 더요? 대체 이 깊은 지하에 어찌 이리 큰 호수가 있는 거죠?"

더블 존이 웃으면서 말했다.

"글쎄. 어쩌면 그것이 우리 조상들의 지혜였는지도 모르지. 이 호수를 발견했기 때문에 우리 공동체는 약 30년 전 팔레스타인 광야에서 이곳으로 이주해 온 것이니까."

그 말에, 위성 신호를 잡지 못해 불통인 만능시계를 가지고 씨름하던 신박사가 입을 열었다.

"더블 존님의 말씀은 수수께끼 같아서 정말 이해하기 힘듭니다. 조상들의 지혜라니 그건 또 무슨 뜻입니까?"

더블 존이 말했다.

"허허, 미안하구먼. 본래 뭘 잘 모르는 사람이 애매모호한 말로 대중을 현혹시킨다더니 내가 꼭 그 짝이구먼. 솔직히 말하자면 내 말이 수수께끼 같은 것은 나도 아직 앞으로 진행된 일에 대해서 정확히는 모르기 때문이야. 하지만 지금까지의 예언들이 일치해 가는 것으로 보아 아마 앞으로 좀 더 명확한 것들이 드러날 것일세. 그건 그렇고 말일세."

더블 존이 신박사와 나래를 번갈아 보면서 말했다.

"자네들은 지금 우리 공동체를 침입한 무리들의 정체를 아는 것 같은데 놈들은 대체 누군가?"

신박사는 잠시 망설이다가 그동안의 자초지종을 설명하기 시작했다. 엘프 666의 발견 이후로 곧 뒤따르기 시작한 딜릿의 납치 사건에서부터 마라나타의 등장과 정의의 교사의 예언, 이어서 붉은 마스크의 습격과 그들의 정체가 마라나타로 밝혀진 것, 그리고 최근에 그린 레이저를 이용하여 엘프 666의 날개막을 부순 것까지. 신박사가 엘프의 날개막을 깨는데 성공했다고 하자 더블 존은 놀라는 표정으로 물었다.

"그래 그 날개막이 깨지니까 어떤 일이 벌어지던가?"

신박사는 날개막이 부서진 이후 엘프 666 속의 조각이 합체 된 것과 그 후에 나타났던 현상들을 하나씩 설명했다. 원이 합체 되자 흰 광선을 발하기 시작하였고 곧 세포 전체가 강력한 흰 빛을 발하기 시작한 것. 그 세포는 어떤 것으로도 심지어 세균이나 바이러스에 의해서도 전혀 손상을 받지 않았다는 것, 그러다가 잠시 후 눈 깜짝 할 사이에 사라져 버렸다는 것까지. 신박사의 말에 더블 존은 깊은 한숨을 쉬면서 말했다.

"그랬구먼. 과연 그런 일이 일어났구먼."

신박사가 물었다.

"그런 일이 일어났다는 건 대체 무슨 의미입니까?"

"자네 그 세포가 갑자기 사라졌다고 했지?"

신박사가 그렇다고 하자 더블 존은 말을 이었다.

"생명의 새 책에 보면 예수가 십자가에 죽었다가 다시 부활하셨을 때 제자들이 문을 잠그고 있던 방에 홀연히 나타나는 장면이 나오거든. 아마도 그때 예수의 몸은 시공의 영향을 전혀 받지 않으셨던 것 같아요. 어쩌면 디프라 세포도 그런 단계로 변화한 것인지도 모르지."

신박사는 디프라 세포가 아나스타시아 세포가 된 것 같다고 했던 밀란다 박사의 말을 상기했다. 더블 존이 계속 말했다.

"게다가 그 세포는 흰 빛을 발했다고 했지? 그것도 세포가 육신의 차원을 넘어서 전혀 새로운 것으로 변화했다는 증거가 될 수 있지. 바이블에 보면 예수가 세상에 계실 때 그 몸을 한 번 변화시킨 적이 있어요. 일명 변화산이라는 곳에서 말이야. 이렇게 표현되어 있지."

그러면서 노인은 성경구절을 외워 주었다.

> 엿새 후에 예수께서 베드로와 야고보와 요한을 데리시고 따로 높은 산에 올라가셨더니 그들 앞에서 변형되사 그 옷이 광채가 나며 세상에서 빨래하는 자가 그렇게 희게 할 수 없을 만큼 매우 희어졌더라(막 9:2-3)

"예수가 변화했을 때 그의 옷에서 광채가 났다고 하는데 실제로 흰 광채를 낸 것은 예수의 옷이 아니라 그분의 몸이었던 거야. 그분의 몸이 변화해서 발생한 빛이 옷을 통해 새어나간 모습을 묘사한 것이지. 그러니 인간의 몸도 예수처럼 변화되면 흰 빛을 발하는 것이 당연한 것인지도 몰라. 이 모든 것들은 앞으로 거룩한 성도들이 예수의 재림을 맞이했을 때에 경험할 사건들에 대한 예비 징조들이지."

신박사가 물었다.

"그러면 바이블은 종말의 때, 그러니까 예수가 다시 이 땅에 올 때에 인간들이 지금 말씀하신 예수의 몸과 동일한 상태로 변화할 것이라고 가르치나요?"

더블 존이 말했다.

"글쎄 완전히 똑같을는지는 잘 모르겠지만 그와 비슷한 가르침이 바이블에 있지. 고린도전서에 보면 사도 바울이 인간의 부활에 대해서 길게 설명한 부분이 있는데 설명을 해 줄 테니 한 번 들어보게나. 일단 바울은 '누가 묻기를 죽은 자들이 어떻게 다시 살아나며 어떠한 몸으로 오느냐 하리니(고전 15:35)'라는 말로 부활에 대한 이야기를 꺼내지. 이어서 바울은 그런 질문을 하는 사람들에게 '어리석은 자여, 네가 뿌리는 씨가 죽지 않으면 살아나지 못한다(36절)'고 하면서 부활이라는 개념을 농부가 씨를 뿌리는 것에 비교하여 설명하고 있어요. 즉 사람이 씨를 뿌릴 때에는 완결된 '장래의 형체를 뿌리는 것이 아니요 다만 밀이나 다른 것의 조그만 알맹이(37절)'만 뿌린다는 말이지. 물론 그 알갱이란 식물의 씨앗을 의미하는 것이고. 그런데 그 작은 씨앗들은 '하나님이 그 뜻대로 …… 각 종자에게 형체를(38절)' 주셔서 결국 지금 우리가 보는 완성된 곡식의 모습을 가지게 된다는 것이야. 바울은 이 법칙이 식물뿐 아니라 육체를 가진 인간에게도 똑같이 적용된다고 가르치고 있어요. 즉, '죽은 자의 부활도 이와 같다(42절)'고 하면서 인간도 '썩을 것으로 심고 썩지 아니할 것으로 다시 살아나며 욕된 것으로 심고 영광스러운 것으로 다시 살아나며 약한 것으로 심고 강한 것으로 다시 살아나며 육의 몸으로 심고 신령한 몸으로 다시 살아난다(43-44절)'고 가르치지. 이때 다시 살아난 몸은 그냥 일반적인 몸이 아니라 변화된 영의 몸이고 따라서 바울은 '육의 몸이 있은 즉 또 영의 몸도 있느니라(44절)'고 설명하고 있어요. 물론 이 영광은 아무나 얻을 수 있는 것이 아니지. 바울은 예수를 마지막 아담이라고 하면서 '마지막 아담은 살려 주는 영이요(45절)' 죄를 지었던 첫 번째 인간 아담과는 달리 '하늘에서 난자(47절)' 이므로 '하늘에 속한 자들에게 하늘에 속한 형상을 주신다(49절)' 고 말씀하고는 마지막에 이런 결론을 내리시지."

더블 존은 고개를 들어 멀리 호수 쪽을 바라보면서 바이블의 구절을 암송했다.

> 형제들아 내가 이것을 말하노니 혈과 육은 하나님 나라를 이어 받을 수 없고 또한 썩는 것은 썩지 아니하는 것을 유업으로 받지 못하느니라. 보라 내가 너희에게 비밀을 말하노니 우리가 다 잠 잘 것이 아니요 마지막 나팔에 순식간에 홀연히 다 변화되리니 나팔 소리가 나매 죽은 자들이 썩지 아니할 것으로 다시 살아나고 우리도 변화되리라. 이 썩을 것이 반드시 썩지 아니할 것을 입겠고 이 죽을 것이 죽지 아니함을 입으리로다. 이 썩을 것이 썩지 아니함을 입고 이 죽을 것이 죽지 아니함을 입을 때에는 사망을 삼키고 이기리라고 기록된 말씀이 이루어지리라. 사망아 너의 승리가 어디 있느냐 사망아 네가 쏘는 것이 어디 있느냐(고전 15:50-55)

마지막 부분을 말할 때 노인의 목소리는 다소 격앙되어 동굴 안에 긴 메아리를 남겼다. 신박사는 메아리의 여운이 가라앉기를 기다렸다가 다시 질문했다.

"노인장의 말씀이 일리가 있다 해도 이 세상에 종말이 올 거라는 사실은 믿기 어렵습니다. 제가 듣기로는 바울도 자기 생전에 종말이 올 것으로 믿었다고 하던데 실상 안 오지 않았습니까? 바울 이후로 벌써 2000년이 넘게 세월이 흘렀습니다. 하지만 예수가 아직 오지 않고 있는 것은 도대체 왜입니까?"

더블 존은 물끄러미 신박사를 바라보고 말했다.

"바울이 자기 생전에 예수가 올 것을 믿었던 것은, 지식으로 확신한 것이 아니라 마음으로 소망한 것일세. 본래 진실로 예수를 믿는 사람들은 누구나 자기가 살아 있을 동안에 예수가 오시기를 간절히 소망하고 있지. 이 소망을 다른 말로 믿는다고도 표현할 수 있는 것이야. 그리고 무엇보다 말일세. 우리는 그 누구도 2000년을 기다리지 않네. 사람은 길어야 겨우 100년 정도의 인생 동안 이 땅에서, 예수를 기다리며 살든지 아니면 자기 마음대로 살든지 하는 것이야. 그러다가 죽으면 비록 예수가 아직 오시지 않았다 해도 자기가 그분께 간 것이니 결국 똑 같은 결론이라고 말할 수 있어요. 하지만 진짜로 2000년 넘게 종말을 기다려 오신 분이 계시네. 그는 바로 이 모든 종말을 계획하신 하나님이야. 하나님은 이 땅에 종말을 내리실 계획을 가지고 계시지만 동시에 그 시기를 참고 기다리며 늦추고 계신다네. 한 사람이라도 더 구원을 얻게 하시려고 말이야. 그래서 생명의 책은 이렇게 말해요."

더블 존은 다시 바이블의 구절을 외우기 시작했다.

> 사랑하는 자들아 주께는 하루가 천 년 같고 천 년이 하루 같다는 이 한 가지를 잊지 말라. 주의 약속은 어떤 이들이 더디다고 생각하는 것 같이 더딘 것이 아니라 오직 주께서는 너희를 대하여 오래 참으사 아무도 멸망하지 아니하고 다 회개하기에 이르기를

원하시느니라. 그러나 주의 날이 도둑 같이 오리니 그 날에는 하늘이 큰 소리로 떠나가고 물질이 뜨거운 불에 풀어지고 땅과 그 중에 있는 모든 일이 드러나리로다(벧후 3:8-10)

"하나님께서는 지금 지구상에 구원받는 사람들이 조금이라도 더 많아지기를 원하셔서 종말의 때를 늦추고 계신 거야. 그 분은 구원받지 못한 사람의 하루하루를 천년을 기다리는 애탐으로 보내시지만 동시에 자네처럼 벌써 이천년이나 지났다고 말하는 사람들에게는, '아냐 아직 이틀 밖에 안 지났어' 하는 마음으로 여전히 인간이 회개하기를 기다리고 계시는 것이지. 따라서 이러한 하나님의 마음을 이해하는 사람들은 종말의 때가 오기를 기다리기 보다는 오히려 종말의 때를 늦추시려는 하나님의 마음에 부합된 삶을 사는 것이 마땅한 법이야. 우리 공동체는 바로 이 길을 걷고 있는 것일세."

"그렇다면 한 마디로 말해서, 종말을 기다리기 때문에 종말이 오지 않도록 힘써야 한다는 말입니까? 그날에 하나님의 인정을 받기 위해서요?"

더블 존이 고개를 끄덕였다. 신박사가 다시 말했다.

"그건 논리적으로 맞지가 않는 것 같습니다."

더블 존이 설명을 했다.

"중요한 것은 하나님의 진심을 아는 것일세. 방금 말한 대로 하나님은 세상의 종말을 예비하셨지만 실제로는 인간의 멸망을 바라지 않고 계신다네. 자네 혹시 세상에서 제일 오래 산 사람이 누구인지 아는가? 바로 생명의 옛 책 제 일 권, 그러니까 창세기에 나오는 므두셀라라는 사람이야. 자그마치 969세를 살았다네. 하지만 그가 그렇게 오래 산 것은 다 이유가 있었지. 므두셀라는 본래 에녹이라는 사람의 아들인데 아버지 에녹은 65세에 그를 낳고 경건하게 살다가 죽음을 보지 않고 곧바로 하늘로 올라갔어. 생명의 책에 그 이야기가 이렇게 나와요. '에녹은 육십오 세에 므두셀라를 낳았고 므두셀라를 낳은 후 삼백 년을 하나님과 동행하며 자녀들을 낳았으며 그는 삼백육십오 세를 살았더라. 에녹이 하나님과 동행하더니 하나님이 그를 데려가시므로 세상에 있지 아니하였더라(창 5:21-24)' 아마도 에녹은 굉장히 하나님의 마음에 드는 사람이었던 것 같아. 그래서 죽음의 과정을 거치지 않고 곧바로 변화되어 하늘로 올라갔지. 그런데 에녹에 이어서 그 아들 므두셀라도 아들을 낳고 그 아들이 또 아들을 낳았어요. 그러니까 므두셀라의 손자가 태어난 것이지. 생명의 책을 보면 '므두셀라는 187세에 라멕을 낳았고, 라멕을 낳은 후 782년을 지내며 자녀를 낳았으며, 그는 969세를 살고 죽었더라. 라멕은 182세에 아들을 낳고 이름을 노아라 하여(창 5:25-29)'라고 나오지. 자네 혹시 노아의 홍수에 대해서 들어본 적이 있나? 여기 나오는 므두셀라의 손자 노아가 바로 그 주인공이라네.

  그런데 그 '홍수가 땅에 있을 때에 노아는 육백 세(창 7:6)'였거든. 그럼 한번 계산해 보게. 홍수가 있었을 때 므두셀라의 나이가 얼마였을지 말일세. 므두셀라는 187세에 라멕을 낳았고 라멕은 다시 182세에 노아를 낳았으니까 노아가 태어날 당시 므두셀라는 369세였지. 그런데 그 노아 홍수는 노아 600세에 있었으니 그때 므두셀라는 정확히 969세였어요. 그러니까 므두셀라가 죽는 해에 바로 노아의 홍수가 있었던 것이야. 그렇다면 므두셀라가 세상에서 가장 오래 살았다는 의미는 무엇이겠는가? 하나님께서는 인간을 멸망시키기보다 조금이라도 더 참고 기다리려고 하셨다는 의미이지. 물론 그런 하나님의 마음은 노아의 홍수 사건 속에도 그대로 드러나 있어요. 하나님께서는 온 세상을 물로 심판하시지만 노아 가족들을 살려 두셔서 세상을 완전히 다 멸망시키지는 않으셨거든. 이것도 하나님께서 여전히 이 땅과 이 땅의 사람들을 아끼신다는 증거가 되지."

더블 존의 말을 듣고 신박사가 다시 물었다.

"그렇다면 지금 더블 존께서는 부대를 이끌고 어디로 가시는 중이십니까. 종말을 막으러 가시는 중입니까?"

"그렇다네. 우리가 선조에게 받은 예언에 따르면 생명나무의 실과로 가는 길을 처음 연 자가 우리를 찾아 왔을 때부터 구체적인 종말의 시나리오가 시작되는 것이야. 아까 내가 외워 준 말씀에서도 언급되었지만 앞으로 세상은 불로 심판 받을 것일세. 하나님께서는 노아의 홍수가 끝난 이후에 '내가 너희와 언약을 세우리니 다시는 모든 생물을 홍수로 멸하지 아니할 것이라. 땅을 멸할 홍수가 다시 있지 아니하리라.(창 9:11)'고 약속하셨지. 하지만 대신에 세상은 불로 심판받을 운명에 처하고 말았어요. 즉 '그 날에는 하늘이 큰 소리로 떠나가고 물질이 뜨거운 불에 풀어지고 땅과 그 중에 있는 모든 일이 드러나리로다. …… 그 날에 하늘이 불에 타서 풀어지고 물질이 뜨거운 불에 녹아(벧후 3:10-12)' 지게 될 것이란 말이지."

이번에는 나래가 입을 열었다.

"그렇다면 지금 이 세상은 불 심판을 당하기 직전이라는 말씀입니까?"

"그렇다네. 마침내 불 심판의 징조가 나타났어요. 그 징조는 자네들과 매우 밀접한 연관이 있지. 동시에 우리에게는 이 불 심판을 막아야 할 사명이 있어. 만약 우리가 이 심판을 막는다면 그것은 곧 하나님의 마음을 기쁘시게 해 드리는 것이 되기 때문이야. 아주 오래 전 요나라는 사람이 하나님의 명령을 받고 니느웨라는 큰 성의 멸망을 예언한 적이 있었어. 혹시 아는가? 하나님의 명령을 안 따르려고 도망가다가 바다에 빠져 큰 물고기 뱃속에서 사흘 동안 있다 나온 사람 말이야. 결국 물고기 배에서 나온 요나는 하나님의 명령대로 니느웨로 가서 '사십 일이 지나면 니느웨가 무너지리라(욘 3:4)'고 외쳤지. 그런데 의외로 놀라운 일이 벌어졌어. 니느웨 사람들이 요나의 말을 듣고는 하나님께 자신들의 잘못을 회개하기 시작한 것이야. 그러자 하나님께서는 그 회개를 받으시고 니느웨를 심판하지 않으셨어. 요나는 화가 나서 하나님께 따지고 들었지. 왜 예언대로 심판하지 않으시냐고 말이야. 하지만 그때 하나님은 이렇게 말씀하신다네. '이 큰 성읍 니느웨에는 좌우를 분변치 못하는 자가 십이만여 명이요 육축도 많이 있나니 내가 아끼는 것이 어찌 합당치 아니하겠느냐(욘 4:11).' 이것이 바로 하나님의 마음이시라네. 그러기에 우리는 하나님의 마음에 합하려고 지금 종말을 막으러 떠나는 길일세. 성공하든 못하든 그렇게 하는 것이 참된 신앙이기 때문이야."

그러면서 더블 존은 조금 전에 말한 바이블의 뒷부분을 외워 주었다.

그 날에 하늘이 불에 타서 풀어지고 물질이 뜨거운 불에 녹아지

> 려니와 우리는 그의 약속대로 의가 있는 곳인 새 하늘과 새 땅을 바라보도다. 그러므로 사랑하는 자들아, 너희가 이것을 바라보나니 주 앞에서 점도 없고 흠도 없이 평강 가운데서 나타나기를 힘쓰라. 또 우리 주의 오래 참으심이 구원이 될 줄로 여기라(벧후 3:12-15)

"새 하늘과 새 땅에 들어가기 위해서는 점도 없고 흠도 없어야 하기 때문에 종말의 상황이 진행되는 것을 방관하고만 있어서는 안 되지. 아까 말한 대로 오히려 하나님의 마음을 알고 심판의 기운을 막기 위해 애쓰고 힘쓰는 것이 진정으로 하나님의 마음에 부합된 사람이 되는 길이야. 우리가 부합해야 할 하나님의 마음은 바로 지금 말한 구절에 나오는 것처럼 '하나님의 참으심'이야. 바로 이 인간에 대한 하나님의 참으심을 따르는 것이 진정으로 구원 얻는 길이 되는 거야. 그러기에 우리는 이 종말을 막으러 떠나는 것일세."

신박사가 다시 물었다.

"그럼 지금 노인장이 저지하려는 구체적인 대적은 누구입니까?"

더블 존이 말했다.

"아까 말했지 않는가? 바로 마라나타와 파루시아 카타콤이야. 일전에 자네도 만난 적이 있었다는 마라나타는 가끔 세상에 모습을 드러내지만, 파루시아 카타콤은 모래 바람 속에 숨어서 그 실체를 전혀 드러내지 않고 있어. 하지만 이 둘은 긴밀한 연관성을 가지고 있지. 아니 정확히 말하자면 파루시아 카타콤이 마라나타의 차상급 기관이라고 볼 수 있어. 마라나타는 파루시아의 명령대로 움직이는 행동 부대이니까. 우리 공동체의 이전 지도자이셨던 더블 존 19세의 연구에 의하면 이들은 대략 지금부터 약 30여 년 전에 결성된 단체들인데 그 결성 목적이 끔찍하지. 이들은 이 세상에 종말을 앞당겨 속히 멸망을 가져오려고 안간힘을 다하고 있어. 이를 위해서라면 무슨 짓이든지 다 하려고 하지. 종말이 속히 와야 예수의 재림을 맞이할 수 있다는 믿음 때문이야. 예수의 재림을 기다린다는 측면에서는 우리와 동일하지만 종말을 기다리는 자세는 우리와 전혀 다르지. 바로 이런 점을 미리 예측하신 더블 존 19세께서는 그들의 모습을 깊이 주시해 오시다가 마침내 세상의 종말이 파루시아 카타콤을 통해서 올 것이라는 깨달음을 얻으시고 우리들에게 그들을 저지하고 종말을 막을 사명을 맡겨 주신 것이야. '하나님의 참으심'을 완성하기 위해서 말일세. 그래서 30년 전 우리 공동체는 팔레스타인 쪽에서 그들과 가까운 곳에 위치한 이 사막으로 몰래 이주해 왔고 그때부터 파루시아 카타콤과 마라나타를 가까이서 예의 주시해 온 것이지."

검은 호수는 한없이 깊어 보였고 아직도 끝은 보이지 않았다. 신박사는 노인의 말이 끝나자 다시 물었다.

"그들은 이 세상의 종말을 앞당기기 위해 대체 무슨 일들을 꾸미고 있나요?"

더블 존은 대답 대신에 배 위에 있는 누군가를 불렀다. 그러자 조금 전 노인을 배로 영접하던 왼팔을 깁스한 동양인이 다가왔다. 더블 존이 신박사에게 물었다.

"자네 이 사람이 누군지 알겠는가?"

신박사는 그의 얼굴을 가만히 보았다. 같은 동양인이지만 금세 기억나는 얼굴은 아니었다. 신박사가 고개를 갸웃거리자 더블 존이 말했다.

"자네 예전에 코리아에서 플라잉 바이크 족의 공격을 받은 적이 있었지? 여울초등학교 근처에서 말이야. 그때 자네를 공격하려다가 넘어져 체포되었던 사람이 바로 이 친구일세. 아마도 붉은 마스크들을 써서 얼굴은 못 봤겠지만 자네들을 죽일 뻔한 사람이지. 이름은 정살피이고 자네들과 같은 한국인이라네. 아직 그때 부상이 다 회복 안 되어서 여전히 깁스를 하고 있지. 인사들 하시게."

그때 체포되었던 붉은 복면이 어느 날 병원에서 몰래 탈출했다는 소식은 전해 들었다. 하지만 그놈이 지금 여기에 있다니. 갑자기 나래의 팔 근육이 꿈틀했다. 신박사는 나래의 굵은 팔 근육을 붙잡으며 말했다.

"그럴 리가 없습니다. 우리를 공격했던 사람이 한국 사람인 것은 분명하지만 그는 분명히 마라나타에 소속된 사람이라고 했습니다. 10년 전에 있었던 마라나타의 새 쿰란 공동체 사건의 주도자였단 말입니다."

그러자 정살피라는 사람이 입을 열었다.

"맞습니다. 먼저 두 분께 사과를 드리고 싶습니다. 사실 두 분을 공격했던 것은 제 개인적인 의분 때문이지 절대로 더블 존 20세께서 지시하신 일이 아닙니다. 방금 말씀하신 대로 제가 한때 마라나타에 소속되어 있었던 것은 사실입니다. 하지만 10년 전 그토록 굳게 믿었던 예수의 재림이 불발로 끝나자 이후로 저는 마라나타의 활동에 깊은 회의가 생겼습니다. 그래서 감옥에서 나온 후 한동안 방황하다가 홀로 새로운 진리를 찾아 여행을 떠났지요. 세상 여러 곳을 돌아다니다 우연히 여기 네푸드 사막을 여행하는 도중 갑자기 합성 동물들의 공격을 받게 되었습니다. 그때 아가도스님의 도움으로 간신히 구원을 받고 이 광야의 소리 공동체로 들어오게 된 것입니다. 지금 와서 생각해 보면 아마도 하나님께서 일부러 저를 이곳으로 인도하셨나 봅니다. 나중에야 이 근처에 저를 속인 마라나타 공동체와 그 중앙본부인 파루시아 카타콤이 있다는 것을 알게 되었으니까요. 이후로 저는 더블 존님의 가르침을 통해서 그동안 제가 얼마나 잘못된 생각을 하고 있었는지를 깨닫게 되었고 결국 광야의 소리 공동체의 일원이 된 것입니다."

그러자 나래가 성난 목소리로 외쳤다.

"더블 존님의 명령도 아니라면 도대체 왜 우리를 공격한 것이오?"

정살피가 말했다.

"말씀드린 대로 제 개인적인 의분 때문이었습니다. 신박사님이 엘프 666을 발견했다는 소식을 들으시고 더블 존님은 많은 고민을 하셨습니다. 마침내 우려하던 종말의 징조가 나타났다고 말입니다. 곁에서 그런 고민을 지켜보다가 저도 모르게 울컥하는 마음이 들어서 몰래 아프리카 용병들을 끌어들인 것입니다. 신박사님만 제거하고 연구를 종식시키면 일이 순조롭게 해결될 것이라는 짧은 생각에서 말입니다. 마침 신박사님의 한국행에 대한 정보도 알게 되었고 해서 곧바로 실행에 옮겼던 것이지요."

이번에는 신박사가 거친 목소리로 말했다.

"그러면 당신 때문에 죽은 사람들은 어떡하오? 그때 당신들이 추락시킨 비행선에는 내 친구들이 타고 있었소. 대체 당신들의 사명이 무엇인지 모르지만 사람 목숨을 어찌 파리처럼 마음대로 주물러야 한단 말이요?"

신박사의 언성이 높아지자 더블 존이 손짓을 하면서 나섰다.

"신가람 박사, 그리고 신나래 씨. 정말 죄송하네. 그 사건 때문에 사실 우리는 정살피를 파문하려고 했네. 하지만 돌산 입구에서 21일 동안 낮밤 없이 꼼짝 않고 앉아서 사죄하며 자신을 처벌하는 자세를 보고 결국 다시 그를 받아들이기로 했지."

그러면서 더블 존은 정살피의 털옷을 벗겼다. 놀랍게도 그의 몸은 상체와 하체 수십 곳에 십자가 형태의 인두로 지진 화상 자국들이 잔뜩 박혀 있었다. 등에도 마찬가지였다. 정살피가 다시 털옷을 걸치면서 말했다.

"솔직히 더블 존께서 신박사님을 제거하기보다는 설득하는 방향으로 나가자고 했을 때 저는 반대하는 마음이었습니다. 하지만 지금 두 분을 뵈니 더블 존님의 생각이 옳았다는 것을 깊이 깨닫습니다. 우리 선조이신 사도 요한께서도 늘 강조하셨듯이 서로 사랑하는 것만이 하나님의 뜻임을 깨닫습니다. 두 분께 다시 한 번 그때 일을 사죄드립니다. 용서해 주십시오."

신박사는 여전히 격앙된 목소리로 말했다.

"하지만 지금 당신들은 마라나타와 전쟁을 하기 위해서 떠나는 것 아닙니까? 그건 사랑을 강조하는 자세와 전혀 동떨어진 것 아닙니까?"

더블 존이 말했다.

"때론 더 큰 사랑을 위해서 작은 사랑을 포기해야 할 때도 있지. 생명에 책에도 나오듯이 '사랑은 불의를 기뻐하지 아니하며 진리와 함께 기뻐하는'(고전 13:6) 법이니까. 진리를 위해서라면 악과 싸우는 것도 사랑의 본분이야."

신박사는 잠시 침묵하다가 흥분이 좀 가라앉은 목소리로 말했다.

"하지만 더블 존께서는 아직 제 질문에 대답을 하지 않으셨습니다. 대체 마라나타와 파루시아 카타콤이 세상의 종말을 앞당기기 위해서 무슨 일들을 꾸미고 있다는 것입니까?"

그러자 정살피가 입을 열었다.

"그건 제가 말씀을 드리겠습니다. 제가 마라나타에 소속되어 있는 동안 알게 된 비밀입니다. 먼저 그들은 오래 전부터 타락 유도 요원들을 세상에 파송하고 있습니다. 이 요원들의 임무는 세상을 타락시킴으로써 인류의 종말을 앞당기는 것이지요. 그들이 활동하는 분야는 매우 다양합니다. 이름만 대도 알 수 있는 유명한 가수들과 작곡가, 배우들 영화감독들이나 제작자들 그리고 소설가나 시인 같은 문인들뿐 아니라 정치가나 경제인, 그리고 과학자들도 있습니다. 그들의 임무는 최대한 세상을 성적으로 물질적으로 타락시키고 특히 가정을 파괴하는 가치관을 퍼뜨려서 세상의 종말을 앞당기는 것입니다. 물론 지구의 환경을 오염시키거나 공해를 일으키는 역할을 맡은 과학자들도 있고요. 이 일을 위해 마라나타는 전 세계 각 분야의 비상한 천재들 중에서 불우한 가정에서 자랐거나 현재도 불우한 상태에 처해 있어 한이 많은 사람들을 미리 선정해서 납치하고는 그 몸속에 탐지가 거의 불가능한 고강도의 두뇌 개조 칩을 심고 다시 세상으로 돌려보냅니다. 이 모든 것들은 보통 아주 짧은 순간에 일어나고 당사자조차 자기가 당한 일을 의식 못하기 때문에 아직까지 세상에는 완전한 비밀로 남아 있지요.

그러다보니 극히 중요한 임무를 맡은 요원 몇 명만 제외하고는, 대부분 자신이 파루시아 카타콤에 속했는지도 모르는 상태에서 세상의 타락을 주도하고 있습니다. 물론 요원들끼리도 서로를 알아보지 못하지요. 하지만 모두들 몸에 심어 놓은 칩을 통해서 어떤 식으로든 -보통 꿈을 통해서라고 하더군요- 파루시아 카타콤의 수장인 '정의의 교사'의 가르침을 받으며 세뇌당하고 있습니다. 그래서 납치 이후로 그들의 정신 세계나 작품 세계가 크게 변화한답니다. 사실 2070년에 제가 열광적으로 참여했던 새 쿰란 공동체의 종말 사건도 나중에 알고 보니 정의의 교사가 일부러 꾸며낸 것이었습니다. 세상에 그릇된 종말론들이 부흥하는 것 자체가 진짜 종말을 앞당기는 것이 된다는 이유에서였습니다. 여하튼 그때까지 저는 이 모든 것들이 진정으로 예수님의 종말을 기다리는 순수한 마음에서 나온 것이라고 생각했는데 지금 와 돌이켜 보니 오히려 주님의 심판을 받을 죄악임을 깨닫게 되었습니다. 이런 악을 조장하고 있는 파루시아 카타콤의 '정의의 교사'는 쓰리히든마운틴에 있는 선택된 민족들과 극소수의 프리미엄 타락 유도 요원들 그리고 마라나타의 대장인 에후드 벤저민만이 만날 수 있습니다. 그 외에는 아무도 그를 본 적도 없고 볼 수도 없지요. 다만 그의 이름을 '베드로'라고 부른다는 것만 알고 있을 뿐입니다."

신박사가 다시 물었다.

"그렇다면 지금 광야의 소리 부대가 마라나타를 향해 가는 것은 그런 타락 유도 행동들을 멈추게 하기 위한 것입니까?"

그때까지 잠자코 있던 더블 존이 입을 열었다.

"물론 그것도 포함되지만 좀 더 중요한 이유가 있네. 그들은 지금까지의 타락 유도 작업을 넘어서서 이제 드디어 가장 무서운 계획을 실행하기 직전일세. 이건 신박사의 엘프 666과 연관된 것인데 일단 지금은 그 정도만 알아 두게. 내 직전 지도자이셨던 더블 존 19세께서는 다각적인 조사와 함께 깊은 영적 통찰력으로 그들이 앞으로 저지를 일들을 미리 예견하셨지. 물론 자네가 발견할 엘프 666에 대해서도 '무저갱의 열쇠' 라는 기호를 통해 미리 우리에게 알려 주셨고 말이야. 아마 잠시 후면 그 무저갱 열쇠의 그림을 보게 될 것일세. 저기 드디어 호수 끝이 보이는구먼. 일단 이야기는 여기까지만 하지."

11. 파루시아 카타콤

 더블 존의 말대로 마침내 호수 끝이 보이기 시작했다. 궁금한 것이 더 많았지만 신박사는 입을 다물고 자신의 만능시계를 살펴보았다. 시계는 여전히 위성 통신 신호를 잡아내지 못하고 있었다. 배들이 호숫가에 닿자 모든 부대원들이 내렸다. 아가도스는 큰 소리로 부대를 정렬시켰다. 노인은 품에서 자그마한 두루마리를 꺼내 훑어 보더니 호숫가 절벽의 한 부분으로 걸어갔다. 깁스를 한 정살피는 더블 존 쪽을 향해 라이트를 비추었다. 동굴 천장에서 자고 있던 무수한 박쥐 떼들이 푸드득 거리며 날아갔고 노인이 선 벽면에 손바닥만 한 그림 하나가 나타났다. 무심코 그 그림을 쳐다 본 신박사는 소스라치게 놀라고 말았다. 벽에는 스페이드 마크처럼 생긴 나무 형상이 있었고 그 내부에 날개막의 모습이 음각으로 새겨져 있었다. 또한 그 바로 아래엔 날선 도끼 한 자루의 모습도 새겨 있었다. 그건 마치 엘프 666에 밀란다 박사가 만든 초초 그린 레이저가 조준된 형태와 같았다.
 신박사가 깜짝 놀라 더블 존에게 뭐라고 말을 꺼내려 하자 노인은 손가락을 입에 대더니 자신의 목에 달린 굵직한 사슬 형태의 목걸이를 꺼냈다. 놀랍게도 노인의 목걸이 끝에도 벽 위의 그림과 같은 크기의 스페이드 마크가 달려 있었고 벽면과 반대로 돌출된 마크 속에는 동일한 모습의 날개 형상도 새겨 있었다. 더블 존은 그 형상을 천천히 벽면의 그림에 갖다 대었다. 두 그림이 맞춤처럼 꼭 들어맞는다고 생각된 순간 노인이 목걸이를 오른 쪽으로 반 바퀴 회전시키자 갑자기 쿠르릉 하는 소리와 함께 그들 앞을 막고 있던 동굴 벽이 아래에서 위로 열리기 시작했다. 벽 안쪽에서 밝은 빛이 들어오나 싶은 순간 곧이어 위를 향한 긴 돌계단이 모습을 드러냈다. 더블 존이 주저 없이 앞장서 계단을 오르자 무리들이 곧 그 뒤를 따랐다.

계단 옆으로는 녹색 조명들이 길을 밝히고 있었다. 한참 올라가자 수십 개의 평평한 바위들이 나타났다. 더블 존이 그 바위들 중 하나에 오르자 다른 털옷 부대도 10명에서 많게는 20여 명씩 바위 위로 올랐다. 신박사와 나래도 더블 존 곁에 올라섰다. 무리를 태운 바위들은 곧 위로 솟아오르기 시작했다. 그들의 상승과 동시에 바위와 맞닿을 동굴 윗부분들이 각각 열리며 수십 개의 둥근 빛이 들어왔고 곧이어 무리들은 모두 바위에서 내려 지상의 태양 아래 섰다. 그들이 선 곳은 꽤 높은 언덕의 뒤편이었다. 아가도스는 부대원들에게 머리를 낮추라고 지시했다. 잠시 후 가만히 언덕 위로 올라간 아가도스가 살짝 언덕에 머리를 내밀자 멀리 종려나무 몇 그루와 연못이 있는 오아시스가 보였다. 아마도 지도에 나타난 새 쿰란 공동체 즉 마라나타가 위치한 곳 같았다.

한동안 마라나타를 조사하던 더블 존은 아가도스를 시켜 부대를 언덕 뒤편에 대기시키고는 자신도 휴식을 취했다. 신박사와 나래도 더블 존의 곁에 함께 앉았다. 꽤 오랜 시간이 지났다. 더블 존의 스페이드 목걸이가 갑자기 붉은 빛을 발하면서 부르르 진동하기 시작했다. 더블 존은 급히 일어나 망원경을 들고 언덕 너머를 살폈다. 신박사와 나래도 몸을 낮추고 언덕 너머를 보았다. 놀랍게도 오아시스 앞의 연못물이 점점 말라버리더니 그 속에서 흰 복면을 쓴 사람들이 돌카를 타고 걸어 나와 종려나무들 앞에 일제히 정렬하기 시작했다. 얼핏 보아도 500명 이상 되는 인원이었다. 잠시 나무 앞에서 대기하던 그들은 앞장 선 대장의 지시에 따라 서쪽 방향으로 행진을 시작했다. 일전에 자신들을 구해 준 마라나타의 왼손잡이 부대라는 것을 신박사는 한눈에 직감했다. 그들 맨 앞에 선 대장은 아마도 엘프 666의 연구의 성공을 고대한다고 말했던 에후드 벤저민일 것이다.

신박사는 숨을 죽이고 앞으로 어떤 일이 벌어질지를 기다렸다. 하지만 더블 존이나 아가도스는 금세 흰 복면 부대를 공격할 기미가 없었다. 그저 묵묵히 그들의 이동 방향을 바라보기만 했다. 한참 뒤 흰 복면 부대의 모습이 거의 보이지 않을 만큼 사라지자 아가도스는 그제야 부대를 집결시켰다. 부대원들은 일사분란하게 등에 지고 있던 원형 판때기를 꺼내더니 그것을 자신들의 발 앞에 던졌다. 그러자 둥근 판들은 땅에 떨어지지 않고 공중에 사뿐히 멈췄다. 털옷 부대는 비행 접시모양의 판 위에 양반다리 자세로 올라탔다. 더블 존과 신박사 그리고 나래 앞에는 널찍한 플라잉 카펫이 펴졌다.

모두 올라타자 더블 존은 아가도스에게 수신호를 했고 이어서 구름 모양의 원반을 탄 아가도스가 무리에게 이동명령을 내렸다. 무리는 조용히 저속으로 언덕을 내려가 흰 복면들이 떠난 방향을 뒤따르기 시작했다. 한참을 날아가자 멀리서 흰 복면 무리들이 일으키는 흙먼지가 보였다. 그러자 아가도스는 다시 자기 부대를 멈추게 했다. 이런 식으로 넓은 사막에서의 은밀한 추격전은 계속 되었다. 밤이 되자 흰 복면들이 야영을 하는 듯 불을 피우기 시작했다. 아가도스의 부대는 그들이 눈치 채지 못할 지점에 자리를 잡은 후, 불침번을 세우고는 흑암 속에서 하루 밤을 보냈다. 다음 날 아침에도 행진은 계속되었다. 언제부턴가 입 안이 버석거린다 싶더니 거센 모래바람이 불기 시작했다. 아마도 쓰리히든마운틴 근처의 모래바람 지역이 멀지 않은 것 같았다.

 아가도스는 부대를 숨기고 다시 흰 복면들의 동태를 살폈다. 모래바람이 본격적으로 시작되는 부분은 바람의 위력이 엄청나서 누군가 그 속으로 걸어 들어간다면 살이 갈가리 찢길 것만 같았다. 흰 복면 부대는 모래바람 지역의 외곽을 살피듯 천천히 돌다가 어느 한 지역에 일제히 멈춰 섰다. 잠시 후 선두에 있던 두 사람이 대장의 명령으로 돌카에서 내리더니 야전삽을 들고 땅바닥을 파기 시작했다. 한참을 파고 들어가 두 사람의 머리가 안 보인다 싶은 순간 그들은 삽질을 멈추고 밖으로 나왔다. 이어서 부대의 맨 앞에 선 대장이 물병 같은 것을 꺼내어 구덩이 속에 붓고는 크게 소리를 질렀다. 아마도 '마라나타'를 외치는 것 같았다.

 그 순간. 갑자기 거센 모래바람 사이로 꼬불꼬불한 길의 형상이 나타나기 시작했다. 그 길은 모래바람의 영향을 받지 않고 안으로 들어가는 통로를 형성하고 있었다. 흰 복면의 마라나타 부대는 돌카를 몰고 그 길을 통해 모래바람 속으로 진입하려 했다. 그때 아가도스가 고개를 돌려 노인을 쳐다보았다. 두 사람의 눈이 마주치자 더블 존은 머리를 한 번 끄덕였다. 아가도스는 굵직한 고함을 지르면서 벌떡 일어나 플라잉 보드 위에 올라서서 지팡이를 잡은 손을 앞으로 내밀었다. 그러자 다른 털옷 부대도 모두 플라잉 보드 위에 두 발로 올라서서 활에 화살을 먹인 상태로 일제히 흰 복면 부대를 향해 날아가기 시작했다. 신박사와 나래는 침을 꿀꺽 삼키고 그 모습을 지켜보았다.

어느 정도 흰 복면 부대 가까이 날아가자 아가도스는 발사 신호를 했다. 털옷부대들은 일제히 화살을 발사했다. 놀랍게도 그들의 화살은 공중에서 은회색 빛을 내더니 꼬불꼬불 마치 살아 있는 생물처럼 날아가 흰 복면들의 몸에 꽂혔다. 갑작스런 공격에 놀란 복면 부대도 검을 뽑아 들고 곧장 방어에 나섰다. 일전에도 보았던 반달 모양의 파란 검광들이 날아오기 시작했다. 잠시 후 복면 부대의 맨 앞에 선 에후드 벤저민이 큰 소리를 질렀다. 그러자 갑자기 그들이 탄 돌카들의 어깨와 등 뒤편에서 두 쌍의 금속성 날개들이 펼쳐 나오더니 벌새처럼 엄청난 속도로 진동하기 시작했다.

생명체의 몸에 기계를 심는 기술이 진척되고 있다는 말은 들었지만 기계식 날개가 달린 돌카는 처음 보는 것이었다. 흰 복면 부대는 비행 돌카를 타고 일제히 공중으로 날아올라 플라잉 보드를 탄 털옷 부대에 맞섰다. 광야의 소리 부대도 지팡이를 휘두르며 접전을 펼치기 시작했다. 치열한 공중 전투였다. 한동안 신박사와 나래는 그 전투를 지켜보았다. 그런데 잠시 후 그들이 탄 플라잉 카펫이 살며시 떠올랐다. 더블 존의 명령에 따라 정살피가 조종을 시작한 것이었다. 한 손을 못 쓰는 상태였지만 정살피는 능숙하게 손가락으로 조종 레버를 잡고 전투하는 무리들의 사이를 몰래 저공으로 빠져나가 모래 바람 속으로 생겨난 길에 접어들었다.

하지만 그때 갑자기 뒤에서 광선이 번쩍하는 느낌이 느껴졌다. 흰 복면 중 하나가 신박사가 탄 카펫을 눈치 채고 검광을 발사한 것이었다. 헬멧에 달린 전자 백미러를 통해서 사태를 파악한 정살피는 순간적으로 카펫을 기울였다. 검광은 아슬아슬하게 카펫 끝을 자르고 날아갔다. 바닥이 몸을 접착시키는 재질이긴 했으나 너무 갑작스런 기울임 때문에 신박사는 카펫에서 미끄러져 장식 솔기를 붙잡고 공중에 매달렸다. 통로 밖으로 빠져나간 다리를 거센 모래바람이 때리자 신박사의 바지는 금세 너덜너덜해지고 다리에서는 피가 튀었다.

나래가 급히 신박사의 손을 잡고 끌어올리기 시작했다. 하지만 카펫이 평행을 찾았는데도 꼬불꼬불한 길을 비행하는 중이라 신박사는 쉽게 카펫 위로 오르지 못했다. 그때 뒤따르던 돌카에서 두 번째 검광이 발사되었다. 검광은 카펫을 반 동강 낼 듯 날아왔다. 그 순간 더블 존이 카펫에서 일어나더니 손에 든 지팡이로 검광을 쳐냈다. 검광은 옆으로 비껴 모래바람을 지직 태우며 사라졌다. 곧이어 더블 존은 지팡이 끝부분에서 뭔가를 쑥 뽑아들더니 단도처럼 집어 던졌다. 뾰족한 지팡이 끝은 정확히 날아가서 날개 달린 돌카의 가슴에 꽂혔다. 돌카는 날카로운 비명을 지르면서 추락하여 땅바닥에 처박히고 말았다.

더블 존은 나래를 도와 신박사를 카펫 위로 다시 태웠다. 카펫은 모래바람 사이로 난 길을 쏜살같이 날아갔다. 잠시 후 멀찌감치 세 개의 산 그림자가 나타났다. 쓰리히든마운틴이 분명했다. 더블 존은 정살피를 재촉하였다. 카펫은 쏜살같이 세 개의 산 가운데 있는 분지로 날아 들어갔다. 신기하게도 산 속은 모래바람이 한 점도 없었다. 게다가 넓고 푸른 초원이 시원하게 펼쳐 있었고 그 위로 세 마리의 이리와 알록달록한 피부의 표범 두 마리가 귀여운 염소와 양떼들 속에 섞여 뒹굴며 놀고 있었다. 정살피는 카펫을 초원 가장자리에 착륙시켰다. 산골짜기에서는 푸른 샘이 솟아 맑은 시내를 이루었고 여기저기 핀 꽃들도 상큼한 향기를 날리고 있었다. 평화롭기 그지없는 광경이었다.

하지만 양떼 사이에 있던 이리 한 마리가 신박사 일행을 발견하고는 갑자기 이빨을 드러낸 채 달려오기 시작했다. 곧이어 다른 이리들과 표범들도 쏜살같이 달려왔다. 나래가 급히 칼을 꺼내 달려오는 이리와 표범들 쪽으로 마주 달려갔다. 번개 같은 칼놀림에 이리들과 표범 한 마리가 순식간에 쓰러졌지만 미처 해치우지 못한 표범 한 마리가 어느새 나래를 제치고 신박사 쪽을 향해 달려왔다. 표범이 입을 쩍 벌리고 공중으로 비상하는 순간 더블 존은 지팡이 끝으로 표범의 목을 힘껏 찔렀다. 표범은 입을 벌린 채로 그들 앞에 털썩 쓰러졌다.

하지만 사태는 끝나지 않았다. 이리와 표범이 쓰러지자 이어서 귀엽게 생긴 양들과 염소들이 맹렬하게 우는 소리를 내더니 일행 쪽으로 달려오기 시작한 것이었다. 놀랍게도 염소의 뿔들은 창끝처럼 시퍼런 날을 번쩍거렸고 양들의 으르렁 거리는 입에서도 뾰족한 황금빛 이빨들이 돋아나 있었다. 발에는 날카로운 발톱들도 달려있어 푸른 풀들을 마구 파헤치며 달려왔다. 한 번에 처치하기에는 너무 많은 숫자였다.

당황한 나래가 다시 칼을 치켜든 순간, 정살피가 급히 플라잉 카펫에 올라탔다. 시동을 걸고 계기판을 조작하자 두툼한 카펫은 공중으로 붕 떠오르더니 앞부분에 두 개의 총구를 내밀었다. 곧이어 엄청난 속도로 기관총이 발사되기 시작했다. 염소와 양들이 픽픽 쓰러졌다. 하지만 최후의 한 마리가 쓰러질 때까지 놈들은 총알을 두려워 않고 계속 달려들었다. 결국 끝까지 살아남은 마지막 양이 노란 발톱을 세우고 일행에게 덤벼드는 것을 나래가 발로 걷어차서 쓰러뜨리고 나서야 사태가 종료되었다.

피투성이가 되어 쓰러진 이리와 표범들 그리고 양과 염소들 사이에서 신박사 일행이 숨을 고르고 있을 때 갑자기 멀리서 천천히 박수치는 소리가 들려왔다. 고개를 돌려보니 초원 저 편에서 누군가 박수를 치며 다가오고 있었다. 어느 정도 다가왔다 싶을 때 그는 멈춰 서서 이런 말을 외쳤다.

> 그 때에 이리가 어린 양과 함께 살며 표범이 어린 염소와 함께 누우며 송아지와 어린 사자와 살진 짐승이 함께 있어 어린 아기에게 끌리며 암소와 곰이 함께 먹으며 그것들의 새끼가 함께 엎드리며 사자가 소처럼 풀을 먹을 것이며 젖 먹는 아이가 독사의 구멍에서 장난하며 젖 뗀 어린 아이가 독사의 굴에 손을 넣을 것이라. 내 거룩한 산 모든 곳에서 해 됨도 없고 상함도 없을 것이니 이는 물이 바다를 덮음 같이 여호와를 아는 지식이 세상에 충만할 것임이니라(이사야 11:6-9)

그리고 그는 신박사 일행을 향해 말했다.

"훌륭한 실력들이군. 하지만 낙원의 평화를 이처럼 무참히 짓밟다니 당신들은 하늘의 뜻을 거스르는 자들이 틀림없군. 하늘의 뜻을 거스르는 자들은 심판을 받아야만 하지."

곧이어 목소리의 주인공이 오른손을 들어 올렸다. 그러자 주변의 산기슭에서 수백 명의 무리들이 손에 각종 무기를 들고 나타났다. 얼핏 원시적으로 보이는 그 무기들 끝에는 살벌한 분위기의 파란 광선파가 금세라도 뿜어 나올 듯 예리하게 파직거리고 있었다. 무엇보다 그들은 모두 비정상적인 괴물 형태의 합성 인간들이었다. 양쪽에 고릴라의 굵은 팔이 두 개씩 돋아 있는 네 팔 인간. 빛의 각도에 따라 시시각각 색깔을 바꾸는 카멜레온 인간. 얼굴이 온통 눈으로 뒤덮인 사람. 말의 몸과 다리를 가진 켄타우로스 형 인간, 그 외에도 동물과 인간이 합성된 형태의 끔찍한 괴물들 수백 명이 신 박사 일행을 향해 광선 무기들을 겨누었다. 결국 나래와 더블 존은 손에 든 칼과 지팡이를 내려놓을 수밖에 없었다. 잠시 후 그들은 무지막지한 덩치의 네 팔 인간들에게 결박된 뒤 사내의 발아래로 끌려가야만 했다.

가까이서 보니 사내는 더블 존과 비슷한 연배의 눈빛이 강렬한 노인이었다. 그는 먼저 정살피를 향해 입을 열었다.

"자네가 바로 배신자 정살피로군. 한때 충성되었던 종이 이제는 배신자로 내 앞에 잡혀 오다니. 하긴 예수께서도 돈주머니를 맡기고 신뢰했던 자신의 제자 가롯 유다에게 배신을 당하셨지. 하지만 그때나 지금이나 배신자의 최후는 동일하다는 것 잘 알고 있겠지?"

정살피의 얼굴이 하얗게 질렸다. 사내는 뒤에 서 있는 네 팔 인간에게 손짓을 했다. 그러자 그는 네 주먹을 번개같이 움직여 정살피의 얼굴을 무수히 난타했다. 정살피는 정신을 잃고 쓰러졌다. 네 팔 인간은 정살피의 목에 끈을 동여맸다. 나래가 무슨 짓이냐고 소리를 치며 벌떡 일어났다. 하지만 순식간에 수십 개의 무기가 코앞에 파직거리며 다가왔다. 목에 밧줄을 다 맨 네 팔 인간은 밧줄 반대편을 절벽 끝 바위 위에 묶더니 정살피를 번쩍 들어 절벽 아래로 집어던졌다. 더블 존의 입에서 '안 돼' 라는 비명이 터져 나왔지만 결국 정살피는 절벽에 대롱대롱 매달려 목숨을 잃고 말았다. 사내는 그 모습을 보면서 말했다.

"그래도 예수를 배신한 가룟 유다보다는 자네가 낫지. 유다는 스스로 목매달아 죽었으니까 얼마나 힘들었겠는가. 하지만 이 놈은 편하게 배신자의 길을 가도록 우리가 도와줬으니 고마워해야 할 거야."

더블 존은 온 몸을 부르르 떨면서 말했다.

"네 이놈. 이 악행을 반드시 하나님께서 심판하시고 말 것이야."

그러자 사내는 더블 존을 향해 말했다.

"오호. 그 유명한 더블 존 20세이시구먼. 우리들이 결국 이렇게 만날 것을 그대의 스승님께 미리 전해 들었었겠지? 대단한 예지력의 소유자였으니 자네가 이렇게 나의 포로가 될 것도 당연히 예언했을 거야, 하하하."

더블 존이 입을 열었다.

"베드로. 도대체 왜 정신을 못 차리는 건가? 우리 선조께서 몇 번이나 당신에게 경고를 했다고 하셨는데 말이야. 자네는 지금 신의 뜻을 이루려는 것이 아니라 거스르고 있는 것이야. 왜 그걸 못 깨닫는 것인가?"

베드로라 불린 사내가 말했다.

"못 깨닫는 것은 내가 아니고 오히려 그대야. 하나님은 지금 심판의 때를 예비하시고 이를 구체적으로 이 땅에 시행하려 하신다네. 그러므로 그 귀한 날이 속히 다가오도록 길을 예비하는 것이 진정한 믿음 아니겠는가? 어찌 그날을 막고 지연시키는 것이 하나님의 뜻이라는 케케묵은 주장을 아직도 반복하고 있는가. 하긴 그런 엉터리 주장을 고집하니까 결국 자네도 자네 스승처럼 우리 손에 죽을 운명이 되고 만 것이지."

더블 존의 얼굴이 새파랗게 변했다.

"그렇다면 더블 존 19세를 죽인 것도 역시 너희들 짓이었단 말이냐?"

베드로는 싱긋 웃으면서 뒤편에 선 켄타우로스 형 인간에게 손짓을 했다. 파란 전류가 파직거리는 광선 창을 든 켄타우로스는 세 사람을 위협해서 일으켜 세우고는 근처에 있는 자그마한 동굴 속에 집어넣었다. 잠시 후 쇠창살이 내려와 동굴 입구를 가로막았다. 베드로는 동굴 입구에 털썩 주저앉더니 땅의 한 부분을 손가락으로 눌렀다. 그러자 땅에서 입체 영상이 나타났다. 그 영상 속에는 모래바람 외곽에서 일어나고 있는 전투 장면이 생생히 상영되고 있었다. 아가도스가 이끄는 털옷 부대와 날개 달린 돌카의 흰 복면들은 아직도 접전을 펼치고 있었다. 하지만 시간이 지날수록 흰 복면 부대의 파란 검광이 더 힘을 발휘해 갔고 아가도스의 부대는 점점 밀리고 있었다. 베드로의 주름진 입 꼬리가 한 쪽으로 씩 올라가면서 만족한 미소가 지어졌다. 쇠창살을 잡은 더블 존의 얼굴에는 불안한 기색이 역력했다.

그런데 잠시 후, 영상을 바라보던 베드로의 얼굴빛이 싹 변했다. 갑자기 두 부대의 싸움에 또 다른 무리가 개입해 들어왔기 때문이었다. 어디선가 일곱 대의 초대형 검은 전투기가 나타나는가 싶더니 엄청난 구경의 광포를 흰 복면 부대와 털옷 부대 할 것 없이 무차별 난사하기 시작한 것이었다. 광선포의 구경과 화력이 너무 강해서 에후드의 부대와 아가도스의 부대는 서로 뿔뿔이 흩어질 수밖에 없었다. 하지만 대형비행선들은 곧 양쪽으로 편대를 나누더니 뿔뿔이 달아나는 에후드와 아가도스의 부대를 추격하여 완전히 전멸시키고 말았다. 사막 위로 털옷 입은 자들과 흰 복면을 쓴 자들의 시신들이 여기저기 가득 쌓였고 거센 모래바람이 그 위를 덮고 있었다.

베드로는 당황한 표정으로 손목에 달린 스위치를 급히 조작했다. 그러자 모래바람 사이로 난 통로가 스르륵 사라져 버렸다. 하지만 대형 비행선들 중 하나가 거센 모래바람 앞에 서더니 머리 부분에서 커다란 샤프트를 내밀었다. 긴 샤프트는 곧 좌우로 거대한 날개를 펼치더니 드릴 형태가 되어 힘차게 돌아가기 시작했다. 드릴을 앞세워 모래 바람 속으로 진입하자 거세게 휘날리던 모래들이 맥없이 튕겨져 나갔다. 그러자 다른 비행선들도 그 뒤를 따라 쓰리히든 마운틴 안으로 접근해 들어오기 시작했다.

베드로의 괴물 부대는 무기를 치켜들고 방어 태세를 취했다. 마침내 비행선이 산으로 날아 들어오자 괴물 부대는 일제히 비행선들을 향해 광선을 발사했다. 하지만 비행선에는 보이지 않는 방어막이 덮여 있는 듯 그들의 광선들은 모두 맥없이 튕겨져 나왔다. 그 와중에 검은 비행선들은 거대한 광선포를 괴물 부대를 향해 무차별 난사했다. 비정상적인 형태의 사람들이었지만 그들도 분명 생명체였음을 증명하듯이 시뻘건 피를 흘리면서 쓰러지기 시작했다. 검은 비행선들은 잠깐 동안에 괴물 부대를 거의 전멸시켰고 수많은 시체들이 널린 초원 위에 착륙했다. 트랩을 내려와 피 묻은 풀을 밟으며 여유 있게 걸어오는 놈들의 모습을 보면서 신박사와 나래는 경악을 금치 못했다. 만면에 웃음을 띠고 걸어오는 사람은 설마 했던 대로 딜릿이었다. 그 옆에는 여전히 파이프 연기를 날리는 패스트 박사와 킬뎀이 함께 하고 있었다.

킬뎀은 그들을 보고 달아나려는 베드로를 향해 번개처럼 달려가서 그물 총을 발사했다. 결국 파루시아 카타콤의 정의의 교사 베드로는 그물에 칭칭 감겨 딜릿 앞으로 끌려왔다. 킬뎀이 힘껏 팽개치자 딜릿 앞으로 데굴데굴 굴러 온 베드로가 고개를 들고 외쳤다.

"딜릿 네 이놈. 감히 이런 짓을 하다니. 어떻게 이럴 수 있느냐."

그러자 딜릿이 킬킬 웃으면서 말했다.

"존경하는 스승께서 당황하시는 걸 보니 저도 가슴이 아프군요. 하지만 어떡하겠습니까? 이게 다 실수로 호랑이 새끼를 키운 것이려니 생각하십시오."

이어서 딜릿은 킬뎀에게 손짓을 했다. 킬뎀은 감옥의 문을 열더니 신박사 일행에게 싱긋 웃으며 손을 흔들었다. 그리고는 베드로를 거기 밀어 넣으면서 권총 뒷부분으로 그의 뒤통수를 때렸다. 베드로는 정신을 잃고 바닥에 쓰러졌다. 그 순간 다시 쇠창살이 내려왔고 곧이어 창살 앞에 두꺼운 쇠문까지 쿵하고 내려왔다. 감옥 안은 칠흑같이 어두워졌다. 신박사 일행은 한치 앞도 보이지 않는 흑암 속에 멍하니 앉아 있을 수밖에 없었다.

얼마나 시간이 흘렀을까. 정신을 잃은 베드로의 입에서 나지막한 신음이 들리기 시작했다. 그 소리에 더블 존이 말했다.

"베드로. 정신이 드나?"

"여기가 어딘가?"

더블 존은 혀를 끌끌 차면서 말했다.

"자네가 우리를 밀어 넣은 동굴 속일세. 칼로 일어선 자는 칼로 망한다는 예수의 말씀대로 자네도 결국 우리와 같은 처지가 되고 말았구먼."

여전히 신호를 잡지 못하는 시계를 만지작거리면서 신박사가 입을 열었다.

"도대체 베드로 당신은 정체가 뭡니까? 당신은 본래부터 딜릿과 알던 사이였습니까?"

베드로는 아무 대답이 없었다. 하지만 잠시 후 침묵을 깨면서 뭔가 포기한 듯한 혼잣말로 입을 열었다.

"허허. 그때 딜릿을 해치우지 못한 것이 이토록 큰 실수라니."

그 말에 더블 존이 말했다.

"본래 악은 악을 낳는 법이야. 그대의 악한 판단이 앞으로 더 엄청난 일들을 일으킬 것일세."

신박사는 궁금하여 견딜 수가 없었다.

"도대체 두 분이 하는 말이 무슨 뜻입니까? 정확히 좀 말해 봐요. 베드로 당신은 딜릿과 대체 무슨 관계입니까?"

잠시 뜸을 들이던 베드로가 말을 시작했다.

"딜릿은 우리 파루시아 카타콤 공동체에서 세상에 파견한 요원이었지. 한참 천재적인 시를 쓰던 딜릿의 청소년기에 우리는 그를 납치한 후 뇌에다가 우리 공동체의 명령을 담은 칩을 심어 주었어. 이후로 나는 부지런히 그의 꿈속에 들어가 그를 교육했었지. 그래서 딜릿은 한동안 우리 파루시아 카타콤의 타락 유도 요원의 임무를 훌륭하게 수행해 왔어. 주로 비도덕적인 연애 사상들을 시로 아름답게 승화시켜 매력적인 것으로 만들고 세상에 불륜적인 관계들을 퍼뜨리는 역할을 담당했었네. 물론 이 모두는 예수의 재림을 앞당기려는 의도에서 나온 것이었지."

신박사의 머리에 딜릿의 자유로운 성애와 불륜 예찬들로 가득찬 시들이 떠올랐다. 베드로가 계속 말을 이었다.

"하지만 딜릿은 영리했지. 솔직히 나는 소년 딜릿이 참 마음에 들었어. 물론 그의 막대한 재정적인 능력도 써먹을 가치가 충분했고 말이야. 그래서 그를 일회용 요원으로 사용하려던 생각을 접고 우리 공동체의 일원으로 받아들이려고 그를 다시 납치해서 나의 정체를 밝혔지. 꿈속에서만 만나던 정신적인 스승을 직접 만나자 딜릿은 처음에 무척 놀라더군. 하지만 곧 우리의 사상에 동의하고는 공동체의 정식 일원이 되었다네. 이후로 딜릿은 항상 내 마음을 이해해 주었기에 나 또한 그를 무척이나 신뢰했었지. 무엇보다 재정적으로 딜릿은 우리 공동체의 중요한 스폰서 역할을 했었고 말이야. 결국 내가 잘못 판단했음을 알아차린 것은 훨씬 나중의 일이야. 그놈은 어느 틈에 자기 몸에 박힌 칩을 제거해 버린 상태로 나와 계속 접촉했던 것이지. 지금 생각해 보면 왜 그리도 놈에 대한 경계심을 풀었는지 답답하구먼. 여하튼 딜릿은 여기 파루시아 카타콤을 들락거리면서 우리의 비밀들을 거의 모두 **빼내** 가 버렸고 결국 나와의 연락을 끊고 말았지. 나중에야 그 사실을 알게 된 우리는 딜릿을 제거하기로 결정했고 몇 달 전 놈이 신박사를 납치했을 때 마라나타 부대를 파견해서 놈들의 아지트인 선라이징 마운틴을 공격했던 것이야. 하지만 안타깝게도 놓치고 말았지. 그때 딜릿을 없애야 했었는데 애석한 일이야."

신박사의 머리에 의문이 번쩍 일어났다.

"그때 마라나타의 대장 에후드 벤저민은 제게 분명히 엘프 666의 실험이 성공하기를 빈다고 했습니다. 그 이유가 뭡니까? 당신들은 이 세상에 종말이 오길 바라지 않습니까? 하지만 엘프 666 실험이 성공해서 사람들이 영생하게 된다면 그건 당신이 기다리는 종말과 대치되는 것 아닙니까? 그런데 도대체 왜 저의 실험이 성공하기를 바란 겁니까?"

베드로는 한동안 깊이 침묵했다. 그러자 더블 존이 말했다.

"이 안에 갇혀 이제 곧 죽을지도 모르는 주제에 더 이상 숨길 게 뭐가 있겠는가? 속 시원히 털어놓게."

더블 존의 말에 베드로가 입을 열었다.

"우리 파루시아 카타콤 공동체는 역사가 30여년밖에 되지 않았네. 하지만 나의 명칭에서도 감을 잡았겠지만 우리 공동체의 최초 기원은 예수의 제자 베드로 사도이지. 거기에는 이유가 있다네. 바이블에 보면 베드로는 본래 예수가 승천하신 후 초대 교회의 수장 자리를 맡고 있었지. 하지만 그 자리를 오래 유지하지는 못하셨네. 당시 교회 안에 강력한 라이벌이 존재했기 때문이야. 그 라이벌은 바로 야고보라는 인물이었네. 여기서 말하는 야고보는 예수의 제자 야고보가 아니라 예수의 친동생 야고보를 의미하네."

그러자 이번에는 나래가 물었다.

"아니 예수에게 친동생이 있었단 말입니까?"

베드로가 말했다.

"물론이지. 예수는 성령으로 잉태되어 이 땅에 태어났지만 그 육신의 어머니 마리아는 요셉과 결혼한 상태였고 이후로 네 명의 아기를 낳았지. 그래서 바이블에 보면 이런 구절이 나오는 것이야."

12. 정의의 교사 베드로

　베드로는 어둠 속에서 부스럭 거리는 소리를 내기 시작했다. 잠시 후 캄캄하던 동굴 안이 환해졌다. 그 빛은 베드로의 가슴에서 나탄 것이었다. 놀랍게도 베드로의 가슴과 등에는 앞뒤가 훤히 통과되어 보이는 두툼한 투명 모니터가 박혀 있었다. 뿐만 아니라 조금 전까지 멀쩡하던 그의 이마에는 길고 뾰족한 뿔이 불룩 솟아 있었다.
　"놀라지 말게. 아까 본대로 우리 파루시아 카타콤의 국민들은 모두 정상적인 사람들이 아니라네. 타락한 인간들의 잔혹한 실험 정신이 만들어 낸 괴물들이지. 나 또한 정상적인 부모에게 태어난 존재가 아니야. 호기심으로 똘똘 뭉친 잔인한 인간들의 실험실에서 세상의 모든 정보들과 초고속으로 접속할 수 있는 강력 안테나와 영상 모니터를 몸의 일부로 탑재한 기계 인간으로 탄생했지. 아마도 나를 만든 과학자들은 인간과 별별 동물들 그리고 더 나아가 기계와의 합성을 시도해 보다가 살아 움직이는 샌드위치 형 백과사전을 한 번 만들어 보려고 했던 모양이야. 그래서 탄생한 것이 바로 나지. 물론 그 덕분에 나 자신도 세상 곳곳의 모든 지식과 정보들을 거의 다 알게 되었지만 말이야."

그의 말에 신박사는 움찔했다. UN에서 영화 제작 및 애완용으로 2종류까지의 동물간의 합성은 인정했지만 인간과 다른 종과의 합성은 국제법으로 엄격히 금지된 것이었기 때문이었다. 신박사가 말했다.

"하지만 그건 불가능한 일입니다. 법으로 금지된 일이니까요."

베드로가 피식 웃으며 말했다.

"자넨 순진한 건가 아니면 순진한 척하는 건가. 자네도 과학자라서 알겠지만 과연 인간이 궁금한 것을 그냥 놔두고 넘어갈 수 있는 존재이던가? 어떡하든지 판도라의 상자를 열어야만 속이 시원한 존재가 인간이지. 회의석상에서는 인간 합성을 금지하는데 동의했지만 실제로 몇몇 나라들은 오래 전부터 이미 본격적인 합성 실험들을 극비리에 진행해 왔었지. 그때 탄생한 것이 바로 우리들이라네. 물론 하나님의 도우심으로 30년 전 극적으로 탈출해서 결국 이 사막의 낙원에 자리 잡게 되었지만 말이야. 놈들은 이후로 비밀리에 우리 공동체를 제거하려고 노력했지. 하지만 우리는 끝내 우리 자신들을 지켰네. 결국 그들은 모든 증거 자료들만 폐기하고 더 이상 우리를 추격하지 않았어. 하지만 그것도 벌써 오래전 일이야. 지금 우리 존재를 아는 사람들은 세상에 별로 남아 있지 않으니까 말이야. 세월이 흘러 늙어 죽은 놈들도 많지만 본격적인 활동을 하기 위해 우리가 그들 대부분을 이미 제거했거든. 감사하게도 우리 합성인간들의 수명은 정기적으로 트러블 제거제만 주입해 주면 보통 인간들보다 훨씬 길지."

그러면서 베드로는 자기 가슴의 모니터를 가리켰다. 그러자 다음과 같은 구절이 나타났다.

> 예수께서 이 모든 비유를 마치신 후에 그 곳을 떠나서 고향으로 돌아 가사 그들의 회당에서 가르치시니 그들이 놀라 이르되 이 사람의 이 지혜와 이런 능력이 어디서 났느냐. 이는 그 목수의 아들이 아니냐. 그 어머니는 마리아, 그 형제들은 야고보, 요셉, 시몬, 유다라 하지 않느냐. (마 13:53-55)

"이 구절에서 보듯이 예수에게는 육신의 친 동생들이 네 명 있었네. 그중 제일 큰 동생인 야고보와 막내인 유다는 나중에 자기의 친 형인 예수를 하나님의 아들로 인정하고 그의 사도가 되었지."

베드로의 말에 더블 존도 옆에서 거들었다.

"그 말이 맞네. 생명의 새 책 제 20권인 야고보서와 26권인 유다서가 바로 예수의 동생들이 쓴 것이지."

정의의 교사가 가슴의 모니터를 번쩍이며 다시 말을 이었다.

"그런데 야고보는 당시 교회에서 굉장한 권위를 가지고 있던 사람이었네. 초대 교회의 역사를 기록한 사도행전에는 예수의 동생 야고보의 이름이 딱 세 번밖에 안 나오지만 놀랍게도 그 등장 때마다 당시 야고보가 교회 안에서 소유했던 권위들이 드러나 있지. 하지만 그런 야고보도 처음에는 예수의 수제자였던 베드로의 권위 아래에 있었어. 그러다가 나중에 베드로가 가졌던 권위를 빼앗아 버린 것이네."

정의의 교사의 말을 듣고 더블 존이 말했다.

"믿음의 선조들에 대해서 함부로 그렇게 말하지 말게. 자네도 생명의 책을 신뢰한다면 최소한의 존경심을 가지고 말씀을 대해야지."

정의의 교사 베드로는 혀를 쯧쯧 차면서 말했다.

"그러니까 자네 공동체는 지금도 꽉 막힌 틀 속에서 여전히 허덕거리는 것이야. 자네들도 세례 요한이 처음에는 예수의 권위를 의심했고 그의 제자들과 사도 요한의 제자들이 서로 갈등했다고 믿고 있지 않는가? 우리도 마찬가지네. 우리 공동체가 베드로를 따르는 것은 그의 가르침을 문자적으로 읽고 받아들여서가 아니야. 그 분의 가르침 속에는 세상의 그릇된 욕망을 경험하고 주변으로 밀려난 자의 아픈 경험이 녹아 있다네. 그러기에 또한 그분의 종말에 대한 가르침들이 우리 같은 자들에게 더 큰 진리로 다가올 수 있었던 것이지. 이제부터 내 이야기를 잘 들어 보게."

정의의 교사의 가슴에 다시 바이블 구절들이 나타났다.

> 그 때에 헤롯 왕이 손을 들어 교회 중에서 몇 사람을 해하려 하여 요한의 형제 야고보를 칼로 죽이니 유대인들이 이 일을 기뻐하는 것을 보고 베드로도 잡으려 할새 때는 무교절 기간이라(행 12:1-3)

"예수가 승천하고 12사도, 그중 특히 베드로를 중심으로 예루살렘에 최초의 교회가 세워졌을 때, 이스라엘의 왕이었던 헤롯 아그립바 1세는 갑자기 불어나는 기독교를 탄압하기로 결심했지. 그래서 12사도들 중 하나인 야고보를 잡아 죽였다네. 물론 이 야고보는 우리가 지금 말하는 예수의 동생 야고보가 아니라 더블 존이 따르고 있는 사도 요한의 친 형 야고보야. 그런데 뜻밖에도 이 탄압이 유대인 권력자들의 호응을 얻자 헤롯은 신이 나서 베드로도 죽이려고 그를 잡아 감옥에 집어넣었지. 하지만 베드로는 사형집행을 얼마 안 남기고 천사의 도움으로 밤중에 감옥을 빠져나오게 되었어. 감옥에서 극적으로 나온 베드로가 자신들의 신도들이 자주 모이던 '마가 요한의 어머니 마리아의 집에 가니 여러 사람이 거기에 모여서 기도(행 12:12)'를 하고 있었어. 베드로가 옥에서 나온 것을 보고 깜짝 놀라는 사람들에게 베드로는 '손짓하여 조용하게 하고 주께서 자기를 이끌어 옥에서 나오게 하던 일을 말하고 또 야고보와 형제들에게 이 말을 전하라 하고 다른 곳으로 떠나갔지(행 12:17).' 분명히 날이 새면 헤롯이 다시 자기의 목숨을 찾을 것이었기 때문이었어.

그런데 문제는 이때 베드로가 자신이 떠나는 사실을 굳이 '야고보와 형제들'에게 알리라고 말한 것이야. 이 말 속에는 중요한 암시가 들어 있네. 먼저 그 당시 초대 교회가 기도하는 자리에 이상하게도 야고보와 어떤 형제들이라는 그룹이 빠져 있다는 점을 생각해 보게. 본래 예루살렘 교회는 처음에 예수의 제자들뿐 아니라 '예수의 어머니 마리아와 예수의 아우들과 더불어 마음을 같이 하여 오로지 기도에 힘씀으로(행 1:14)' 시작한 것이었거든. 그런데도 지금 교회의 수장인 베드로가 갇혀 있는 문제를 놓고 '교회가 그를 위하여 간절히 하나님께 빌더라(행12:5)'는 중요한 자리에 야고보가 빠져 있지. 이것은 어딘가 베드로와 야고보 두 사람의 관계에 석연치 않은 부분이 있음을 암시하는 것이야. 사실 베드로를 위해 기도했다는 '여러 사람'이라는 표현은 정확히 말해서 '많은 사람'이라고 번역해야 하지. 그런데 그 무리 속에 야고보가 참석하지 않고 있었어.

이들의 갈등 구도에 대해서는 그동안 수많은 학자들의 연구들이 있었지. 하지만 가장 믿을 만한 것은 당시 베드로와 야고보의 성향이 달라서 그랬을 것이라는 견해일세. 사실 그 당시에 하나님을 믿는 것은 오직 유대인들뿐이었어. 본래 유대인들은 이방사람들과 이방의 풍습에 심각한 거부감을 가진 민족이야. 그러기에 예수를 메시아로 받아들인 초창기 유대측 기독교인들은 이방인들을 별로 달가워하지 않았지. 특히 이방인들은 서컴시전(circumcision) 즉 구약의 율법에 따라 할례(포경수술)를 받지 않은 상태였기에 더더욱 자기들과 같은 부류로 인정할 수 없었던 것이야. 사도행전 속에는 이에 대한 갈등의 흔적들이 무수히 나타나고 있지. 이 문제를 놓고 이방인들 편에 서서 일평생 유대인들과 싸운 것이 바로 사도 바울이었고 말이야.

이처럼 초대 교회에서 이방인들을 교회에 받아들이느냐 마느냐 하는 심각한 문제에 대해서 베드로는 일단 이방인 참여를 찬성하는 쪽이었어. 그래서 그는 심지어 고넬료라고 하는 이탈리아 출신의 이방인 부대장에게 세례를 주고 당시 구약법으로 엄격히 금지된 식사법을 깨뜨리면서 할례 받지 않은 그들과 한 식탁에서 식사까지 했었지(행 10장). 그런데 바로 그 식탁 교제 사건이 문제가 된 것이야. 당시 예루살렘 교회 안에 있던 야고보와 할례주의자들은 이 사건을 가지고 베드로에게 강력한 비판을 가하지 '네가 무할례자의 집에 들어가 함께 먹었다(행 11:3)'고 하면서 말이야.

이건 어쩌면 초대 교회 안에 일어난 첫 번째 지도층의 갈등으로 볼 수 있는데 이때 부딪힌 두 거목이 바로 베드로와 할례자의 대표였던 야고보였어. 다른 신약 구절(갈2:12)을 보면 분명히 초대 교회 할례자들의 대표가 야고보라고 나오거든. 이건 당시 예수의 동생 야고보의 권위가 이미 교회 안에서 상당했다는, 그러니까 최고 지도자였던 베드로의 행동을 공개적으로 비판할 정도의 권위와 추종자들을 교회 안에서 가지고 있었다는 의미야. 그렇기 때문에 베드로는 자기가 헤롯을 피해서 교회를 떠나는 마당에 -아마 이때 다른 예수의 제자들도 함께 떠났을 것이라고 보네- 교회를 이끌 권위를 가진 인물은 야고보뿐임을 인정할 수밖에 없었던 것이야. 그래서 그는 야고보와 형제들 그러니까 예전에 베드로에게 비판을 가했던 그 무리들에게 교회를 맡기고 피신을 한 것이지.

그런데 당시에 한 가지 더 재미있는 일이 있었어. 베드로가 감옥에 갇혔다가 나와서 야고보에게 교회를 맡기고 떠나던 이 시기에 바울 사도가 예루살렘 교회에 와 있었다는 것이야. 당시 바울은 예루살렘에서 북쪽으로 멀리 떨어진 이방 나라 안디옥이라는 도시에 있었지. 그러다가 흉년으로 고생하는 예루살렘 교회를 돕기 위해서 교회 안에 모금 활동을 벌였거든. 이 모금 운동은 이방 교인들의 호응을 얻어서 안디옥 교회의 '제자들이 각각 그 힘대로 유대에 사는 형제들에게 부조를 보내기로 작정하고 이를 실행하여 바나바와 사울의 손으로 예루살렘 장로들에게 보냈지(행 11:29-30).' 바로 이때가 베드로의 체포 직전이었어. 이후로 그들은 베드로가 감옥에서 나와 야고보에게 교회를 맡기고 떠났을 때까지 예루살렘 교회에 계속 머물렀는데 그랬다면 이후에 어떤 일이 벌어졌겠는가? 안디옥 교회가 모아 준 상당한 액수의 돈은 결국 베드로가 아니라 그 뒤를 이어서 예루살렘 교회를 맡게 된 야고보의 수중에 들어가 버린 것일세. 물론 야고보는 이 돈을 잘 관리하고 분배해서 교회의 신뢰를 착실히 쌓아간 것 같네. 따라서 이 모든 상황들을 통해 야고보는 결국 교인들의 마음에서 베드로를 밀어내고 초대 교회 안에 자신의 권위를 확고히 쌓을 수 있었던 것이야.

그래서 헤롯왕이 죽은 후 베드로가 다시 예루살렘 교회로 돌아왔을 때 당황스런 일이 벌어지게 되지. 이미 교회의 신뢰를 충분히 쌓은 야고보가 본래 수장이었던 베드로보다 더 강력한 리더십을 발휘하는 장면이 연출된 것이야. 사실 이방인들을 교회에 받아들일 것인가 아닌가 하는 문제는 베드로의 고넬료 세례 사건으로 일단락되어서 일단 받아들이자는 쪽으로 결론이 났었지. 하지만 그렇게 해서 교회에 들어 온 이방인들이 서컴시전을 받아야 하느냐 마느냐는 문제가 다시 대두된 것이야. 이 문제는 바울이 속해 있던 안디옥 교회에서 처음 논란이 시작되었지. 바이블에는 이렇게 나타나고 있어."

> 어떤 사람들이 유대(예루살렘)로부터 (안디옥 교회에) 내려와서 형제들을 가르치되 너희가 모세의 법대로 할례를 받지 아니하면 능히 구원을 받지 못하리라 하니 바울 및 바나바와 그들 사이에 적지 아니한 다툼과 변론이 일어난지라. 형제들이 이 문제에 대하여 바울과 바나바와 및 그 중의 몇 사람을 예루살렘에 있는 사도와 장로들에게 보내기로 작정하니라(행 15:1-2)

"이 구절을 가만히 보면 유대 쪽 그러니까 예루살렘 쪽 기독교에는 여전히 구약의 율법적인 분위기가 팽배해 있음을 알 수 있어. 그들은 안디옥에서 와서 이방인들도 서컴시전을 받아야 한다고 주장하고 있거든. 이런 분위기는 분명히 야고보의 통치 아래에서 나온 것이 분명해. 베드로가 떠난 이후로 강력한 율법주의자였던 야고보는 베드로와 달리 교회를 율법적인 분위기 속에서 이끌었을 것이야. 물론 여기에는 다른 이유도 있었지. 즉 새롭게 생성하는 기독교를 못마땅한 눈으로 지켜보던 유대 회당들의 비위를 거스르지 않으려고 했던 의도도 있었단 말일세. 지금 우리 생각에는 이러한 야고보의 통치를 당시 예루살렘 교회가 별로 좋아하지 않았을 것 같지만 오히려 정반대였다네. 대부분 유대인들로 구성되어 있고 또한 주변의 율법적인 회당 유대인들과 큰 마찰을 일으키지 않으려 했던 교인들은 야고보의 통치를 반갑게 받아들였지. 그래서 야고보는 명실상부한 교회의 수석 지도자로 군림할 수 있게 되었어. 당시 바이블이 아닌 다른 문서들을 보면, 기독교인이 아닌 회당의 유대인들까지도 율법준수자인 야고보를 존경했다는 기록이 남아 있을 정도니까.

이런 상황에서 바울이 이방인들의 할례 문제를 해결해 달라고 예루살렘 교회에 나타난 것이야. 그래서 교회는 최초의 공의회를 열게 되었지. 먼저 율법을 소중히 여기던 '바리새파 중에 어떤 믿는 사람들이 일어나 말하되 이방인에게 할례를 행하고 모세의 율법을 지키라 명하는 것이 마땅하다(행 15:5)'고 주장을 하였네. 이후로 격론이 시작되었는데 그 자리에서 다시 교회로 돌아온 베드로가 일어나 이렇게 외쳤지. 하나님은 '그들이나 우리나 차별하지 아니하셨느니라. 그런데 지금 너희가 어찌하여 하나님을 시험하여 우리

조상과 우리도 능히 메지 못하던 멍에를 제자들의 목에 두려느냐(행 15:9-10).' 한마디로 베드로는 이방인의 할례를 반대한다는 입장 표명을 한 것이야. 그런데 재미있는 것은 이전 같으면 최고 권위자인 베드로의 말이 결론이 되어서 회의가 종결되었을 것인데 교회는 엉뚱하게도 다른 사람에게서 최종 결론을 듣기 원했다는 것이야. 그건 두말 할 필요도 없이 바로 야고보였지.

그래서 결국 이 회의 마지막은 야고보가 장식을 해요. 일단 야고보는 이렇게 말하지. '내 의견에는 이방인 중에서 하나님께로 돌아오는 자들을 괴롭게 하지 말자(행 15:19).' 언뜻 보면 율법적인 야고보가 이렇게 말하는 것이 이상할 수도 있지만 그에게는 그럴 수밖에 없는 상황이 있었지. 그가 베드로를 제치고 예루살렘 교회에서 권위를 얻게 된 배경에는 바울이 모금하여 전해 준 돈이 있었기 때문이야. 그러니 야고보는 바울의 의견을 무조건 물리칠 수만은 없었어요. 물론 이런 상황 속에는 예루살렘 교회에서 자신의 입지를 공증 받고 싶어 했던 바울의 철저한 계산도 개입되어 있었을 것이야. 바울은 이후로도 몇 번 더 예루살렘 교회에 각 나라의 교회에서 모은 모금을 가져다주곤 했거든. 여하튼 이런 둘 사이의 커넥션 때문에 야고보는 일단 바울의 의견에 손을 들어준 것이야. 하지만 그렇게만 하면 자기 교회 내부의 율법주의자들의 반발이 거셀 수 있으니까 여기에다가 이런 단서를 붙이지. '다만 우상의 더러운 것과 음행과 목매어 죽인 것과 피를 멀리하라고 편지하는 것이 옳다(행 15:20).' 사실 야고보가 단서로 붙인 이 항목들은 율법의 핵심적인 뼈대라고 볼 수 있지. 따라서 야고보는 결국 양쪽의 심기를 모두 불편하게 하지 않고 교회를 아름답게 통합하려고 시도한 것이야.

결국 야고보의 이런 최종 판결로 초대 교회들 안에 일어났던 할례 분쟁은 일단은 가라앉았지. 물론 바울도 만족한 상태로 안디옥 교회로 돌아갔고 말이야. 하지만 실제로는 사태가 그리 간단하게 마무리 지어진 것은 아닌 것 같아."

그 말을 듣자 더블 존이 물었다.

"그게 무슨 말인가? 사태가 간단히 마무리 지어진 것이 아니라면 이후로 예루살렘 교회 안에 또 무슨 논란이 있었단 말인가?"

정의의 교사가 머리를 끄덕이며 말했다.

"그렇지. 한번 곰곰이 생각해 보면 알 거네. 그때 예루살렘 회의에서 베드로는 상당히 당황했었지. 비록 자기가 야고보에게 교회를 맡기고 떠나기는 했지만 그 사이에 야고보의 권위가 자신을 능가할 만큼 커졌을 것이라고는 생각지도 못했으니 말이야. 베드로는 온 교회가 자기의 말보다 야고보의 말을 더 신뢰한다는 사실에 충격을 받았고 이를 만회하기 위해서 어떤 행동을 취하려고 했지. 그 흔적이 신약 바이블의 갈라디아서에 등장하고 있어."

더블 존이 재차 물었다.

"갈라디아서에 나온다면 베드로와 바울 사이에 있었던 안디옥 사건을 말하는 것인가?"

"맞았네. 예루살렘 회의가 있고 난 후에 이번에는 베드로가 안디옥 교회로 갔다가 바울과 다투는 기록이 갈라디아서에 등장하고 있지."

정의의 교사 베드로의 가슴 모니터에 다시 바이블의 구절이 나타났다.

> 게바(베드로)가 안디옥에 이르렀을 때에 책망 받을 일이 있기로 내(바울)가 그를 대면하여 책망하였노라. 야고보에게서 온 어떤 이들이 이르기 전에 게바가 이방인과 함께 먹다가 그들이 오매 그가 할례자들을 두려워하여 떠나 물러가매 남은 유대인들도 그와 같이 외식하므로 바나바도 그들의 외식에 유혹되었느니라. 그러므로 나는 그들이 복음의 진리를 따라 바르게 행하지 아니함을 보고 모든 자 앞에서 게바에게 이르되 네가 유대인으로서 이방인을 따르고 유대인답게 살지 아니하면서 어찌하여 억지로 이방인을 유대인답게 살게 하려느냐 하였노라(갈 2:11-14)

"대부분 이방인들로 이루어져 있던 안디옥 교회는 바울이 이방인들은 할례를 받지 않아도 된다는 예루살렘 회의의 '편지를 전하니 읽고 그 위로한 말로 기뻐(행 15:30-31)' 했었지. 하지만 갈라디아서에 보면 이런 결정이 난 후에 갑자기 안디옥 교회로 베드로와 야고보의 세력이 다시 어떤 목적을 가지고 찾아온 것처럼 보이네. 아마도 정황상 베드로가 먼저 찾아온 것 같은데 그는 안디옥 교회에 와서 이방인들과 함께 식사를 하며 친교를 나누었지. 그런데 곧이어 갑자기 야고보가 보낸 사람들이 안디옥에 들이닥친 것이야. 그러자 베드로는 이상하게도 급히 이방인들과 함께 식사하던 자리에서 일어나 몸을 피해 버리지. 이 모습을 보고 새까만 후배였던 바울은 그런 베드로의 행동이 잘못되었다고 감히 공개적으로 야단을 쳤던 것이야.

사실 이 안디옥 사건은 바이블에 나오는 풀리지 않는 미스터리 중에 하나라네. 많은 성서학자들이 이 부분을 해석하려고 씨름해 왔지만 어떤 해결점을 끝내 발견하지 못했지. 하지만 나는 이 부분을 붙잡고 연구하다가 마침내 그 속에 숨은 의미를 발견하게 되었다네. 한마디로 말해서 안디옥 교회에 베드로와 야고보의 세력이 다시 나타난 것은 안디옥 교회 교인들에게 서컴시전을 받으라고 설득하기 위한 것이었음이 분명해."

더블 존이 물었다.

"안디옥 사건은 나도 생명의 책을 읽을 때마다 고민하던 문제였네. 도대체 2000여 년 전 그 당시에 무슨 일이 있었는지 알쏭달쏭하게 만드는 기록이지. 하지만 지금 자네의 말을 들으니 더더욱 이해가 가지 않는군. 도대체 왜 베드로와 야고보가 그것도 따로따로 안디옥 교회에 할례 문제를 설득하러 왔단 말인가? 예루살렘 회의에서 이미 허용한 문제를 번복하면서 말이야."

정의의 교사가 입을 열었다.

"그건 앞서 말한 정황들을 이해해 보면 생각보다 간단해. 예루살렘 교회는 이방인들이 할례를 받지 않아도 된다고 결론을 내리긴 했지만 그 결정 이후로 상당한 잡음이 교회 안에 생겨나기 시작했던 걸세. 이방인 할례 무용론에 불만을 품은 율법주의자들이 예루살렘 교회 안에 상당히 많았을 것이거든. 베드로는 바로 그 점을 이용하려고 했던 것이지. 자기의 권위가 야고보보다 실추된 것을 깨달은 베드로는 교회 안에서 발생하기 시작한 율법주의자들의 불만의 목소리를 깨닫고 이 분위기를 역전시키려고 한 가지 묘안을 떠올렸지. 즉 자신이 직접 안디옥 교회로 가서 이방인들로 할례를 받도록 설득하면 예루살렘 교회의 주축으로 있는 율법주의자들이 야고보보다 자신을 더 신뢰하게 될 것으로 생각했던 거야. 그래서 그는 안디옥 교회로 달려간 것이지. 사실 당시 안디옥 교회를 이끌던 최고 핵심 인물은 바나바였는데 그는 베드로에게 있어서 직계 수제자와 같은 존재였지. 그래서 베드로는 더더욱 자신의 승리를 확신한 것이야."

더블 존이 다시 물었다.

"하지만 그렇다면 그 자리에 갑자기 야고보가 보낸 할례주의자들은 왜 나타난 것인가? 그리고 베드로는 왜 그들을 피해 이방인과의 식사자리를 떠나버렸는가?"

정의의 교사가 말했다.

"그것도 간단해. 야고보 또한 베드로와 같은 고민을 하고 있었기 때문이지. 자기의 결정으로 일단 전체적인 교회 분위기는 안정되었지만 실제로 그의 결정은 예루살렘 교회 안에서 자신의 입지를 상당히 감소시키는 결과를 가져오고 말았네. 특히 자기의 가장 큰 지지 세력이었던 율법주의자들의 불만을 야기시켰기 때문이지. 따라서 야고보 또한 표면적으로는 할례를 받지 않아도 된다는 결정을 했지만 그럼에도 불구하고 안디옥 교회를 설득해서 할례를 받게 하려는 시도를 다시 했던 것일세. 최소한 그런 시도라도 보여야 율법주의자들의 마음을 다시 돌이킬 수 있다고 생각했던 것이지. 문제는 그 둘이 야욕을 실행하려던 시기가 희한하게도 일치해 버리고 만 것이야. 즉 베드로가 한참 안디옥 교회를 설득하고 있을 때 마침 야고보가 보낸 사람들이 들이닥친 것이지.

따라서 베드로는 당황할 수밖에 없었네. 왜냐하면 예루살렘 율법주의자들의 마음을 돌이키려는 목적으로 안디옥에 왔는데 그들에게 율법주의자들이 싫어하는 이방인들과의 식사 모습을 보여 주는 것은 여러모로 불리한 상황이었기 때문이었지. 그래서 전략상 그는 일단 그 식탁에서 재빨리 일어난 것일세. 하지만 이 장면을 목격한 바울은 베드로를 향해 공개적으로 야단을 치기 시작했네. '어찌하여 억지로 이방인을 유대인답게 살게 하려느냐(갈 2:14)'고 말이야. 이 말 속에서도 우리는 베드로가 안디옥 사람들에게 할례를 권하려고 왔다는 사실을 충분히 깨달을 수 있지. 물론 바울의 과감한 외침은 두 권력의 욕심 사이에 낀 안디옥 교회 상황을 이용해서 오히려 자신의 위상을 돈독히 할 기회로 백분 활용한 것이라고 해석할 수도 있겠지."

정의의 교사가 여기까지 말했을 때 더블 존은 긴 한숨을 쉬면서 말했다.

"지금까지 자네가 말하는 우리 선조들의 역사가 일단 옳다고 치세. 그렇다면 도대체 자네는 왜 베드로의 이름을 차용하여 파루시아 카타콤을 일으키고 이 무서운 악행을 자행하고 있었던 것인가?"

더블 존의 말에 정의의 교사가 껄껄껄 웃었다.

"역시 자네나 자네 공동체의 사람들은 늘 자신들의 입장만 생각하는군. 무서운 악행이라고? 내가 보기에는 자네들이 더 무서운 악행을 저지르고 있는 것 같은데? 하나님의 종말의 징조가 나타났는데도 그 종말을 막으려고 하는 것이 하나님의 뜻을 더 거스르는 것 같지 않은가? 우리 파루시아 카타콤은 모든 경건한 크리스천들이 대대로 고대해 오던 하나님의 종말을 이 땅에 구체적으로 실현하기 위해서 온 힘을 다하는 의의 용사들이야. 말조심하게."

"그게 무슨 말도 안 되는 억지인가? 자네가 신뢰하는 베드로 사도가 그렇게 가르쳤단 말인가?"

"물론이지. 내 말을 좀 더 들어 보게. 지금까지 말한 대로 베드로 사도는 안디옥 사건 때문에 매우 곤란한 입장에 빠지고 말았네. 예루살렘 교회에서의 입지도 야고보에게 빼앗기고 동시에 이방인 교회에서도 바울에게로부터 공개적인 질책을 받음으로써 더 이상 설 자리를 잃게 되고 말았지. 이런 억울한 상황을 거치면서 베드로는 깊은 소외를 느끼다가 결국 한 가지 진리를 절감하게 되었어요. 그건 한마디로 세상에서의 명예와 권력을 위한 투쟁이, 그것이 성스러운 것이든 세속적인 것이든 모두 쓸모없다는 깨달음이었지. 그래서 그는 마침내 마지막 때에 하나님이 내려 주실 세상의 종말만을 바라보는 사람으로 변하게 된 것이야. 결국 그는 이런 말을 남기지. '모든 육체는 풀과 같고 그 모든 영광은 풀의 꽃과 같으니 풀은 마르고 꽃은 떨어지되 오직 주의 말씀은 세세토록 있도다(벧전 1:24-25).' 다시 말해 오직 예수께서 세상의 종말 이후에 주실 '썩지 않고 더럽지 않고 쇠하지 아니하는 유업(벧전 1:4)'을 갈망하며 살아야 한다고 생각하게 된 것이야. 인간의 최종적인 목표는 오직 '말세에 나타내기로 예비하신 구원(벧전 5:1)'임을 깨닫게 된 것이지. 그래서 그는 '만물의 마지막이 가까웠으니 너희는 정신을 차리고 근신하여 기도하라(벧전 4:7)'고 선포하면서 마지막 때를 간절히 소망하면서 살았지. 바로 그 정신이 우리 파루시아 카타콤의 정신이야."

정의의 교사의 말을 듣고 나서 더블 존은 혀를 차면서 말했다.

"베드로. 정말 답답하구먼. 물론 과거 베드로 사도께서 종말의 때를 예언하시면서 말세에 받을 구원에 큰 가치를 두신 것은 사실이야. 하지만 왜 이런 가르침은 생각하지 않는가? 베드로 사도께서는 분명히 '사랑하는 자들아 거류민과 나그네 같은 너희를 권하노니 영혼을 거슬러 싸우는 육체의 정욕을 제어하라(벧전 2:11)'는 말씀이나 '생명을 사랑하고 좋은 날 보기를 원하는 자는 혀를 금하여 악한 말을 그치고 그 입술로 거짓을 말하지 말고 악에서 떠나 선을 행하고 화평을 구하여 이를 따르라(벧전 3:10)'고 가르치셨네. 아무리 우리가 종말을 기다리면서 사는 존재들이지만 그렇다고 종말을 위해 악을 행할 수는 없지 않은가?"

정의의 교사가 말했다.

"지금 무슨 말을 하는 것인가? 우리 파루시아 카타콤이 무슨 악을 저질렀다고 그런 말을 하는가? 우리 민족은 그 누구보다 주님 앞에 정결하고 아름답게 살려고 노력해 왔네."

"그렇다면 자네는 왜 조금 전 정살피를 그리도 잔혹하게 죽였는가? 또 자네가 세상에 파송한 타락 유도 요원들은 대체 무엇인가? 그들로 세상에 종말의 징조를 만들려고 하는 것이 악을 행하는 것이 아니고 무엇이란 말인가?"

그러자 정의의 교사가 다시 껄껄 웃으며 말했다.

"아하. 난 또 뭐라고. 배신자 정살피의 죽음은 가롯 유다 같은 인간들에게 내려질 하늘의 저주를 따른 것일 뿐이야. 배신자는 어차피 또 다른 배신을 하게 되어 있거든. 그러니 '쓴 뿌리가 나서 괴롭게 하여 많은 사람이 이로 말미암아 더럽게 되지 않게(히 12:15)' 미리 조처하는 것이 마땅하지. 그리고 타락 유도 요원들에 대해서도 그대는 심각한 오해를 하고 있군. 물론 그들을 세상에 파송한 것은 나지. 하지만 궁극적으로 내가 그들에게 특별히 악을 저지르라고 지시한 적은 없어. 다만 그들의 마음속에 있는 악한 천재성이 좀 더 잘 발휘될 수 있도록 내 정보력을 이용해서 소스를 제공해 주고 그들의 창의력에 더 넓은 길을 열어 준 것 뿐이지. 어차피 그 놈들은 가만히 내버려 두어도 세상의 종말을 앞당기는 역할만 할 뿐 선한 방향으로 마음을 돌이킬 놈들이 아니었거든. 그들은 어차피 그런 역할을 위해 태어난 짐승 같은 놈들일 뿐이야. 나는 다만 그들이 더 넓은 영역에서 세상의 종말을 위해 일하도록 내가 지닌 정보들을 전달해 준 것 뿐일세. 베드로 사도께서도 이렇게 말씀하셨어. '이 사람들은 본래 잡혀 죽기 위하여 난 이성 없는 짐승 같아서 그 알지 못하는 것을 비방하고 그들의 멸망 가운데서 멸망을 당하며 (벧후 2:12-16)'라고 말이야. 어차피 죽기 위해 태어난 짐승 같은 존재가 있다면 그들이 자기 역할을 감당하다가 스스로 멸망하도록 돕는 것은 당연한 일이지. '그들에게 자유를 준다 하여도 자신들은 결국 멸망의 종들이니까(벧후 2:19)' 말이야. 기왕에 그런 바에는 그들이 세상의 멸망을 위해 더 잘 기여하도록 하는 것이 하나님의 뜻을 따르는 것이야. 물론 그런 목적으로 내가 선택한 자들 가운데 아까운 자들도 몇 명 있었어. 딜릿도 그들 중 한 명이었지. 그래서 나는 그런 자들은 따로 뽑아서 참 진리를 전해 주었고 내 뜻을 이해시켜 우리 공동체의 가르침을 따르도록 만들었지. 그러니까 일종의 구원의 기회를 제공한 것이야. 물론 영악한 딜릿에게는 오히려 내가 속아버렸지만 말일세."

이번에는 신박사가 입을 열었다.

"두 분이 나누신 초대 교회의 역사는 제 지식이 짧아 완전히 이해하지는 못했습니다. 하지만 한 가지 의문점이 있군요. 베드로 사도가 그런 일들을 경험하고 세상의 허무함을 느껴 종말을 갈망하게 되었을 때, 그도 정의의 교사처럼 세상에 멸망을 앞당기려고 뭔가 일을 벌였었습니까? 제가 보기에는 베드로 사도가 그런 일을 했다는 증거가 있을 때에만 파루시아 카타콤의 사상이 의미가 있을 것 같은데…….”

신박사의 말에 정의의 교사가 싸늘한 어투로 대답했다.

"물론 베드로는 소외를 경험했다지만 그 경험이 끔찍한 차원의 것은 아니었어. 그는 단지 어리석은 권력 암투에서 밀려나 소외되는 경험을 했을 뿐이지. 게다가 그 다툼에 자신의 욕심도 개입되어 있었으니 자신도 공범이고 말이야. 따라서 그는 단지 인생사의 허무와 다가올 종말의 가치만을 희미하게 깨닫고 갈망했었지. 하지만 우리는 다르네. 우리의 사상은 한마디로 베드로 종말 사상의 업그레이드판이라고 보면 되네. 그래서 내 이름도 그냥 베드로가 아니라 정의의 교사 베드로인 것이야. 물론 자네 같이 정상적인 인간으로 태어난 인간들은 결코 우리의 입장을 이해할 수 없을 것이네. 하지만 생각해 보게. 자네는 인간이면서, 똑같은 인지 능력과 감각과 영혼을 지닌 인간이면서도 실험실의 소품으로 태어난 우리들의 마음을 이해할 수 있겠는가? 반인반수에다가 한걸음 더 나아가 나처럼 반인반기로 태어난 우리들의 소외감과 분노를 이해할 수 있겠느냐 말이야. 물론 자네들은 같은 모습을 가진 인간들에게 더 큰 연민을 느끼겠지만 우리 같은 괴물들을 재미로 만들어 세상의 빛을 보게 만든 인간들은 진실로 속히 멸망되어야 할 존재들이지. 겉보기에는 저들이 정상적인 존재이고 우리가 괴물들인 것처럼 보이나 실상 멀쩡해 보이는 저들이 더 사악하고 멸망당할 존재들이란 말이야. 이건 하나님의 눈에도 마찬가지라네. 그래서 예수께서는 육신의 소경이 소경이 아니라 진리를 거부하는 바리새인들이 오히려 소경이라고 가르치셨지. 결국 이 세상은, 외모는 흉측하나 그러기에 더욱 순수한 마음으로 하나님의 자비를 갈망하는 우리 같은 자들이 구원을 얻고 멀쩡한 외모로 짐승만도 못한 짓을 저지르는 인간들은 종말의 심판을 당하게 되어야 마땅한 것이야."

여기까지 말을 마친 정의의 교사의 가슴 모니터에 갑자기 굵은 얼룩이 생겨났다. 알고 보니 그의 눈에서 떨어지는 눈물방울들이 떨어져 모니터를 적시고 흐르기 시작한 것이었다. 정의의 교사 베드로는 동굴 천장을 바라보며 목소리를 높여 말했다.

"내 사랑하는 가족들이여. 그대들의 영혼을 하나님께서 기쁘게 받으셨을 것으로 믿네. 비록 나만 살아남았지만 내 기어이 힘을 다하여 그대들과 함께 이루려 했던 대업을 이루어 하나님의 뜻을 기어이 이 땅에 완수하고 말겠네. 신이여 내게 힘을 주소서."

그때 갑자기 날카롭게 킬킬 거리는 웃음소리가 동굴 가득 울리기 시작했다. 딜릿의 웃음소리였다. 작은 동굴 안을 왕왕 울리는 웃음소리와 함께 정의의 교사 베드로의 가슴 모니터에 갑자기 딜릿의 얼굴이 나타났다.

"하여튼 늙으면 죽어야지. 노인네들은 입만 살아서 말들이 많다니까. 이제 그만 헛소리들 집어치우시지."

정의의 교사는 자신의 눈물이 얼룩진 모니터를 옷자락으로 닦으면서 딜릿의 형상을 향해 큰 소리로 말했다.

"딜릿 네 이놈. 이제 곧 너의 어리석은 욕심이 심판받을 때가 올 것이다. 하나님께서 결코 너를 그냥 내버려 두시지 않을 것이다."

모니터 속의 딜릿이 말했다.

"글쎄 헛소리들 좀 그만 하시라니까 그러네. 잘 들으라고. 내가 한때 아주 잠깐이지만 여린 마음에 그대들의 처지가 안쓰러워 잠시 혹한 적도 있긴 했지. 하지만 지나놓고 보니 다 헛소리일 뿐이야. 이 세상에 신 따위는 없어. 아니 혹 우주의 법칙을 만든 신이 있다 손 치더라도 그는 이 조그만 지구에 별로 관심이 없는 존재인 것이 분명해. 만약 신이 진짜로 존재한다면 이 세상 속에 한없이 일어나고 있는 모순과 부조리들은 과연 어떻게 해석해야 하는 것이지? 이 땅을 한번 보라고. 당신들이 좋아하는 정의라는 관점으로 볼 때에 얼마나 많은 모순들이 존재하느냐 말이야. 그 모든 것들을 가만히 내버려 두는 신을 어찌 신으로 인정할 수 있다는 말이냐고."

그러자 정의의 교사가 말했다.

"그래서 신은 세상의 심판을 예비하고 계신 것이야. 우리는 그 심판을 위해 일하는 것이고. 심판의 날이 오면 신은 모든 것의 시시비비를 따져서 사람들에게 공평한 상과 벌을 내리실 것이야."

그러자 딜릿이 말했다.

"헛소리 집어치워. 그렇다면 당신의 말은 또 다른 거짓말이 되어버리지. 당신은 늘 신께서 지금 현재 이 자리에 우리와 함께하고 동행한다고 말했잖소. 그렇다면 왜 교회에 저녁 예배를 드리러 갔다 돌아오는 모녀가 자기 집 앞에서 강도들에게 끌려가 무참히 유린당하고 죽어야 하지? 왜 교회 예배를 마치고 집으로 돌아가던 순진한 어린이가 유괴범에게 끌려가서 며칠 뒤에 시체가 되어 호수 위에 떠오르냐고? 전쟁터 위에 죄 없는 사람들의 시체들이 무수히 쌓여갈 때 인간의 삶을 주관하고 일일이 간섭한다는 하나님은 도대체 어디 있느냐 말이야. 당신들 말대로라면 결국 신은 자기의 자녀들이 세상에서 유린당할 때 가만히 앉아 구경하기를 즐기는 사디스트란 결론밖에 안 나와. 만약 그런 신이라면 나는 내 눈 앞에 나타나도 믿지 않을 거야. 아니 더 나아가 그 할 일 없는 신에게 복수해서 무릎을 꿇려 버리고 말 거야."

딜릿의 목소리는 한껏 격앙되어 있었다.

"한때 우리 가족들도 모두 신앙인들이었지. 그런데 방금 말한 저녁 예배 후에 유린당해 죽은 모녀가 누구인지 알아? 바로 내 어머니와 하나뿐인 누이 동생이었지. 그들의 끔찍한 죽음 후에 겨우 마음을 추스른 우리 아버지도 얼마 안 있어 멀쩡하던 비행선이 추락해서 죽고 말았어. 도대체 자기의 자녀들이 그런 고통 속에 있을 때 늘 살아서 우리 곁에 계신다는 신은 대체 어디서 무엇을 했단 말인가? 나는 그런 신을 절대 믿을 수가 없어. 그런 아픔들 속에서 나는 결국 진짜 중요한 법칙을 깨닫게 되었지. 결국 신에 대한 믿음이란 인간 스스로의 독백일 뿐이라는 것이지. 신이 인간에게 관여하는 것이 아니라 오히려 인간이 아무 것도 하지 않고 있는 신이란 존재를 이해하고 변호해 주는 것. 그것이 바로 니들이 말하는 신앙의 본질이야. 그렇다면 오히려 인간이 신에게 감사해야 하는 것이 아니라 신이 우리에게 감사해야 하지. 안 그래? 그러니까 잘 들으라고. 결국 이 세상은 신의 주관이 아니라 인간의 욕망과 운이라는 두 바퀴에 의해서 돌아갈 뿐이야. 모든 인간들에게는 욕망이 있지. 그 욕망이 적당한 행운과 결합되면 그때 놀라운 일들이 일어나게 되지. 그 행운은 신에 의해 좌우되는 것이 결코 아니야. 우주의 혼돈의 확률 속에 있는 그 행운의 가능성들은 어디서 어떻게 인간을 기다릴지 아무도 알 수 없지만 그러기에 인간은 끝없이 자신의 추구가 행운과 맞아떨어지기를 소망하며 살아가야 하는 것이지. 그러다가 행운의 징조가 보이면 기필코 그걸 움켜쥐어야 하는 것이야."

정의의 교사가 딜릿의 말에 뭔가 대답하려고 하자 가슴 모니터 속의 딜릿은 고개를 좌우로 저으면서 말을 이었다.

"나는 지금 바로 그 기막힌 행운과의 조우의 기회에 드디어 서게 되었어. 세상 역사를 통하여 온 인류가 늘 소망하던 최대의 소망을 마침내 이룰 기막힌 운수가 내게 다가온 것이지. 물론 이 기회가 정의의 교사 베드로 당신 덕분에 온 것은 일단 인정하지. 하지만 공연히 공치사 받을 생각은 마시길. 결국 이 모든 것은 나의 노력과 추구를 통해 마지막 열매를 맺을 것이니까. 스스로 손을 내밀어 그 열매를 따먹는 사람이 열매의 주인이 되는 법이지. 내가 아직 여러분을 살려 두는 것은 내 욕망이 기막힌 열매를 맺는 역사적인 순간을 보여 주기 위해서야. 그래서 그대들의 신의 심판 어쩌고 하는 헛소리가 잘못된 것임을 반드시 깨닫게 해 주겠네. 자 이제 준비들 하라고. 드디어 그 역사적인 시간을 만들기 위해 떠나야 할 순간이 되었으니까. 킬킬킬."

딜릿의 말이 끝남과 동시에 동굴의 감옥 문이 열리기 시작했다. 곧이어 신박사 일행은 손발이 묶인 상태로 대형 비행선에 태워졌다. 비행선은 쓰리히든마운틴을 떠나 사막 가운데로 접어들었다. 산 속은 환했지만 사막은 캄캄한 새벽이었다. 한참 사막 위를 날아가는 도중 신박사의 손목에서 우렁찬 오페라가 울려 퍼졌다. 엔리코 카루소의 '의상을 입어라' 였다. 아마도 쓰리히든마운틴 지역에서 불통이던 위성 전화가 사막에 나오자 터진 것 같았다. 하지만 손이 뒤로 묶인 상태라 전화를 받을 수가 없었다. 계속되는 요란한 음악 소리에 딜릿이 다가왔다. 그는 신박사의 손목시계를 벗기고 수신 버튼을 눌렀다. 곧 시계 위로 자그마한 영상이 나타났다. 프랭크였다. 그런데 그의 모습이 이상했다. 프랭크도 손발이 묶인 채 어딘가에 감금된 상태였는데 아마도 발목에 예비로 차고 있던 비상 전화기를 통해서 신박사에게 전화를 시도한 것 같았다. 뚱뚱한 몸을 억지로 굽혀 발목에 달린 전화기를 향해 소리 지르는 모습을 보면서 신박사는 웃어야 할지 울어야 할지 몰랐다. 하지만 큰 소리로 웃음을 터뜨린 것은 딜릿이었다.

"뚱땡이가 쇼를 하고 있구먼."

그러더니 딜릿은 비행선 내부에 붙은 영상을 향해서 외쳤다.

"야. 이놈들아. 포로가 통화하도록 내버려 두는 놈들이 어디 있어?"

그러자 모니터에 나타난 사람이 당황한 표정으로 뒤에 있는 사람에게 뭔가를 지시했다. 곧이어 신박사의 시계 위로 나타났던 프랭크의 모습 가까이 누군가 접근하였다. 그 그림자는 막대기로 사정없이 프랭크의 몸을 난타하기 시작했다. 프랭크는 고통스러운 비명을 질렀고 영상은 금방 사라지고 말았다.

13. 나무 뿌리에 놓인 도끼

 예상대로였다. 딜릿의 비행선이 인류진화센터 앞에 착륙하자 센터는 이미 엄청난 공격을 받은 듯 입구 쪽이 크게 파괴된 채 여기저기 경비병들의 시신이 널려 있었다. 비행선에서 내린 딜릿은 패스트 박사와 함께 연구소 안으로 들어갔다. 그러자 킬뎀과 그의 부하들이 신박사 일행을 위협하면서 그 뒤를 따라 들어갔다. 센터 4층 중앙에 위치한 초극미실 내부의 초초 앞까지 들어가자 킬뎀은 네 사람을 나란히 연구실 한 구석에 앉혀 놓았다. 무릎을 꿇고 있는 신박사를 보면서 패스트 박사가 입을 열었다.
 "신박사님. 그린 레이저 건으로 디프라 세포를 변화시킨 기록을 보니 정말 감동적이었습니다. 하지만 좀 곤란한 일들을 해 놓으셨더군요. 아무리 제가 미워도 그렇지 어떻게 수석 조수인 저까지 초초 부팅도 못하도록 락을 걸어 놓으셨단 말입니까? 오직 신박사님 혼자만 이 모든 것에 접근할 수 있도록 해 놓으셨더군요. 욕심이 좀 지나치신 것 아닙니까?"
 그러자 이번엔 딜릿이 말했다.

"그래서 할 수 없이 실례를 좀 저질러야겠지."

딜릿이 눈짓을 하자 킬뎀이 신박사를 강제로 일으켜 세웠다. 신박사는 아내에 대한 걱정으로 혼이 나갈 지경이었기에 큰 소리로 외쳤다.

"내 아내는 어디 있는가? 만약 그녀가 무사하지 않다면 너희들을 절대로 용서할 수 없어."

딜릿이 다시 킬킬 거리면서 말했다.

"오호라. 와이프 걱정을 하고 계시는구먼. 당신의 그녀가 어디 잘못되기라도 하면 가슴이 아프실 것 같다 이거지? 그렇다면 내 마음도 이제 좀 이해가 가시겠구먼. 가족을 잃는다는 것이 어떤 것인지 말이야."

신박사는 킬뎀에게 두 팔이 꺾인 상태로 몸부림을 쳤다. 그러자 다시 딜릿이 말했다.

"댁의 와이프는 상당히 재빠르시더구먼. 우리가 연구소 문을 폭파했을 때 어느 틈에 도망쳐 버렸으니까. 하지만 이 거대한 사막에서 맨몸으로 과연 살아남을 수 있을지 잘 모르겠어. 어쨌든 좀 섭섭하구먼. 꽤 매력 있는 동양의 진주였는데 말이야. 무엇보다 그녀의 과거를 잘 아는 나로서는 한 번 꼭 그녀를……."

딜릿이 여기까지 말했을 때에 갑자기 구석에서 큰 소리가 들려왔다.

"네 이놈. 그 더러운 입을 닥치지 못할까?"

함께 묶여 있던 정의의 교사 베드로의 입에서 터져 나온 말이었다. 그 고함 소리에 딜릿은 예의 듣기 싫은 웃음으로 말했다.

"킬킬. 노인네가 성질은 급해가지고. 하지만 그렇게 성질을 부리

다가 지금까지 고이고이 숨겨온 비밀을 신박사님이 알게 되면 어쩌누. 물론 머리 좋은 신박사님은 벌써 뭔가 이상한 눈치를 채긴 했겠지만 말이야.”

신박사의 얼굴이 시뻘개졌다. 이들의 대화가 대체 무슨 뜻인가? 하지만 미처 입을 열어보기도 전에 신박사는 킬뎀의 우악스런 팔에 이끌려 초초에 붙은 홍채 인식기 앞으로 다가갔다. 신박사는 눈을 질끈 감았다. 하지만 여러 사내들이 달라붙어 억지로 눈꺼풀을 뒤집자 어쩔 수 없이 홍채 인식을 당하고 말았다. 신박사의 홍채 무늬 패턴을 인식한 초초는 위잉 소리와 함께 일차 부팅을 시작했다. 하지만 아직도 두 개의 과정이 더 남아 있었다. 오른손 엄지의 지문 인식과 손등의 혈관 배치도를 통한 인식 과정이었다. 그런데 이상하게도 놈들은 신박사의 손을 억지로 인식기에 갖다 대지 않고 구석에서 숙덕거리더니 잠시 후 패스트가 다가왔다. 그의 손에는 인체 장기 냉동 보관 박스가 들려 있었다.

“신박사님. 이거 죄송해서 어떡하지요? 아무래도 신박사님께서 초초의 부팅뿐만 아니라 우리의 일차 실험을 위한 실험 자재까지 좀 제공해 주셔야 하겠으니 말이오.”

그러자 곁에 서 있던 킬뎀이 자신의 엄지손가락을 신박사의 목에 갖다 댔다. 따끔한 느낌이 드는가 싶더니 예전처럼 정신이 아득해져 갔다. 신박사는 정신을 차리려고 애를 쓰다가 아내 최고운의 이름을 한 번 부르고 쓰러지고 말았다.

잠결에 오른쪽 손등이 무척 가려웠다. 신박사는 가려움을 견디지 못해서 번쩍 눈을 떴다. 하지만 긁을 수가 없었다. 온 몸이 베드에 꽁꽁 묶여 있었기 때문이었다. 불길한 예감에 정신을 차려 자신의 오른손을 내려다보고 기절할 정도로 놀랐다. 그의 오른손은 이미 절단되어 사라졌고 투명한 지혈용 젤 덩어리가 절단된 손목 전체를 감싸고 있었기 때문이었다. 젤 속으로 핏덩어리가 조금씩 새어 나와 뭉쳐 있는 것으로 봐서 아직 완전한 지혈이 이루어지지 않은 것 같았다. 신박사는 그제야 실험 자재가 필요하다는 패스트의 말이 떠올랐다.

"이 나쁜 놈들."

신박사의 가슴에 화산 같은 분노가 치솟았다. 하지만 잠시 후. 신박사는 자신의 눈을 의심하지 않을 수 없었다. 발치께의 병상 위로 갑자기 뭔가 나타났기 때문이었다. 눈부시게 흰 빛을 발하는 그것. 그건 바로 신박사의 잘려 나간 오른손이었다. 광채 나는 손은 손가락을 발처럼 움직이며 다가오더니 신박사의 손목에 붙은 젤 덩어리를 떼어냈다. 화끈한 고통이 느껴지는 순간 아직 채 지혈이 완료되지 않은 신박사의 손목에서 슬금슬금 피가 새나오기 시작하더니 금세 하얀 시트를 피로 물들여 갔다. 신박사의 가슴이 쿵쾅대기 시작했다. 자칫 동맥을 묶어 놓은 것이 혈압을 견디지 못하고 풀린다면 금세 핏줄기가 뿜어져 나올 것이기 때문이었다. 그렇다면 과다출혈로 죽을 수도 있었다.

하지만 광채 나는 오른손은 잠시 후 자신의 손목 부분을 신박사의 절단 부위에 갖다 대었다. 그러자 둘은 즉시 스며들듯 결합하면서 손에서 발하던 광채가 서서히 신박사의 손목 위로 올라오기 시작했다. 광채는 신박사의 팔꿈치 정도까지 올라오더니 더 이상의 효력을 멈추었다. 손만 있던 상태보다는 많이 엷어졌지만 신박사의 오른손은 팔꿈치까지 신비한 흰 빛을 발하기 시작했다. 다행히 손은 신박사의 의도대로 움직였고 접합된 부위도 전혀 표시나지 않았다. 여기까지 일이 진행되었을 때 갑자기 병실 문이 벌컥 열리더니 딜릿과 패스트가 들어왔다. 패스트는 기쁜 얼굴로 말했다.

"정말 대 성공이군. 그렇지 않습니까 회장님. 이 정도까지 놀라운 일이 생길 줄은 생각도 못했는데 말입니다."

곁에 선 딜릿의 얼굴에도 만족스러운 표정이 스치고 지나갔다. 딜릿은 부하들을 불러 신박사의 결박을 풀고는 다시 초초가 있는 방으로 데려갔다. 이미 부팅을 완료한 초초는 계기판과 모니터들을 번쩍이며 순조롭게 작동하고 있었다. 딜릿 일당은 신박사를 연구실 한 구석에 묶어 놓은 다른 일행들 사이에 내려놓았다. 나래와 더블 존 그리고 베드로뿐 아니라 두툼한 얼굴이 더 참혹하게 부어터진 프랭크 소장도 수갑으로 양손과 양발이 결박당한 채 바닥에 주저앉아 있었다.

킬뎀은 신박사의 양발을 수갑으로 채우고는 이어서 양손도 결박하려고 했다. 하지만 빛을 발하는 오른손은 수갑에 들어가는가 싶으면 마치 물을 통과하는 것처럼 스르륵 통과해서 빠져나와 버렸다. 몇 번이나 결박을 시도하던 킬뎀은 결박을 포기하고 신박사의 왼손에만 수갑을 채워 쇠기둥과 연결시켜 놓았다. 초초 앞에 서 있는 딜릿과 패스트는 여전히 뭔가를 숙덕거리고 있었다. 그런데 갑자기 계기판에 붙은 인터폰이 울렸다. 패스트가 수화기를 받으며 모니터 아래의 단추를 눌렀다. 그러자 모니터는 연구소 뒷마당의 모습을 비추기 시작했다.

초초의 튜브형 몸체가 드러나 있는 연구소 뒷마당은 넓은 모래 평야와 연결되어 있었다. 그런데 그 평야의 먼 지평선 위로 자그마한 소형 비행선이 나타나더니 그 뒤로 수백 대도 넘는 대형 트럭들이 거대한 쇳덩어리들을 잔뜩 싣고 속속 모습을 나타내기 시작했다. 트럭들마다 몸체에 1, 2, 3, 이런 식으로 커다랗게 번호가 붙어 있었다. 비행선에서 내린 사람은 번호 순서대로 광야를 빙 둘러 트럭들을 주차시켰다. 넓은 광야 위에 끝도 보이지 않을 만큼 거대한 트럭들의 원이 생겼다. 비행선에서 내린 사람은 트럭들에 붙은 자체 로봇 팔들을 이용하여 실린 짐들을 조심스럽게 내려놓도록 지시하고 있었다.

모두들 정신없이 모니터를 보고 있는 와중에 더블 존이 몸을 꿈틀거리며 다가와 신박사의 빛나는 오른손을 보더니 어찌된 일이냐고 물었다. 신박사가 자초지종을 이야기하자 더블 존은 체념한 듯한 목소리로 말했다.

"이제 놈들이 기어이 일을 저지르겠구먼."

그러면서 곁에 앉아 있는 정의의 교사 베드로를 향해 조소하는 듯이 말했다.

"베드로. 어쩌면 그대의 소원대로 일이 진행될지도 모르겠구먼. 비록 그대가 주도하는 것은 아니지만 말이야. 아니지. 결국 딜릿을 키운 것이 그대니까 그대가 이 모든 일을 주도한 것이 되는 것이군."

더블 존의 말에 베드로는 조금 곤혹스러운 표정을 지었다. 그러자 이번에는 신박사가 베드로를 향해서 말했다.

"베드로. 아까 딜릿이 한 말의 의미가 무엇입니까? 왜 딜릿이 제 아내에 대해서 뭐라고 말하는 것입니까? 분명히 베드로 당신은 뭔가 알고 있는 것 같은데 솔직히 말해 주세요."

베드로는 한참 동안 아무 말도 않고 가만히 앉아 있었다. 하지만 신박사가 계속 재촉하자 나지막하게 입을 열었다.

"신박사. 자네도 참 어지간히 무심하구먼. 15년간이나 한 이불을 덮던 여인에 대해서 그토록 아는 것이 없다니."

신박사가 흥분된 목소리로 다시 말했다.

"대체 무슨 말씀을 하시는 겁니까? 제 아내에게 무슨 비밀이 있다고 그럽니까?"

하지만 채 베드로의 대답도 듣기 전에 금방 다가온 킬뎀과 그의 부하들이 이번에는 더블 존과 베드로를 딜릿에게 질질 끌고 가 버렸다. 먼 거리라 말소리는 잘 알아들을 수 없었지만 아마도 딜릿은 두 사람을 거칠게 취조하는 것 같았다. 하지만 두 노인은 입을 굳게 다물고 아무 말도 하지 않았다. 딜릿은 자기 분에 못 이겨 곁에 놓인 의자를 손으로 와락 넘어뜨리더니 패스트에게 뭔가를 지시했다. 잠시 후 패스트는 커다란 트렁크를 밀고 나타나더니 그 속에서 머리에 뒤집어씌우는 헬멧 같은 것을 꺼냈다. 헬멧 주변에는 색색깔의 액체들이 든 약병들이 가득 달려 있었다. 딜릿은 그것을 더블 존의 머리에 씌웠다. 곧이어 헬멧에서 굵은 바늘들이 가시처럼 솟아나더니 더블 존의 머리에 깊이 박혔다. 더블 존의 얼굴은 금세 흐르는 피로 뒤덮였다.

하지만 딜릿은 아랑곳하지 않고 헬멧에 연결된 다른 선을 죽 잡아 뺐다. 동시에 베드로의 웃옷도 마구 벗겼다. 그러자 베드로의 늙고 주름진 상체 속에 초라하게 박힌 투명한 모니터가 드러났다. 곁에 선 패스트 박사는 또 다른 주사기에 약액을 주입하더니 베드로의 어깨를 찔렀다. 베드로는 곧 정신을 잃었다. 하지만 그의 머리 위로는 뿔이 솟아오르고 가슴의 모니터가 몇 번 깜박이더니 켜졌다. 딜릿은 더블 존의 머리에 연결된 선 끝의 단자를 베드로의 뿔에다가 꾹 눌러 끼웠다. 딜릿이 다시 더블 존이 쓴 헬멧의 버튼 중 하나를 누르자 잠시 후 베드로의 가슴 모니터에 낯익은 영상들이 나타나기 시작했다.

쓰리히든마운틴에서 베드로가 딜릿에게 붙잡혀 신박사의 동굴로 들어오던 장면에서 시작하여 영상은 시간을 거슬러 올라가기 시작했다. 괴물 인간 부대가 딜릿의 대형 비행선 폭격으로 무참히 죽어가던 장면, 무섭게 달려들던 이리와 표범들의 장면, 플라잉 카펫이 모래 바람 속을 뚫고 파루시아 카타콤으로 들어오는 장면, 아가도스 군대와 에후드 군대의 전투 장면, 지하 호수를 건너던 장면, 광야의 소리 산에서 신박사와 나래가 더블 존을 처음 만나는 장면 등등.

영상은 과거로 계속 거슬러 올라가더니 마침내 신박사가 난생 처음 보는 사람의 얼굴이 모니터에 나타났다. 더블 존처럼 긴 수염을 기르고 머리에 은색 관을 쓴 그는 지금보다 훨씬 젊어 보이는 더블 존을 앞혀 놓고 한참 뭔가를 지시하더니 자기 목에 걸린 스페이드 형태의 목걸이를 빼어서 더블 존의 목에 걸어 주었다. 이어서 노인은 젊은 더블 존의 머리에 손을 얹고 하늘을 향해 뭐라고 중얼거리기 시작했다. 영상은 다시 더 이전으로 돌아가는 것 같더니 잠시 후 광야의 소리 공동체가 있는 바위 산 근처의 영상을 다시 보여 주었다. 바위산 앞 평지에 거대한 비행선이 착륙하고 있었다. 비행선 표면에는 '엔토스 휘몬'이라는 마크가 붙어 있었다. 착륙을 완료하자 광야의 소리 공동체에서 털옷 부대원들이 나와 비행선에 실린 수백 개의 초대형 상자들을 대형 플라잉 카펫에 나눠 싣고 바위산 속으로 들어갔다.

그 장면에서 딜릿은 더블 존의 머리에 달린 헬멧의 스위치를 다시 한 번 조작했다. 오렌지 색 약병에서 추가로 더 많은 주사액이 더블 존의 머리에 주입되었다. 그러자 잠시 후 베드로의 가슴에 광야의 소리 바위 산 아래의 지하 호수 영상이 나타났다. 놀랍게도 호수는 큰 파도를 출렁이며 반으로 쫙 갈라져 바닥을 드러내더니 물이 빠진 곳의 절벽 한 부분이 거대한 창고처럼 열리기 시작했다. 곧이어 호수 위에서 초대형 플라잉 카펫들이 천천히 내려오기 시작했다. 그 위에는 조금 전 비행선에서 내린 수백 개의 큰 상자들이 실려 있었다. 플라잉 카펫들이 호수 밑바닥까지 내려오자 털옷 입은 사람들은 그 상자들을 호수 바닥의 절벽 창고 속에다가 차곡차곡 쌓기 시작했다. 상자가 다 쌓이고 커다란 문이 닫히자 그들은 다시 호수 위로 올라갔다. 곧이어 갈라졌던 호수물은 파도를 일으키며 다시 합쳐졌다.

여기까지 영상이 비쳐졌을 때 딜릿은 더블 존이 뒤집어 쓴 헬멧의 파워를 꺼버렸다. 그러자 베드로의 가슴에서 비치던 영상도 꺼졌고 두 노인은 탈진한 듯 바닥에 쓰러졌다. 딜릿은 킬뎀에게 둘을 다시 옮겨 놓으라고 손짓하면서 인터폰을 들고 모니터에 나타난 누군가와 대화를 시작했다. 모니터 속에 나타난 연구소 뒤편에는 거대한 크레인까지 수십 대가 동원되어 로봇 팔들과 함께 초대형 공사를 진행하고 있었다. 트럭에 실려 있던 어머어마하게 두꺼운 쇳덩어리들은 처음부터 조립식으로 설계된 것처럼 번호순서대로 두꺼운 몸체들을 정밀하게 합체시키면서 초대형 스타디움을 이뤄가고 있었다. 눈을 부릅뜨고 모니터를 지켜보던 신박사는 갑자기 자신의 눈을 의심하지 않을 수 없었다. 공사 현장 앞에서 딜릿과 통화하는 사람은 자신의 친구 밀란다 박사였던 것이다.

'이럴 수가.'

신박사의 가슴에 깊은 배신감이 몰려왔다. 하지만 그 순간 정신을 잃은 더블 존과 베드로가 끌려와서 신박사 곁에 팽개쳐졌다. 더블 존의 이마에서는 피가 심하게 흐르고 있었다. 곧이어 킬뎀은 부하들을 명하여 네 사람 모두를 초극미 연구실 구석에 붙은 작은 창고 방에 가두었다. 창고까지 질질 끌려가는 도중에도 두 노인은 여전히 정신을 차리지 못하고 있었다. 창고 문이 잠기는 소리를 들으면서 신박사는 무심결에 묶이지 않은 자신의 오른손을 더블 존의 피범벅이 된 이마에 얹었다. 그 순간 신기하게도 줄줄 흐르던 피가 멈추더니 머리의 상처가 깨끗이 사라졌고 더블 존은 정신을 차리고 깨어났다. 신박사는 다시 손을 뻗어 이번에는 베드로의 머리를 만졌다. 그러자 베드로도 곧 정신을 차리고 일어났다.

정신을 차린 두 노인은 주변을 두리번거리더니 곧이어 신박사에게 딜릿의 헬멧을 쓰고 난 뒤에 어떤 일이 있었는지를 물었다. 신박사는 자신이 본 것과 연구소 뒤에 진행되고 있는 공사에 대해 이야기해 주었다. 그러자 더블 존이 긴 한숨을 쉬었다. 곁에 있던 나래가 입을 열었다.

"대체 더블 존께서 지하 호수 속에다가 감춰 놓은 거대한 상자들은 무엇입니까?"

더블 존은 잠시 놀라는 얼굴을 짓더니 체념한 듯한 표정으로 말했다.

"그건 모두 핵폭탄 탄두들이네."

신박사를 비롯해서 프랭크의 눈까지 동그래지자 더블 존은 계속 말을 이었다.

"전에도 말했지만 우리 공동체는 오래 전부터 '엔토스 휘몬'과 깊은 연관을 맺고 있지. 사실 거기에는 이유가 있네. 알다시피 2059년까지 전 세계는 핵무기의 공포에 떨고 있었네. 힘의 균형이라는 명분으로 각국들이 무차별 개발한 핵무기들은 마침내 지구 전체를 초토화시켜 버릴 정도로 엄청난 양이 되고 말았지. 하지만 2047년에 이란과 파키스탄이 분쟁하던 중 당시 지도자들이 그만 서로를 향해 핵을 발사하고 말았어. 물론 초대형 핵들은 아니었지만 어쨌든 오래 전 히로시마에 최초로 떨어진 것보다 더 화력이 강한 그 핵무기들은 치명적인 상처들을 양국 모두에게 입히고 말았네. 결국 승자도 패자도 없이 핵무기 희생자들만 눈물짓게 만든 그 사건을 계기로 전 세계에는 강력한 핵 폐기 운동이 일어나기 시작했고 마침내 UN은 공식적인 국제 핵 폐기 문제를 거론하기 시작했지. 그래서 마침내 2059년, 전 세계는 더 이상의 핵무기를 개발하지 않기로 합의하는 동시에 기존에 존재하는 모든 핵무기 개발 시설과 핵탄두들을 전량 다 폐기하기로 결정했었어. 그 일에 가장 큰 역할을 한 단체가 바로 '엔토스 휘몬'이었다는 것을 자네들도 잘 알거야. 하지만 '엔토스 휘몬'이 이 일을 성사시키는데 제일 적극적으로 지원한 것은 사실 바로 나의 스승이셨던 더블 존 19세이셨다네."

더블 존의 말에 한구석에 있던 프랭크가 힘겹게 입을 열었다.

"노인장의 말이 무슨 스토리인지는 잘 모르겠지만 그때 폐기된 어마어마한 핵탄두들은 모두 사하라 사막에 만든 거대 구덩이에다 묻고 콘크리트 밀봉으로 영구 폐기시켰습니다. 처음엔 우주에서 모두 폭발시키려고 했지만 워낙 수천만 메가톤의 상상 못할 양이라 그러면 행성들의 궤도가 파괴되고 결국 태양계의 균형이 깨어질 것이라는 과학자들의 발표가 있었기 때문이죠. 그렇다면 아까 그 지하 호수가 있던 곳은 사하라 사막입니까?"

프랭크의 말에 더블 존이 말을 이었다.

"아닐세. 자네는 잘 모르겠구먼. 지금 자네가 본 호수는 바로 이 네푸드 사막에 위치한 우리 광야의 소리 공동체 지하에 있는 호수일세. 그 당시 핵탄두 폐기의 민간 대표 감독 기구로 임명된 '엔토스 휴몬'을 통해서 우리가 핵탄두들을 빼돌린 것이지. 지금 사하라 한복판에 콘크리트로 밀봉된 상자들은 모두 쇳덩어리로 무게만 동일하게 맞춘 가짜 박스들일세."

"도대체 왜 그렇게 하셨습니까? 이유가 뭡니까?"

더블 존이 베드로를 가리키면서 말했다.

"내 스승이셨던 더블 존 19세께서는 베드로가 이끄는 파루시아 카타콤을 연구하면서 언젠가 이들이 핵무기들을 이용해서 지구의 종말을 앞당기려 할 것으로 예상하셨네. 그래서 일단 아무도 알지 못할 장소에 옮겨 놓으시려 한 것이지. 어때 베드로, 우리 선조께서 그대의 마음을 정확히 꿰뚫어 본 것 아닌가?"

베드로가 고개를 끄덕이며 말했다.

"자네 말이 아주 틀리지는 않지. 하지만 그렇다고 무작정 핵폭발만 일으키면 세상에 종말이 오리라고 생각했을 만큼 나는 단순한 사람이 아니야. 온갖 자료들을 면밀히 분석해 본 결과 인간의 종말은 뭔가 제대로 된 징조가 시작될 때, 바로 그때와 맞아 떨어질 때에야 오는 것임을 나는 깨닫게 되었네. 그러다가 어느 날 우연히 나는 자네가 그토록 신뢰하는 더블 존 19세의 생각 전파와 접속할 수 있게 되었지."

베드로의 말에 더블 존의 눈이 동그래졌다. 베드로는 미소를 지으면서 말을 이었다.

"뭘 그리 놀라는가? 자네들만 우리를 조사하고 있었다고 생각했는가? 자네들이 우리 마라나타와 파루시아 카타콤이 위치한 사막으로 비밀리에 이주해 왔을 때 내가 정말 그걸 몰랐다고 생각하는가? 그렇다면 나의 정보력을 너무 과소평가한 것이네. 자네 선조인 더블 존 19세는 놀라운 인물이긴 했지. 하지만 그의 놀라운 예지력이 오히려 내게 득을 주었었네. 사실 나는 유무선으로 오고 가는 세상의 모든 정보들뿐 아니라 근접한 거리에서는 사람의 생각에서 발생하는 전파까지 잡아낼 수 있지. 하지만 보통 사람을 훨씬 초과하는 엄청난 두뇌 주파수를 가진 더블 존 19세의 생각 에너지는 100여km 떨어진 우리 파루시아 카타콤까지 날아와서 여과 없이 내 안테나에 걸리곤 했다네. 이를 통해서 나는 결국 그가 예언했던 '무저갱의 열쇠'에 대해서 알게 되었지. 그 징조가 나타나야만 이 세상에 마지막 종말이 일어날 것이라는 사실을 확인하게 된 것이야."

그들의 말에 신박사가 끼어들었다.

"엘프 666과 똑같이 생긴 무저갱의 열쇠라는 형상은 대체 어떻게 미리 생겨난 것입니까?"

신박사의 말에 베드로가 자세를 곧추 세워 앉더니 가슴 속 모니터를 작동시켰다. 그러자 거기 이런 구절이 나타났다.

> 밤나무와 상수리나무가 베임을 당하여도 그 그루터기는 남아 있
> 는 것 같이 거룩한 씨가 이 땅의 그루터기니라 하시더라 (사 6:13)

"예로부터 인간의 종말 즉 하나님의 심판은 나무 형상과 많은 연관이 있었지. 신약에서 예수께서는 십자가에 죽으시기 며칠 전, 이스라엘의 멸망을 예시하는 차원에서 무화과나무가 말라죽게 만드는 퍼포먼스를 하시지. 구약도 마찬가지라네. 지금 자네들이 보는 구약의 이사야서에는 이스라엘의 종말을 '나무가 베임을 당하는 것'으로 비유하고 있네. 하지만 이 비유는 완전한 멸망을 상징하는 것이 아니라 오히려 어떤 희망을 주는 구절이네. 다시 말해서 나무가 잘려도 그 밑 둥지는 남아서 그 위로 다시 싹이 나고 구원을 얻을 수 있다는 것이야. 그러므로 이때의 나무의 베임은 완전한 멸망을 의미하는 것은 아니라네. 이사야서는 그 나무 그루터기에서 새롭게 자라날 예수라는 싹의 등장을 예언하고 있거든. 그래서 이런 예언이 이어지지."

> 그 날에 이새의 뿌리에서 한 싹이 나서 만민의 기치로 설 것이요
> 열방이 그에게로 돌아오리니 그가 거한 곳이 영화로우리라 (사
> 11:10), 이새의 줄기에서 한 싹이 나며 그 뿌리에서 한 가지가 나
> 서 결실할 것이요 (사 11:1)

"여기에 등장하는 '이새' 라는 이름은 고대 이스라엘의 다윗왕의

아버지 이름일세. 그렇다면 이새의 뿌리에서 나오는 한 싹은 두말할 것 없이 다윗의 28대 손인 예수 그리스도를 말하는 것이지. 결국 예언자 이사야는 비록 이스라엘에 멸망이 임할지라도 다시 예수가 이 땅에 오심으로써 세상은 다시 한 번 구원의 가능성을 얻을 것이라고 예측한 것이야. 하지만 다음 구절을 한 번 보게."

이미 도끼가 나무 뿌리에 놓였으니 좋은 열매 맺지 아니하는 나무마다 찍혀 불에 던져지리라(마 3:10)

"이 말은 예수 당시에 활동하던 마지막 예언자 존 더 뱁티스트 즉 자네들 말로 세례 요한이 선포한 말이야. 더블 존의 1대 선조이신 분이지. 이 세례 요한의 시대에는 이미 예수가 오셨기 때문에 이사야 때와는 달리 더 이상의 희망이 없어지게 되었어. 세례 요한은 이 상태를 도끼가 나무 '뿌리'에 놓인 상태라고 표현하고 있지. 다시 말해 이사야가 말한 것처럼, 그루터기가 남아서 싹이 자라날 가능성마저 사라진 상태라는 것이야. 따라서 지금, 그러니까 예수가 승천하고 아직 세상에 재림하지 않은 현재의 상태는 도끼가 나무뿌리에 놓인 시기라는 말이지. 더블 존의 스승인 더블 존 19세는 그런 의미를 깨닫고 예지력으로 말세를 상징하는 그림에 일단 나무 형상과 도끼를 그려 넣은 것이야. 그리고 그 그림이 상징하는 것과 비슷한 징조가 어떤 식으로든 세상에 나타나면 구체적인 종말이 시작될 것이라는 생각에 이를 무저갱 즉 지옥의 열쇠라고 이름 지은 것이지."

신박사는 속히 아내 최고운 박사의 이야기를 꺼내고 싶었지만 꾹 누르면서 다시 질문을 했다.

"그런데 왜 하필 무저갱의 열쇠입니까? 종말이 오면 자신들은 구원을 얻을 것이니까 오히려 천국의 열쇠라고 해야 하지 않나요?"

그러자 이번엔 더블 존이 입을 열었다.

"베드로. 자네는 정말로 우리 스승의 생각을 카피했었군. 하지만 지금 생각해 보니 스승께서도 그 사실을 이미 알고 계셨던 것 같군. 사실 나는 젊은 시절 내 스승만큼 지혜롭지 못했네. 오히려 무술가로서 우리 광야의 소리 부대의 지휘를 맡고 있었지. 하지만 스승님께서는 내게 지도자의 자리를 물려주시면서 지금 베드로가 한 이야기를 내게 다 말씀해 주셨네. 그러면서 이 목걸이를 내게 걸어 주신 것이지."

더블 존은 자기 목에 걸린 무저갱의 열쇠 목걸이를 꺼냈다.

"그분은 이 목걸이를 내게 주시면서 이렇게 말씀하셨네. 이 형상의 징조가 내 시대에 나타나면 절대 당황하지 말고 반드시 하나님이 맡겨 주신 사명을 이루라고 말이야. 그 임무란 언젠가 내가 이야기한 적이 있지만 세상의 종말이 다가오는 것을 막는 것이었지. 당시에는 나도 왜 예수의 재림을 기다리는 우리가 그 종말을 막아야 하는지에 대해서 의문이 많았네. 하지만 스승님의 가르침을 통해서 나는 하나님의 오래 참으시는 마음을 깨닫게 되었고 세상의 인간들이 한 명이라도 더 구원받도록 종말을 늦추시려는 신의 마음을 이해하게 되었네. 그래서 더블 존 19세께서는 이 형상에다가 천국의 열쇠가 아니라 지옥의 열쇠라는 이름을 붙이신 것이야. 즉 종말의 징조가 나타났을 때 구원 받을 자들만 이기적으로 구원 받는 차원에 머무르지 말고 오히려 그 때에 하나님의 마음을 쓰라리게 하는 악한 세력들은 무저갱에 넣고 이 땅에는 하나님의 은혜가 임하게 하라는 뜻으로 말이야. 성공하든 못하든 그런 노력을 하는 자만이 진정한 하나님의 백성이라고 하셨네. 그런 가르침을 남기시고 스승께서는 다음날 갑자기 공동체를 떠나셨지. 아마도 파루시아 카타콤으로 직접 찾아가셨겠지. 베드로의 마음을 한번 돌이켜 보시려 한 것이었겠지. 하지만 결국 이 무지한 자의 손에 죽임을 당하고 마셨어."

여기까지 말하고 더블 존은 베드로를 무섭게 한 번 노려보았다. 베드로는 멀리 천장만 바라보고 있었다. 더블 존이 다시 입을 열었다.

"그런데 스승께서는 공동체를 떠나시기 직전에 내게 이런 말씀을 하셨네. 그 무저갱의 열쇠 형상과 직결된 누군가가 우리 공동체를 찾아오는 날, 파루시아 카타콤의 베드로는 분명히 세상의 종말을 앞당기려고 뭔가 행동을 개시할 것이라고 말이야. 그러면서 그 때가 되면 지하호수를 통해 마라나타로 가서 왼손잡이 부대들을 먼저 무찌르고 곧장 파루시아 카타콤으로 진격하라고 말씀하셨지. 물론 우리들은 나중에 좀 더 적의 정세를 파악하고는 마라나타의 대장만이 파루시아 카타콤을 감싸고 있는 모래바람을 멈추게 한다는 사실을 알고 작전을 바꾸어서 일단 그들의 뒤를 미행했던 것일세."

신박사가 다시 물었다.

"하지만 그 나무속에 새겨진 날개 형상은 어떻게 된 것입니까? 어떻게 더블 존 19세는 그 날개 형상까지 정확하게 예측해서 그려 놓은 것입니까?"

더블 존이 대답했다.

"생명의 책 속에는 인간이 절대 함부로 접근하면 안 되는 장소가 두 군데가 등장하네. 하나님께서 직접 인간의 접근을 막아 놓은 신성한 지역이지. 그중 첫째는 자네도 알다시피 창세기에 나오는 생명나무의 길이네. 하나님께서는 인간이 생명나무의 열매를 따먹지 못하도록 그 길에 천사와 두루 도는 불 칼을 예비해 놓고 길을 막아 놓으셨지. 그런데 그런 곳이 지상에 또 한 군데 있었다네. 그것은 바로 하나님이 모세를 통해 광야에다 만들어 주셨던 '홀리 태버너클' 즉 성막이라네. 이스라엘은 출애굽한 이후로 광야에서 40년을 보내는데 그 세월 동안 이 성막은 이스라엘의 신앙과 삶의 중심 역할을 했지.

그런데 이 성막의 내부는 성소와 지성소라는 두 지역으로 갈라져 있었어. 성소 안에는 하나님께 바치는 떡상과 일곱 촛대와 분향하는 향단이 있었는데 여기까지는 제사장들이 매일 들어가 하나님께 분향하고 불을 밝히고 떡을 올리곤 했지. 하지만 두꺼운 휘장으로 가로막혀 성소 건너편에 있던 지성소에는 아무도 함부로 들어가지 못했네. 거기에는 오직 일 년에 단 한 번 하나님의 허락을 받은 대제사장만이 정결 의식을 거친 후에야 들어갈 수 있었지. 하지만 그 때에도 대제사장이 하나님 앞에 정결하지 않으면 곧바로 죽임을 당하곤 했었어. 그래서 당시 대제사장이 입는 옷의 가장자리에는 방울들이 달려 있었다네. 그의 움직임을 밖에서도 알 수 있도록 하기 위해서 말이야. 물론 그의 다리에는 죽었을 경우 잡아당겨 끄집어 내도록 긴 줄도 매달아 놓았지. 그런데 이 지성소 안에 무엇이 모셔져 있었는지 아는가?"

신박사가 고개를 저었다. 그러자 더블 존이 말했다.

"지성소 안에는 이른바 법궤라는 것이 들어 있었다네. 다른 말로 증거궤 혹은 언약궤라고도 하지. 일반인들에게는 성궤라고도 알려져 있다네. 대략 가로 1미터 10센티, 세로 60센티 정도 되는 이 법궤 상자 속에는 하나님께서 모세에게 직접 새겨 주셨던 두 개의 십계명 돌판이 들어 있었지. 물론 그 외에 다른 것들도 있었다고는 하지만 핵심이 되는 것은 이 십계명 돌판이었네. 알다시피 십계명은 하나님이 인간에게 직접 새겨서 내려 주신 말씀이야. 따라서 이 법궤는 이 세상에 내려 주신 하나님의 생명의 말씀을 상징하는 것이었지. 인간은 오직 하나님의 말씀을 통해서만 영원한 생명을 공급받을 수 있기 때문이야. 그러니 결국 이 법궤는 또 하나의 생명나무 열매를 상징하는 것이 되는 것이지. 그런데 이 법궤의 뚜껑에는 기이한 황금조각상이 달려 있었어. 그건 바로 두 명의 천사가 날개를 활짝 편 상태로 서 있는 형상이었지. 이 법궤 뚜껑을 흔히 속죄소라고 부르는데 생명의 말씀을 보면 이렇게 묘사되고 있지."

> 금으로 그룹(천사) 둘을 속죄소 양쪽에 쳐서 만들었으되 한 그룹은 이쪽 끝에, 한 그룹은 저쪽 끝에 곧 속죄소와 한 덩이로 그 양쪽에 만들었으니 그룹들이 그 날개를 높이 펴서 그 날개로 속죄소를 덮었으며 그 얼굴을 서로 대하여 속죄소를 향하였더라(출 37:7-9)

"이제 뭔가 감이 좀 잡히지 않는가. 생명의 말씀을 상징하는 법궤와 생명나무의 실과로 가는 길에는 모두 공통적으로 이것들을 지키는 천사의 날개가 존재하였다네. 그리고 누구라도 함부로 이 길을 범하면 불의 심판을 받게 되어 있지. 이런 기록들을 보면 더 분명해지지."

> 아론의 아들 나답과 아비후가 각기 향로를 가져다가 여호와께서 명령하시지 아니하신 다른 불을 담아 여호와 앞에 분향하였더니 불이 여호와 앞에서 나와 그들을 삼키매 그들이 여호와 앞에서 죽은지라(레 10:1-2)
> 웃사가 손을 들어 하나님의 궤를 붙들었더니 여호와 하나님이 웃사의 잘못함으로 말미암아 진노하사 저를 그곳에서 치시니 저가 거기 하나님의 궤 곁에서 죽으니라(삼하6:6-7)

"신성한 생명나무의 영역을 함부로 범하려는 자는 결국 불 심판을 받게 되는 법일세. 그 길에는 날개 달린 천사가 불 칼을 들고 지키고 있기 때문이야. 그래서 나의 스승께서는 도끼가 나무 뿌리에 놓인 그림 속에다가 멸망을 상징하는 천사의 날개 형상을 그려 넣으신 것이지."

14. 최고운

그때까지 묵묵히 듣고 있던 베드로가 말했다.

"자네 스승의 가르침은 꽤나 설득력이 있었지. 겁 없이 날 찾아와서 설교를 늘어 놓던 자네 스승의 이야기에 내 마음도 꽤 흔들릴 정도였으니까. 하지만 말일세. 왜 자네들은 그 천사와 불칼이 멀리 동떨어진 존재라고만 생각하는가? 자네들은 왜 우리 파루시아 카타콤이 바로 그 천사들이라는 사실을 인정하지 않는가? 우리들은 자네가 말한 것처럼 감히 하나님의 영역에 도전하려는 세상의 사악한 무리들을 영원한 멸망으로 인도할 사명을 가진 자들일세. 그래서 우리는 이 사악한 인간들에게 최후의 불칼이 임하도록 노력해 온 것이야."

더블 존이 말했다.

"어떻게 감히 그런 말을 할 수 있단 말인가? 피조물인 인간 따위가 어떻게 스스로를 하나님의 심판을 맡은 천사라고 내세울 수 있는가?"

그러자 베드로는 큰소리로 웃으면서 말했다.

"피조물? 인간? 자네 눈엔 내가 정상적인 피조물처럼 보이는가? 정상적인 인간으로 보이냔 말이야. 내 이마에 불쑥 솟아오른 이 뿔을 보게. 인간들이 처음 우리들을 만들었을 때 나와 내 동족들이 어떤 삶을 살았는지 아는가? 사악한 무리들이 하나님의 질서를 무참히 파괴하며 신의 창조의 영역을 희롱하던 그 비밀 연구소에서 나는 그들의 수족이 되어 정신없이 정보를 수집해다 바치는 역할을 해야만 했네. 이왕에 말이 나왔으니 끝까지 숨기려 했지만 이제 모든 걸 다 밝히지. 신박사. 자네는 아내 최고운 박사에 대해서 대체 무엇을 알고 있는가? 그대는 그녀를 사랑한다고 생각하지만 진정 그녀의 아픔과 고통을 알고 있었는가?"

아내의 이야기가 나오자 신박사는 격앙된 목소리로 말했다.

"대체 당신이 어떻게 내 아내를 아시오? 그녀를 만난 적이 있소?"

베드로는 비장한 목소리로 말했다.

"이제부터 내가 하는 말을 잘 듣게. 나는 아프리카 깊은 정글 속에 있는 비밀 연구소에서 35년 전에 태어났지. 물론 태어날 때부터 이런 노인의 모습으로 프로그램 되었기 때문에 실험관에서 나와 2주간의 초고속 성장 과정을 겪은 후부터 지금과 같은 노인의 모습으로 살고 있지. 그들이 나를 만든 것은 살아 있는 인간의 뇌신경과 AI(인공지능) 시스템이 결합될 수 있는가를 알아보기 위함이었어. 그들의 실험은 성공했고 나는 그들이 원하는 지혜로운 노인의 모습으로 실험을 돕는 모바일 컴퓨터 역할을 했었지. 때로 적국의 정보를 수집하기도 하고 때로는 밤새도록 세계 곳곳의 도서관의 책들과 최신 아티클들을 검색 분류하여 그들이 필요로 할 때마다 척척 읽고 해설해 주면서 말이야. 그 와중에 나는 점점 내 자의식이 깨어나는 경험을 하기 시작했어. 본래 우리 합성 인간들은 인간들의 말에 복종하도록 프로그램 되어 있을 뿐 자신의 아이덴티티를 인식할 수 있는 의식이 차단되어 있었지. 하지만 내 뿔을 타고 들어와 뇌 속에 저장된 엄청난 정보들은 신경관을 타고 움직이다가 마침내 꽉 막혀 있던 내 자의식의 통로를 뚫고 진정한 인간의 의식을 되찾아 준 것이야.

하지만 나는 그 자의식들을 숨겨야만 했네. 만약 내가 그들과 똑같이 생각하고 고민하는 인간이 된 것을 안다면 분명히 나를 폐기시킬 것이었기 때문이야. 그런데 어느 날 나는 귀가 번쩍 뜨이는 정보 하나를 우연히 수신하게 되었네. 아마도 아프리카 오지에 찾아온 선교사가 인근의 원주민들을 데리고 우리 지하 연구소 바로 위의 밀림에서 예배를 드리던 중이었던 것 같네. 그때까지 지식으로만 기독교와 바이블에 대해 알아오던 나는 우연히 내 안테나에 접속된 선교사의 설교 마이크 전파에 흥미가 생겨서 비밀리에 그 전파를 잡아서 경청하기 시작했지. 아직 내공이 좀 부족했던 터라 그리 쉬운 일은 아니었지만 말이야. 그러던 어느 일요일 아침, 나는 선교사가 읽어 주는 바이블의 한 구절을 듣고 경악하게 되었지. 바로 이 구절이었네."

그의 가슴에 바이블의 구절이 나타났다.

> 그러나 하나님께서 세상의 미련한 것들을 택하사 지혜 있는 자들을 부끄럽게 하려 하시고 세상의 약한 것들을 택하사 강한 것들을 부끄럽게 하려 하시며 하나님께서 세상의 천한 것들과 멸

시 받는 것들과 없는 것들을 택하사 있는 것들을 폐하려 하시나
니 이는 아무 육체도 하나님 앞에서 자랑하지 못하게 하려 하심
이라(고전1:27-29)

"이 구절은 내게 자아가 뒤집히고 어둠에서 완전히 깨어나는 체험을 가져다주었지. 그날 이후로 나는 바이블에 대한 온갖 정보들을 접하면서 스스로 공부를 시작했네. 그러면서 하나님의 섭리와 뜻을 서서히 깨달아가기 시작했지. 바로 그 즈음부터 연구실에는 끔찍한 일이 벌어지기 시작했다네. 사악한 놈들은 인간과 기계 혹은 온갖 종류의 동물 유전자와의 합성을 시도하다가 어느 날 새롭게 한 여인을 만들어 냈지. 그녀는 외관상 나처럼 끔찍한 형태는 아니었고 오히려 아름다운 동양 여인의 모습을 가지고 있었네. 하지만 놈들은 그녀의 유전자 속에 수많은 동물들의 대화 체계 정보가 담긴 유전자를 이식했었지. 아마도 옛날 허드슨이라는 소설가의 '녹색의 장원' 속에 나오는 신비한 숲의 여인 리마를 오리엔탈 버전으로 만들어 보려 한 것 같았네. 그러다보니 그녀는 온갖 동물들은 물론 심지어 작은 곤충들과도 대화가 가능한 존재로 태어났지. 처음에 놈들은 그녀를 통해서 자연계의 신비를 밝혀 보려는 시도를 했었네. 하지만 시간이 지나면서 전혀 엉뚱한 일들이 발생하기 시작했지."

신박사의 가슴이 쿵쾅거리고 있었다. 베드로의 목소리도 조금씩 떨리기 시작했다.

"그 놈들은 말일세. 어느 순간부터 그 여인을 자신들의 성적인 노리개로 사용하기 시작했네. 물론 그녀는 자의식이 막힌 상태였기

에 그들의 사악한 성적 학대에 아무런 반항도 못하고 그저 방싯 방싯 웃고만 있었지. 게다가 아기를 낳을 능력도 없었기에 놈들은 점점 떼를 이루어 공개적으로 그녀를 유린하며 끔찍한 타락을 저질렀지. 여기에 재미를 붙이자 그녀 같은 정상적인 몸을 가진 온갖 인종의 합성 여성들을 만들고 심지어 미소년들과 어린 아이들까지 만들기 시작했다네. 결국 연구소는 완전히 타락한 소돔 같은 지옥 같은 곳으로 변해갔지. 당시 그 연구소 안에서 그들의 사악함을 인지할 수 있는 눈을 가진 것은 오직 나뿐이었어. 하지만 그런 사실을 들키면 끝장이었기에 나는 그저 모두가 잠든 밤마다 신을 향하여 기도할 수밖에 없었지. 이 끔찍한 타락의 현장에서 불쌍한 우리 합성 인간들을 구원해 달라고 말이야. 그러던 어느 날, 나는 갑자기 내 가슴 깊은 곳에서 바이블의 말씀 한 구절이 강력하게 살아오고 있음을 깨달았네. 바로 이 말씀이었지."

> 주의 성령이 내게 임하셨으니 이는 가난한 자에게 복음을 전하게 하시려고 내게 기름을 부으시고 나를 보내사 포로 된 자에게 자유를, 눈먼 자에게 다시 보게 함을 전파하며 눌린 자를 자유롭게 하고 주의 은혜의 해를 전파하게 하려 하심이라(눅 4:18-19)

"이 말씀이 가슴 속에 살아오는 순간 나는 내가 이 땅에 존재하게 된 이유를 깨달았다네. 비록 실험실의 괴물로 만들어졌지만 이처럼 천하고 멸시받는 상태로 태어난 내게도 분명히 하나님께서 맡기신 사명이 있음을 깨달은 것이지. 그때부터 나는 내 속에 어떤 놀라운 힘이 꿈틀거리며 자라나는 것을 느낄 수 있었네. 그러다가 나는 우연히 그 불쌍한 여인과 한 자리에 있을 기회가 생겼지. 그때 나는 어떤 힘이 거세게 나를 이끌고 있음을 깨닫게 되었네. 나는 순간적으로 내 이마의 뿔을 그녀의 등에 찌르고 이렇게 말했지. '달리다굼($Ταλιθα κουμ$) 하고 말이야. 이 말은 예수께서 한 소녀가 죽었을 때 그녀를 다시 살리면서 하신 말씀이지. '소녀야 일어나라'는 뜻이라네. 그런데 놀랍게도 그 순간 그녀의 막혀 있던 자아의 샘이 터지면서 깨어나기 시작한 것이야.

하지만 곧이어 나는 내 행동이 엄청난 실수였음을 깨달을 수밖에 없었네. 아무 것도 알지 못할 때에 얌전히 인간들의 성적인 노리개 역할을 하던 그녀가 자의식을 갖게 되면서부터 온몸으로 반항하며 그들을 거부하게 된 것이야. 결국 그녀는 지독한 학대를 당한 후에 폐기 처리 대상이 되어 꽁꽁 묶인 채 독방에 갇히고 말았네. 처음에 나는 내가 저지른 일을 깊이 후회했지. 하지만 며칠을 고민 하던 중에 다시 하나님의 음성을 깨닫게 되었네. 이런 말씀이 내게 다가왔던 것이야."

> 내가 네게 명한 것이 아니냐. 마음을 강하게 하고 담대히 하라. 두려워 말며 놀라지 말라. 네가 어디로 가든지 네 하나님 여호와가 너와 함께 하느니라. (수 1:9)

"그러자 갑자기 큰 용기가 솟아났네. 나는, 그날도 어김없이 타락한 인간들이 쾌락에 지쳐 탈진해 있는 집단 혼음의 현장을 빠져나가 지하 12층의 위험 지역으로 내려갔다네. 거기에는 전투용으로 개발된 합성 인간들이 잔뜩 갇혀 있었지. 나는 강제 수면 상태에 놓인 그들 중 대장 역할로 만들어진 네 팔 달린 인간의 거대한 몸에 뿔을 대고 그의 자의식을 깨웠다네. 사실 그것은 목숨을 건 모험이었지. 공격 본능으로 가득 찬 괴수형 인간이, 자의식이 깨어난 후 자신의 처지를 깨닫게 되자 그가 표출한 분노는 가히 살벌한 것이었거든.

하지만 나는 페르시아 왕 앞으로 나아가던 에스더처럼 '죽으면 죽으리라'는 각오로 그에게 과감히 진리를 전했네. 비록 인간에게는 버림받아 괴물로 태어났지만 하나님께서는 우리를 사랑하신다고 말이야. 동시에 우리가 이 땅에 존재하게 된 이유와 사명도 함께 전했지. 그러자 그는 갑자기 눈물을 뚝뚝 흘리더니 나의 인도를 따르겠다고 맹세하더군. 그날 밤 나는 그의 모든 부하들을 다 깨어나게 한 후 일제히 올라가서 타락하여 벌거벗은 인간들에게 하나님의 심판을 전해 주었지. 최후의 한 놈까지 다 없앤 후에 우리들은 그녀와 다른 노리개로 태어난 합성 인간들을 데리고 밀림 깊은 곳으로 도망갔다네. 다행히 도망가기 전 연구소의 귀중실에 있던 천문학적인 현찰들과 값비싼 패물들을 코끼리 인간들의 몸에 잔뜩 싣고 떠날 수 있었지. 그걸 기반으로 우리는 결국 네푸드 사막의 쓰리히든마운틴에 비밀스런 요새를 마련할 수 있었던 것이야."

여기까지 말을 이은 베드로가 갑자기 고개를 들고 신박사를 쳐다보면서 말했다.

"그 여인이 누구인지 알겠는가? 바로 자네의 아내 최고운이야. 자네의 아내지만 동시에 내게는 친딸보다 더 소중한 아이지."

신박사의 얼굴이 새파랗게 질리더니 스르륵 몸이 기울면서 쓰러지려 했다. 곁에 있던 나래가 뒤로 손이 묶인 채 급히 자기 몸을 던져 넘어지려는 신박사를 부축했다. 한참 동안 정적이 흐르더니 신박사가 정신을 차리고 떨리는 목소리로 물었다.

"만약 당신의 말이 옳다면 왜 그녀는 세상에 나와서 세포 연구원이 되었나요."

베드로가 말했다.

"사실 우리들이 처음 파루시아 카타콤을 형성할 때에는 이 세상에 복수를 할 마음으로 가득했었지. 그래서 군대를 점점 더 늘리고 양성해서 마라나타라는 예하부대까지 만들었지. 물론 더블 존이 말한 대로 폐기된 핵무기를 몰래 인수해서 세상을 불바다로 만들 계획도 세우고 있었어. 하지만 어느 날 내게 색다른 깨달음이 찾아왔다네. 그건 단순히 이 세상을 부분적으로 파괴하는 것보다는 뭔가 더 궁극적인 종말이 오도록 하는 것이 진정한 복수가 될 것이라는 깨달음이었네. 사실 죽음이란 아주 잠깐의 고통만을 줄 뿐이거든. 인간들은 그보다 더 엄청난 고통을 겪어야만 한다는 생각이 들었던 것이지. 그래서 나는 그때부터 종말의 사상을 선포한 베드로의 말씀에 심취하기 시작했지. 그러다 한 가지 중요한 깨달음을 얻게 되었네. 베드로의 이 말씀에서 말이야."

> 너희가 거듭난 것은 썩어질 씨로 된 것이 아니요 썩지 아니할 씨로 된 것이니 살아 있고 항상 있는 하나님의 말씀으로 되었느니라. (벧전 1:23-25)

"베드로는 인간이 썩지 아니할 씨로 거듭났다고 말하지. 여기서 말하는 썩지 아니할 씨를 단순히 예수 그리스도로 볼 수도 있지만 그렇게 해석하는 것이 완전하지 못하다는 생각이 들었어. 만약 이 말씀의 주어인 '너희가 거듭난 것은' 이라는 말이 '항상 있는 하나님의 말씀으로 되었느니라' 와 연결되는 것이라면 썩지 아니할 씨란 예수 그리스도를 상징하기보다는 이미 인간 속에 들어 있는 어떤 씨앗을 상징하는 것이 될 수도 있으니까 말이야. 결국 나는 이 말을 읽으면서 어쩌면 인간의 육체 속에 어떤 씨앗이 숨겨져 있을지도 모른다는 생각이 들었어. 본래는 썩어지도록 되어 있는 씨앗이 썩지 아니할 씨앗으로 변화하는 기적을 암시하는 말이라고 깨닫게 된 것이야.

그때부터 나는 각국의 병원과 도서관의 의료 관련 자료들을 무제한으로 다운 받으면서 인체와 세포에 대한 연구를 시작했지. 하지만 삭막한 외딴 사막에서 인간 세포 속의 씨앗을 발견한다는 것이 무리가 있다는 것을 곧 깨닫게 되었네. 결국 우리들 중 누군가가 외부 세계로 나가서 제대로 된 환경 속에 정식 연구를 해나가야 한다고 판단한 것이지. 그때 자청하고 나선 것이 바로 최고운이야. 처음에 나는 딸처럼 소중한 그녀를 사악한 세상에 다시 내보낼 수가 없었지. 하지만 그녀 스스로 이 일을 맡겠다고 적극 나섰고 또 우리와 달리 정상적인 외모에 지적인 능력도 뛰어났기 때문에 결국 나는 그동안 모아 온 세포학에 대한 모든 정보들을 그녀의 뇌에 다운로드 시킨 후 파루시아의 특수 요원으로 임명해서 세상에 내보냈지. 물론 그녀는 기대대로 10년도 채 되지 않아서 인간들의 공적인 교육 과정을 다 마치고 금세 세계적인 과학자의 반열에 올라섰어.

하지만 그녀의 연구만으로 인간 속의 생명의 씨앗을 찾는 것에는 한계가 있었네. 결국 우리는 다시 한 가지 계획을 세웠지. 당시 천재적인 과학자로 승승장구하고 있던 자네와 그녀를 결합시킬 계획을 말이야. 그녀의 지식에 자네의 지식들이 더해지면 뭔가 더 엄청난 일이 일어날 것이라고 생각했거든. 다행히 여자에게 별로 관심이 없어 보였던 자네가 놀랍게도 그녀를 만나자 마자 금세 사랑에 빠지더군. 우리는 이 모두가 신의 인도와 섭리라고 믿고 있지. 이리하여 두 사람은 마침내 인간 생명의 씨앗을 발견하였고 그 씨앗이 썩지 아니할 씨앗으로 변화될 가능성까지 확인하게 된 것이야."

베드로의 말을 듣는 중에 신박사의 얼굴은 다시 점점 희어지다가 결국 새파래지더니 쓰러졌다. 나래가 급히 신박사의 얼굴에 귀를 가져갔다. 숨소리가 없었다. 나래는 신박사의 입에 자기 입을 대고 인공호흡을 시도하려 했다. 하지만 꽉 다문 신박사의 입은 열리지 않았다. 손이 뒤로 묶인 나래는 어찌할 바를 몰라 발을 동동거렸다. 더블 존이 다가와 자신의 이마로 신박사의 가슴을 누르며 심장 마사지를 시도했다. 하지만 심박사의 얼굴은 파란색에서 점점 하얗게 변했다. 급격한 쇼크가 온 것 같았다. 속히 뭔가 응급처치를 해야 할 상황이었다. 그때 베드로가 발을 쭉 내밀더니 신박사의 축 처진 오른손을 들어 올려 신박사의 가슴 위로 올려 주었다. 잠시 후 그 오른손은 신박사의 가슴 위에서 강한 빛을 발했다. 그러자 신박사의 호흡이 터져 나왔다. 곧이어 하얗게 질렸던 그의 얼굴색도 다시 원래대로 돌아왔다.

하지만 몸은 정상으로 돌아왔지만 의식은 여전히 회복되지 않았다. 나래는 신박사의 머리를 자기 무릎에 누이고 흔들어 보았다. 아무 반응이 없었다. 할 수 없이 스스로 의식을 차릴 때까지 기다릴 수밖에 없는 상화이었다. 더블 존은 나래의 무릎에 누운 신박사를 한 번 흘낏 보고는 베드로를 향해 입을 열었다.

"그렇다면 자네는 우리 스승 더블 존 19세의 가르침 이전에 무저갱의 열쇠, 즉 엘프 666의 존재를 이미 깨닫고 있었단 말인가?"

"물론이지. 자네 스승은 내 깨달음을 확신시켜 주는데 매우 중요한 역할을 한 것이라네. 이 외에도 베드로의 가르침을 통해서 나는 또 한 가지 중요한 깨달음을 얻을 수 있었네. 그건 바로 이 구절을 통해서이지."

> 이로 말미암아 그 때에 세상은 물이 넘침으로 멸망하였으되 이제 하늘과 땅은 그 동일한 말씀으로 불사르기 위하여 간수하신 바 되어 경건하지 아니한 사람들의 심판과 멸망의 날까지 보존하여 두신 것이니라. (벧후 3:6-7)

"자네가 누구보다 잘 알겠지만 첫 번째 심판은 노아 시대에 물로 임했고 이제 다가올 두 번째 심판은 불로 임할 것일세. 하나님께서는 멸망당해 마땅한 인간들을 심판하시려고 이 세상의 하늘과 땅을 불사르실 계획을 가지고 계시지. 이를 통해서 나는 인간의 종말이 생명의 씨앗뿐만 아니라 거대한 불과 연관된 것임을 직감하게 되었어. 그러다가 2059년에 온 세상이 핵무기 폐기를 위해서 핵탄두를 한 곳에 보관하기로 한 사실을 기억해 냈지. 그때 나는 직감했어. 이 두 가지, 즉 생명의 씨앗과 핵폭탄이 결합되는 순간에 진정한 종말이 오겠구나 하고 말이야. 그런데 놀랍게도 내 예상이 정확히 맞아떨어지기 시작했네. 엘프 666의 날개벽을 부수는 일에 어마어마한 폭탄의 힘이 필요하다는 사실을 알게 되는 순간 말이야."

베드로가 여기까지 말했을 때 갑자기 그들을 가둬 놓은 창고 문이 살짝 열리더니 뭔가 자그마한 것이 휙 달려 들어왔다. 최박사가 애지중지하던 폭키였다. 폭키는 나래의 얼굴에 달라붙어 반가운 듯 혀를 날름거리더니 곧 손에 든 뭔가를 불쑥 꺼냈다. 그것은 일행들을 묶어 놓은 수갑의 열쇠였다. 폭키는 금세 나래의 손과 발을 묶은 수갑을 풀었고 열쇠를 받아든 나래는 다른 사람들의 수갑도 풀어 주었다. 신박사는 아직 의식이 없는 상태라 프랭크가 그를 어깨에 들어 멨다. 나래는 손과 발의 관절을 풀면서 조심스럽게 문틈으로 밖을 살폈다. 다행히 경비병 두 명 외에는 아무도 없었다. 그들 뒤로 살금살금 다가간 나래는 금세 두 명의 경비병을 때려 눕혔고 그들의 총을 더블 존과 프랭크에게 건넸다.

다행히 인류진화센터의 내부를 누구보다 잘 아는 프랭크는 비상구로 일행을 인도하여 평소 잘 사용하지 않는 구석진 엘리베이터에 올라타게 했다. 엘리베이터는 1층 구석진 곳에 도달했고 일행은 연구소 좌측으로 난 작은 비상문을 통해 밖으로 탈출했다. 연구소 밖에는 아무도 없었다. 신박사를 메고 헉헉거리던 프랭크는 연구소 좌측으로 약 1km정도 떨어진 언덕을 향해 달리기 시작했다. 모두들 그 뒤를 따라 뛰었다. 하지만 금세 연구소 위를 날며 순찰하던 딜릿의 비행선 하나가 일행을 포착하고 말았다.

비행선은 순식간에 날아와 광포를 발사했다. 다행히 첫 번째 포는 빗나갔지만 곧이어 두 번째 포가 정확히 일행을 향해 조준되었다. 꼼짝없이 죽는가 싶은 순간 갑자기 그 비행선은 기우뚱거리며 균형을 잃더니 엉뚱한 곳에다가 광포를 쏘았다. 어디선가 나타난 스네이크 이글 떼가 비행선의 몸체를 타격한 것이었다. 그 중 한 마리가 비행선 앞에 달라붙더니 강력한 독수리의 발톱으로 운전석 유리창을 깨뜨리고는 뱀의 머리를 집어넣어 운전사를 물어 끌어내서 땅으로 내동댕이쳤다. 결국 비행선은 연구소 마당에 추락하여 폭발하고 말았다.

하지만 폭발 소리에 딜릿의 부대가 모습을 드러냈다. 그들은 신박사 일행을 발견하고는 총을 발사하기 시작했다. 그러자 스네이크 이글 떼가 지상을 향해 급강하하면서 딜릿의 부대를 공격했다. 신박사 일행은 온 힘을 다해서 좌편 언덕을 향해 달렸다. 하지만 그것도 잠시 갑자기 엄청난 발자국 소리와 함께 거대한 코모피언이 언덕 뒤에서 몸을 드러냈다. 그 뒤로 온갖 종류의 기이한 합성 동물들이 큰 무리를 지어 떼거리로 나타났다. 나래가 급히 허리춤을 뒤졌지만 이미 딜릿에게 조선도를 빼앗긴 상태였다. 진퇴양난의 위기였다. 프랭크와 더블 존도 합성 동물들의 성미를 돋울까봐 조금 전 연구소에서 빼앗은 총을 발사하지 못하고 주춤거리며 뒷걸음질만 쳤다. 하지만 금세 거대한 집게발을 휘두르며 달려올 줄 알았던 코모피언은 이상하게도 가만히 일행을 바라보고만 있었다. 자세히 보니 코모피언의 등 위에 누군가 올라타고 있었다. 갑자기 베드로가 큰 소리로 외쳤다.

"고운아. 내 딸아. 무사했구나."

코모피언의 등에 올라탄 것은 최고운 박사였다. 최박사는 코모피언의 등에서 내린 뒤 곧이어 알아들을 수 없는 이상한 새소리 같은 소리를 외쳤다. 그러자 코모피언을 선두로 한 합성 동물들이 일제히 딜릿의 부대를 향해 돌진하기 시작했다. 스네이크 이글의 공격으로 정신을 못 차리고 있던 딜릿의 부대는 그 모습을 보고 일단 도망가기 시작했다. 최박사는 베드로의 손을 한 번 잡고 인사를 하는가 싶더니 곧이어 프랭크가 바닥에 내려놓은 신박사의 몸을 끌어안고 펑펑 울기 시작했다. 그녀의 얼굴에서 흐르는 뜨거운 물줄기가 신박사의 얼굴을 적셨다. 그러자 신박사가 서서히 정신을 차리기 시작했다. 신박사는 눈을 가늘게 뜨다가 자신을 안고 우는 최박사를 발견하고는 갑자기 매몰차게 밀치면서 옆으로 물러섰다.

최박사는 깜짝 놀라는 표정으로 베드로를 바라보았다. 베드로는 우울한 표정으로 고개를 끄덕였다. 그러자 최박사가 신박사를 향해 입을 열었다.

"여보. 미안해요. 정말 미안해요. 하지만 제 마음은 언제나 진심이었어요. 당신을 사랑한 내 마음은 거짓 없는 진심이었어요. 믿어주세요."

신박사가 외쳤다.

"어쩌면 그토록 철저히 나를 속일 수 있단 말이오. 우리 둘 사이에 그런 엄청난 비밀이 있었는데 어떻게 그러고도 나를 사랑했다고 말할 수 있소."

하지만 두 사람의 대화는 더 이어질 수 없었다. 연구소 쪽에서 딜릿의 검은 초대형 비행선들이 나타나 굵은 광포를 발사했기 때문이었다. 워낙 강력한 화력이라 코모피언을 비롯한 합성 동물들의 몸은 산산조각 나기 시작했다. 스네이크 이글 떼의 공격도 아무 소용이 없었다. 오히려 비행선 표면에 닿은 스네이크 이글들은 강력한 전파에 까맣게 타서 아래로 떨어지고 말았다. 그 광경을 보면서 프랭크는 서로 말없이 노려보고 있는 신박사와 최박사를 급히 떼어내면서 모두를 재촉하여 언덕 뒤로 달려가기 시작했다. 합성 동물

떼의 숫자가 워낙 막아서 대형 비행선의 공격을 아직 어느 정도 막아 주고 있었다. 언덕 뒤편으로 달려간 프랭크는 한 곳에 엎드려 모래 바닥을 손바닥으로 쓸기 시작했다. 그러자 잠시 후 모래 속에서 나무로 된 판자가 나타났다.

프랭크와 나래가 판자에 달린 고리를 잡고 힘껏 열자 그 속에 배낭들과 비상 식량들 그리고 자그마한 리모콘이 나타났다. 프랭크는 신속히 그 리모콘을 들고 전원을 켠 뒤 조작을 시작했다. 그러자 잠시 후 판자 뒤편의 모래가 땅 속으로 푹 꺼지나 싶더니 소형 비행선 하나가 원격 조정으로 떠올랐다. 프랭크는 일행을 재촉하여 속히 비행선에 올라타도록 했다. 모두 올라타자 프랭크는 비행선의 조종간을 꺾어 사막 반대편으로 달아나기 시작했다. 합성 동물들을 향해 광포를 발사하던 딜릿의 비행선이 나중에야 눈치를 채고 뒤따르려 했지만 그땐 이미 사정거리를 훨씬 벗어나 있었기에 신박사 일행은 무사히 달아날 수 있었다.

나래는 일부러 호들갑스럽게 탈출에 성공한 것을 기뻐하는 척 환호를 했다. 하지만 신박사와 최박사 사이에 흐르는 심각한 기류를 감지하면서 곧 입을 다물었다. 프랭크는 비행선의 무전기를 통해 UN 군에게 병력 요청을 하고는 메카로 피하자고 말했다. 하지만 더블 존이 이렇게 말했다.

"아닐세. 지금 속히 우리 '광야의 소리' 공동체가 있는 곳으로 가야 하네. 필경 놈들이 핵탄두를 옮기고 있을 걸세. 반드시 이를 막아야만 해."

더블 존의 말에 프랭크가 어깨를 한 번 으쓱하자 나래가 프랭크를 밀치고 조종간을 잡았다. 나래는 전속력으로 광야의 소리가 있던 돌산을 향해 비행하기 시작했다. 한참 날아가는데 갑자기 아래쪽으로 전에 못 보던 굵은 강줄기가 나타났다. 어디선가 엄청난 물이 흘러나와 광야를 적시고 있는 것이었다. 베드로가 혼잣말처럼 말했다.

"'광야에서 물이 솟겠고 사막에서 시내가 흐를 것임이라(사 35:6)' 정말 바이블의 예언 그대로군."

계속 날아가 보니 물줄기의 발원지는 광야의 소리 공동체의 돌산 한가운데였다. 나래가 저공 비행으로 가만히 접근했다. 수백 대의 거대한 모터에 달린 굵은 파이프들이 돌산 속에서 뻗어 나와 엄청난 소리를 윙윙거리면서 지하호수의 물을 끄집어 올리고 있었다. 그 광경을 지켜보던 더블 존은 나래에게 속히 북쪽으로 올라가자고 말했다.

비행선이 거의 마라나타 공동체가 있던 오아시스 가까이 날아가자 근처 언덕에 바위 덩어리들이 보였다. 일전에 그들이 지하에서 타고 올라왔던 바위들이었다. 나래가 비행선을 그 곁에 착륙시키자 더블 존은 서둘러 그 바위 중 하나에 올라탔다. 다른 일행도 같이 바위에 올랐다. 더블 존이 바위의 한 부분을 발로 구르자 바위는 아래로 내려가기 시작했다. 바위가 착륙한 지점에는 전에 신박사와 나래가 올라왔던 돌계단이 있었다. 무리는 조용히 계단을 내려가 호숫가로 다가갔다. 거대한 호수 물은 상당히 많이 빠져 버려서 물 가장자리가 한참 먼 곳에 보였다. 다행히 호수 바닥이 단단한 바위여서 더블 존은 일행을 이끌고 호수 안으로 걸어갔다. 한참 걸어가는데 일전에 아가도스의 부대가 타고 왔던 배들이 호수 밑바닥에 걸린 채 기우뚱 서 있었다. 더블 존은 그 중 자신이 타고 왔던 배를 찾아 오르더니 일행에게도 올라오라고 했다. 그리고는 배의 운전실로 가서 파워를 올렸다. 다행히 배는 멀쩡한 듯 시동이 걸렸고 잠시 기우뚱하던 배가 스스로 균형을 잡는가 싶더니 가장자리에 짤막한 날개를 내밀면서 살며시 공중으로 떠올랐다. 그 배는 수공 겸용선이었다.

더블 존은 신속히 호수 저편에 있는 자신의 공동체 쪽으로 비행을 시작했다. 얼마의 시간이 지나자 호수 바닥에서 꼬물거리는 사람들의 모습이 보이기 시작했다. 그들은 이미 모습을 드러낸 호수 속 절벽 창고 문을 열고 인간 탑재형 로봇을 이용해서 핵탄두가 든 상자를 옮기고 있었다. 더블 존은 신속히 호숫가에 있는 절벽 한 부분을 향해서 뭔가를 발사했다. 그러자 수공겸용선 앞에 붙어 있는 구형 포에서 작살 모습의 광선이 날아가 절벽에 맞았다. 갑자기 얼마 남지 않은 호수물이 파도를 치면서 좌우로 갈라지기 시작했다. 핵탄두가 든 상자를 옮기던 로봇들은 자기들이 있는 곳까지 밀려온 물살에 균형을 잃고 쓸려가 버리고 말았다.

그러자 아래에 있던 놈들이 일제히 총을 발사했다. 더블 존은 비행선을 이리저리 피해가며 그들을 향해 작살 광선을 발사했다. 나래와 프랭크도 연구실의 경비병에게 빼앗아 온 총을 발사했다. 처음엔 공중에 있는 더블 존의 비행선이 훨씬 유리했다. 하지만 잠시 후 정체불명의 소형 비행선 한 대가 신박사 일행이 날아온 호수 저편에서 날아와 광선포를 발사하기 시작했다. 지상으로 총을 쏘던 나래와 프랭크는 비행선을 향해 총을 발사했다. 하지만 그 비행선은 종유석으로 가득 찬 동굴 가장자리를 기막히게 비행하면서 여유있게 광선을 피했다. 그 모습을 보면서 나래가 외쳤다.

"기막힌 솜씨군. 저건 틀림없이 킬뎀이야."

그렇다면 문제는 심각했다. 더블 존의 비행 실력으로 킬뎀을 당해낼 가능성은 없었다. 아니나 다를까. 어느 틈에 킬뎀은 더블 존이 운전하는 비행선의 꼬리를 물고 추격하기 시작했다. 나래는 즉시 더블 존을 밀치고 자신이 조종간을 잡았다. 더블 존은 곁에 서서 나래에게 생경한 조작 버튼들의 용도를 알려 주기 시작했다. 동굴 속엔 초고속으로 달리는 두 비행선의 엔진소리가 가득 찼다. 킬뎀이 어느새 나래의 뒤를 바짝 따라붙었다. 나래는 킬뎀을 떼어내려고 온 힘을 다해 비행선을 몰았다. 하지만 킬뎀이 발사하는 광포는 점점 위협적으로 나래의 수공 비행선을 스치기 시작했다. 할 수 없이 나래는 처음에 들어왔던 호수 반대편으로 도로 날아갔다. 잠시 후 그들이 걸어 내려온 커다란 계단이 나타났다. 나래는 계단 위로 비행해 올라갔다. 킬뎀도 그 뒤를 따랐다.

바위가 있던 자리까지 올라 온 나래는 비행선을 위로 솟구쳤다. 하지만 지상 위로 거의 다 올라와서 마침내 열린 바위구멍으로 빠져나가나 싶은 순간 킬뎀이 발사한 광포가 비행선 뒤로 날아와 박혔다. 꽤 충격이 있었지만 다행히 정통으로 맞은 것 같지는 않았다. 나래는 연기를 내뿜으면서도 기어이 비행선을 몰고 지상 위로 올라갔다. 하지만 바위 구멍을 통해 밖으로 빠져나오자마자 급제동을 가하기 시작했다. 바위 구멍 바로 앞에 벌써 검은 색 대형 비행선 하나가 와서 지키고 있었던 것이다. 비행선에 탄 신박사 일행이 균형을 잃고 쓰러지나 싶은 순간 나래의 비행선은 놈들의 대형 비행선과 정면으로 충돌하였다.

다행히 고공에서의 충돌이 아니어서 나래가 몰던 수공겸용 비행선은 바로 아래의 모래바닥으로 떨어졌다. 나래와 부딪혔던 대형 비행선은 잠시 한편으로 밀려나 기우뚱했지만 다시 균형을 잡기 시작했다. 하지만 나래의 뒤를 쫓아오던 킬뎀의 비행선도 미처 자기편을 보지 못했다. 킬뎀 역시 급제동을 걸며 방향을 틀었지만 결국 자기편 비행선에 부딪혀 날개가 꺾여 버리고 말았다. 결국 세 대의 비행선은 모두 균형을 잃고 모래바닥 위에 떨어져 버렸다. 비행선에서 빠져나온 나래와 신박사 일행은 킬뎀과 대형 비행선에서 빠져나온 그의 부하들에 의해 가로막히고 말았다. 들고 있던 소총은 이미 파워가 다 떨어져 불릿 제로 상태를 보여 주고 있었다.

나래가 눈을 들어 주변의 적들을 쳐다보았다. 건장한 체구의 타고난 싸움꾼들 같아 보이는 검은 양복차림의 그들은 어림잡아 30여 명 이상 되는 것 같았다. 다행히 총으로 무장한 것 같지는 않았다. 나래는 신박사 일행을 뒤로 밀치더니 그들 앞으로 나와 천천히 궁중 무술 동작을 잡아가기 시작했다. 그러자 갑자기 더블 존도 자신의 비행선 옆에 붙은 비상용 쇠도끼를 뽑아들더니 두터운 웃옷을 벗어 제치고 나섰다. 본래 털옷 부대의 지휘관 출신이었다는 그는 연로한 나이에도 아직 근육이 탄탄해 보였다. 나래가 좀 걱정스런 얼굴로 그를 바라보자 더블 존이 말했다.

"자네가 처음 날 찾아왔을 때 아가도스가 자네에게 진 것이 평생에 두 번째라고 했던 것 기억나나?"

나래가 고개를 끄덕이자 더블 존이 무거운 쇠도끼를 가볍게 손가락으로 빙빙 돌리고는 자세를 잡더니 말했다.

"그 첫 번째가 누구였겠는가. 당연히 바로 나였지."

그 말을 하자마자 더블 존은 순식간에 놈들 속으로 뛰어들었다.

더블 존의 도끼는 눈에 보이지 않을 만큼 엄청난 속도로 자신의 주변에 번쩍이는 둥근 원을 그려가기 시작했다. 금새 너댓 명의 검은 양복들이 쓰러졌다. 그러자 놈들은 한꺼번에 더블 존을 향해 달려들어 양손과 온몸을 휘감았다. 더블 존은 우렁찬 기합소리와 함께 붙잡힌 양팔과 온몸을 강하게 회전시켰다. 그의 몸을 붙들고 늘어졌던 검은 양복들은 더블 존의 엄청난 괴력에 낙엽처럼 좌우로 날아가 우르르 쓰러져 버렸다.

이를 보고 곧이어 나래가 몸을 날렸다. 마치 발레 선수가 무대 위를 가볍게 도약하듯 나래의 몸은 깃털처럼 가볍게 검은 양복들 사이를 날아다녔다. 나래가 스치고 지나갈 때마다 검은 양복들은 때로 얼굴을 때로는 배를 감싸 쥐고 쓰러졌다. 두 사람의 신기에 가까운 무예 솜씨로 벌써 검은 양복의 절반 이상이 쓰러져 꼼짝하지 못했다. 그러자 놈들은 제각각 뒤춤에서 긴 채찍을 끄집어내어 빙빙 돌리더니 일제히 두 사람을 향해 집어 던졌다. 나래는 즉시 몸을 날려 피했지만 미처 피하지 못한 더블 존은 한 놈이 던진 채찍에 손이 감겼다. 더블 존이 힘을 발하기 시작하자 줄 끝을 잡고 있던 놈이 더블 존 쪽으로 끌려왔다. 하지만 잠시 후, 더블 존은 온 몸에 경련을 일으키며 쓰러지고 말았다. 끌려오던 놈이 손잡이의 버튼을 누르자 줄에서 강력한 전류가 흐르기 시작한 것이었다.

그 모습을 본 나래는 온 힘을 다해 달려가서 채찍 끝을 잡은 놈의 팔을 걷어찼다. 놈은 결국 줄을 놓았지만 더블 존은 몸을 벌벌 떨면서 모래 위에 넘어지고 말았다. 나래는 더블 존의 손에 있던 도끼를 집어 들고 놈들 쪽을 향해 다시 달려갔다. 놈들은 다시 전기를 발하는 채찍을 날렸지만 나래는 그 채찍이 그리는 선들 사이로 교묘하게 몸을 비틀면서 그들 틈으로 들어가 도끼를 휘둘렀다. 일순간에 대여섯 명이 또 다시 쓰러졌다. 이제 남은 놈은 킬뎀을 제외하고 네 명 뿐. 놈들은 나래의 무시무시한 솜씨에 기가 질려 조금씩 뒷걸음질치고 있었다. 그 틈을 노려 나래는 도끼를 내려놓고 모래 바닥에 손을 짚어 재주를 두 번 넘은 뒤에 그들의 중간으로 파고 들어갔다. 곧이어 순간적으로 몸을 솟구치면서 공중에서 네 방향을 일시에 걷어찼다. 그러자 마지막 남은 네 명도 큰 대자로 사막 위에 뻗어버리고 말았다.

땅에 착지한 나래는 가볍게 숨을 고르고 일어나 킬뎀 쪽을 바라보다가 곁에 있는 도끼를 집어 들었다. 하지만 곧 집어 던져 버리더니 맨주먹으로 자세를 잡았다. 뒤쪽에서 꼼짝 않고 싸움을 지켜보던 킬뎀은 양복 윗도리를 벗어 얌전히 접더니 비행선 위에 걸쳐 놓았다. 그리고 허리춤에서 뭔가 길쭉한 것을 꺼냈다. 전에 나래를 꼼짝 못하게 만들었던 그물 총이었다. 하지만 나래가 도끼를 집어던지고 맨손으로 서자 씩 웃더니 자신도 막대기를 멀리 던져 버렸다. 그러더니 주먹을 쥐고 양손 가드를 올린 것 같은 자세를 잡았다. 동시에 그의 왼발이 아래위로 천천히 끄덕이기 시작했다. 영락없는 무에타이 자세였다.

천천히 다가서던 두 사람이 꽤 가까이 근접했다 싶은 순간 킬뎀의 오른발이 순식간에 나래의 배에 꽂혔다. 눈에 보이지도 않을 만큼 재빠른 동작이었다. 나래는 배를 움켜쥐고 서너 발자국을 물러섰다. 하지만 킬뎀은 그 순간을 놓치지 않고 어느 틈에 나래 앞으로 달려오더니 몸을 날려 나래의 턱에 강력한 니킥을 꽂아 넣었다. 나래는 결국 모래 위로 벌렁 넘어지고 말았다. 킬뎀은 곧장 몸을 솟구

치더니 넘어져 있는 나래를 향해 팔꿈치를 꽂으며 내려왔다. 나래는 급히 몸을 돌려 그 공격을 피하면서 땅을 뒹굴며 킬뎀의 뒤통수를 걷어찼다. 잠시 후 나래는 배와 가슴을 킬뎀은 뒤통수를 움켜쥐고 몸을 일으킨 후에 다시 서로를 향해 공격 자세를 잡았다.

이번에는 킬뎀의 주먹 공격이 이어졌다. 번개처럼 빠른 펀치들이 나래를 향해 작렬했다. 나래는 몸을 이리저리 흔들면서 킬뎀의 주먹을 피하다가 재차 날아오는 킬뎀의 오른손을 감싸 안듯 하더니만 금세 손목을 꺾으면서 집어 던졌다. 킬뎀이 저만치 날아가 고꾸라졌다. 그 틈을 놓치지 않고 나래는 넘어진 킬뎀 곁으로 달려가 그의 팔을 움켜잡고 손목을 강하게 꺾었다. 킬뎀은 온 힘을 다해 나래의 얼굴을 다른 쪽 팔꿈치로 때렸다. 하지만 코에서 피가 흐르는데도 나래는 손목 꺾기를 멈추지 않았다. 킬뎀의 팔꿈치가 몇 대 더 나래를 강타했지만 잠시 후 우지끈 하는 소리가 나더니 킬뎀의 손목이 탈골해 버렸다. 오른손이 축 처진 킬뎀은 겨우 일어나더니 왼손을 휘두르며 다시 달려들었다. 하지만 나래는 금세 킬뎀의 딴지를 걸어 쓰러뜨리고는 재빠른 동작으로 킬뎀의 사지의 주요 관절들을 차례로 모두 꺾어 버렸다. 결국 킬뎀은 뼈대가 부러진 허수아비처럼 사막 위에 쓰러져 축 늘어지고 말았다.

나래는 더블 존에게 다가가 손을 잡고 일으켰다. 지독한 감전이었지만 다행히 더블 존은 걸을 수 있을 만큼 회복된 상태였다. 나래의 손을 잡고 일어서던 더블 존은 갑자기 손으로 하늘을 가리키면서 조금 돌아간 입으로 말했다.

"저놈들을 막아야 해."

그가 가리킨 하늘 저편에는 거대한 수송 비행선 다섯 대가 날아가는 모습이 보였다. 나래는 급히 불시착한 비행선들의 시동을 걸어보기 시작했다. 더블 존의 배도, 킬뎀의 비행기도, 모두 시동이 안 걸렸지만 대형 비행선은 몇 번 시도하자 시동이 걸렸다. 나래는 급히 일행을 태우고 대형 비행선을 몰기 시작했다. 몇 번 힘겹게 기우뚱거리던 검은 비행선은 잠시 후 옆으로 약 10도 정도 기운 상태로 비행을 하기 시작했다.

광야의 소리 공동체 앞에 있던 펌프들은 이미 작동을 멈춘 상태였고 놈들의 그림자는 더 이상 보이지 않았다. 아마도 기어이 호수 물을 다 빼내고 핵탄두를 싣고 떠난 것 같았다. 나래는 기수를 인류진화센터 쪽으로 돌려 전속력으로 가속 페달을 밟았다. 하지만 비행선은 손상이 큰 듯 제대로 속도를 내지 못하고 휘청거리며 간신히 날아갔다. 그렇게 인류진화센터까지 날아가 보니 아래에서는 또 다른 전투가 이어지고 있었다. 프랭크의 요청으로 달려 온 UN군들과 딜릿의 부대가 전투를 하고 있는 중인 것 같았다. 하지만 아무래도 급히 오느라 인원이 얼마 되지 않는 UN군 측이 딜릿 측에게 밀리고 있었다. 게다가 놈들의 검은 비행선의 화력은 너무 대단했다. 나래는 자신이 모는 비행선을 천천히 움직여 놈들의 비행선 틈에 은근히 끼어들었다. 놈들은 자기들 편일 거란 생각에 나래의 우주선을 별로 경계하지 않았다.

그 기회를 노려 나래는 자신의 앞과 왼편에 있는 검은 우주선을 향해 연속으로 광포 발사 스위치를 눌렀다. 놈들의 비행선 두 대가 일시에 추락해 버렸다. 같은 편인 줄 알았던 비행선이 자기들의 비행선을 격추시키자 다른 비행선들이 즉시 나래 쪽을 향해 포를 겨냥했다. 나래는 급히 비행선의 기수를 돌려 도주하려 했다. 하지만 고장 난 비행선은 맘먹은 대로 움직여 주지 않았다. 결국 나래가 몰던 비행선은 놈들의 광포에 좌측 날개를 잃고 비실거리면서 연구소 뒤쪽으로 날아갔다. 연구소 뒤편에는 수십만 명을 수용할 만큼 거대한 스타디움 형태의 초합금 박스가 초초의 몸체에 붙은 그린 레이저 포와 연결되어 있었다. 비행선은 결국 그 박스 바로 옆에 추락하고 말았다. 다행히 다친 사람은 없었다. 신박사 일행은 급히 비행선을 빠져 나와 반대 방향으로 달려가기 시작했다. 비행선에서 연료가 새어 나왔기 때문이었다. 그들이 어느 정도 달려갔을 때 곧이어 큰 굉음과 함께 대형 비행선이 폭발했다. 하지만 그 엄청난 폭발에도 초합금 스타디움 박스는 긁힌 흔적 하나 없이 멀쩡했다.

신박사 일행이 연구소 방향으로 이동하려 할 즈음 갑자기 그들 눈앞에 거대한 그물이 확 펼쳐지더니 전체 위로 덮어 씌어졌다. 일행은 동시에 균형을 잃고 쓰러졌다. 그러자 곧이어 딜릿 일당들이 나타나 총구를 내밀었다.

15. 혹시

초초 앞에 서 있는 딜릿의 얼굴에는 전과 같은 여유가 사라져 있었다. 그는 조급한 표정으로 곁에 선 부하들을 닥달하고 있었다. 패스트도 딜릿에게 뭔가 재촉당하고 있었다. 잠시 후 패스트는 딜릿을 초정밀 인체 탐구 캡슐 안으로 집어 넣었다. 딜릿의 몸이 천천히 기계 속을 통과했다가 나오자 잠시 후 계기판에 이런 숫자가 표시되었다.

> 총 세포 수 67조 3134억 2776만 1229개

패스트 박사는 급히 수치를 컴퓨터에 넣고 계산을 시작했다. 곁에 앉아 묶여 있던 신박사도 수치들을 보면서 머리로 암산을 시작했다. 정상적인 세포 하나당 날개막이 부서지는데 필요한 열량은 50sq 즉 오백만 칼로리 정도이다. 그런데 여기에 딜릿의 세포 수가 곱해지면 3,365,671,388,061,450,000,000cal, 즉 33해 6567경

1388조 614억 5천만 cal라는 천문학적인 숫자가 나온다. TNT 1톤이 터지는데 발생하는 열량이 대략 1억 cal라면 딜릿의 온몸의 날개막을 모두 부수는데 드는 TNT 양은 반올림해서 약 33,656,713,880,615톤이다. TNT 100만 톤을 1메가톤이라고 하면 이런 열량을 내는데 약 33,656,713(삼천 삼백 육십 오만 육천 칠백 십삼) 메가톤의 폭탄이 터져야만 가능하다. 하지만 그걸로 부족하다. 계산에 의하면 그린 레이저 광선이 직접 날개막을 쏘지 않고 몸 위를 쏘았을 경우에는 대략 1.5배 이상의 열이 더 필요하니까 말이다. 그렇다면 최소한 사천오백만 메가톤 이상의 핵폭발이 일어나야만 딜릿의 몸의 변화가 가능하다는 계산이 나온다. 신박사는 급히 더블 존에게 물었다.

"그때 '엔토스 휘몬'이 수거해 온 핵탄두의 위력은 모두 합쳐서 어느 정도 되는 겁니까?"

더블 존이 말했다.

"엄청난 양이지. 당시 전 세계가 깜짝 놀랐으니까. 아마 대략 사천칠백만 메가톤 정도 될 걸세."

"그 정도가 한꺼번에 터지면 어느 만큼의 위력이 나타날까요?"

더블 존이 머뭇거리자 프랭크가 대답했다.

"아직 핵무기는 대용량이 제대로 한꺼번에 터져 본 적이 없기 때문에 정확한 계산이 잘 안 나오지만 사천 오백만 메가톤이라면 계산할 필요도 없죠. 보통 100메가톤의 핵폭발이 일어나면 반경 100km 정도는 거의 완전히 사라져 버린다고 봅니다. 하지만 핵이라는 것이 워낙 예측 불가능한 것이고 또 터졌을 때도 무섭지만 그 이후로 지속되는 효과도 엄청나기 때문에 실상 다량이 한꺼번에 터졌을 때의 위력은 아무도 예측할 수 없습니다. 다만 상상 못할 어마어마한 비극이 생길 거라고만 대충 짐작해 볼 따름이지요. 실제로 2047년에 있었던 파키스탄과 이란이 터뜨렸던 핵도 둘 다 합쳐서 겨우 2메가톤으로 1945년에 히로시마에서 터진 것의 겨우 10배 수준이었습니다. 히로시마에서 터진 핵은 약 14만 명의 시민을 죽였죠. 파키스탄과 이란의 전쟁에서도 그 자리에서 즉사한 사람만 양측이 각각 50만 명 이상씩 모두 100만 명이 훨씬 넘죠. 물론 그 이후로 지금까지 지속되는 후유증 때문에 죽는 사람의 숫자는 훨씬 더 많고요."

프랭크의 말을 들으면서 신박사의 등에 소름이 쫙 끼쳤다. 그렇다면 만약 사천오백만 메가톤의 원자탄이 한 번에 터진다면 말 그대로 지구 위의 생명체들은 그날로 끝장이라는 결론이다. 왜 미처 그런 계산을 생각하지 못했을까? 엄청난 열량이 필요할 것이라고 어렴풋이 예상하기는 했지만 결국 신박사가 발견한 엘프 666은 꿈같은 이야기였다. 지구 전체의 핵을 다 모아도 겨우 한 사람의 몸속에 있는 엘프 날개뼈를 부술 정도밖에 안 되다니 말이다. 따라서 엘프 666을 통해 인간이 영생할 수 있다는 것은 헛소리일 뿐이었다. 그런 생각을 하고 있는데 잠시 후 연구소 문이 열리더니 초초 앞으로 누군가 걸어 들어왔다. 신박사가 고개를 들어보니 밀란다가 하얀 이빨을 드러내고 웃고 서 있었다. 밀란다는 묶여 있는 신박사와 최박사를 보고는 미안한 표정으로 말했다.

"가람 군. 정말 미안하네. 이거 참 내가 원래 이런 사람이 아닌데. 자네도 알지? 나 절대 이런 사람이 아니라는 거. 하지만, 어쩔 수 없이 사태가 이렇게 되고 말았네. 어쩌겠는가. 인생에서 큰 것을 잡을 기회란 그리 자주 오는 게 아니니까 말이야."

　그러면서 밀란다는 딜릿에게 다가가 낮은 목소리로 뭐라고 중얼거렸다. 그 모습을 보고 고개를 돌리던 신박사의 눈에 함께 묶여 있는 아내 최고운 박사의 옆모습이 들어왔다. 아내와 친구의 배신. 정말 상상도 못했던 일들이 실제로 일어나고 있었다. 신박사의 가슴에 참을 수 없는 분노가 밀려왔다. 그 순간 갑자기 신박사의 오른손이 더 강렬한 빛을 발하기 시작했다. 신박사는 순간적으로 기둥에 묶인 왼손의 수갑에 오른손을 갖다 대었다. 그러자 수갑은 녹은 철사처럼 풀려 버렸다. 어느새 발에 묶인 수갑까지 풀어 버린 신박사는 맹렬한 기운으로 딜릿 쪽을 향해 달려가 먼저 밀란다의 몸을 오른손으로 세차게 밀쳤다. 그러자 놀랍게도 밀란다의 몸은 밀리지 않고 오히려 신박사의 빛나는 오른손이 그의 가슴을 그대로 관통하고 말았다. 밀란다는 몸의 한 부분이 부서져 버린 채 쓰러졌고, 깜짝 놀란 딜릿은 금세 연구소 구석으로 달아났다. 그러자 곧 경비병들의 총이 신박사를 향해 불을 뿜었다.

　하지만 신박사의 오른손에서 강력한 흰빛이 크게 확산되더니 그의 온몸을 감쌌다. 총알들은 그 빛에 닿자마자 온데간데없이 녹아 버렸다. 신박사에게 총이 발사되는 순간 이를 지켜보던 최고운 박사의 입에서는 비명과 함께 이상한 새소리가 흘러 나왔다. 그러자 어느 틈에 폭키와 몽그가 나타났다. 몽그는 경비병의 다리를 물어뜯어 넘어뜨렸고 그 틈에 폭키가 허리춤의 열쇠를 꺼내 와서 최박사의 손을 풀어 주었다. 신박사를 향해 총을 발사하는 경비병들의 수가 점점 늘어났다. 동시에 신박사의 몸을 감싸고 있던 흰 빛은 점점 희미해지기 시작했다. 그러다 어느 순간 빛이 일부 사라진 부분을 뚫고 한 개의 총알이 들어가 신박사의 어깨를 깊이 스치고 지나갔다. 그러자 수갑을 풀고 달려간 최고운 박사가 급히 신박사를 안고 쓰러졌다.

아내와 몸이 포개진 신박사는 누운 채로 그녀를 올려다보았다. 그녀의 검은 눈동자 속에 자신의 모습이 비치고 있었다. 갑자기 베드로가 해 준 말들이 떠올랐다. 실험실에서 태어나 사악한 인간들의 성적인 노리개 시절을 보냈던 그녀. 신박사의 가슴이 미어질 듯 아파왔다. 어느새 총성은 멈춘 상태였다. 그는 자기 위에 엎드린 그녀를 부둥켜안으며 말했다.

"여보. 미안하오. 내가 바보였소. 당신을 사랑한다고 하면서 당신의 아픔 속에 한 번도 제대로 동참해 주지 못했구려. 당신의 상처에 아무 도움도 되지 못한 나를 용서해 주오. 정말 미안하오."

신박사의 말에 최고운 박사의 눈에서 구슬 같은 눈물이 뚝뚝 떨어졌다.

"그럼 이제 절 용서해 주시는 거예요? 모든 것을 다 알고도 아직 저를 사랑하신다는 말인가요?"

신박사가 힘 있게 고개를 끄덕였다. 그러자 최고운 박사의 얼굴에 희미한 미소가 지어졌다. 하지만 곧이어 신박사는 경악할 수밖에 없었다. 자신의 얼굴에 뚝뚝 떨어지던 그녀의 눈물에 검붉은 피가 섞여 있었기 때문이었다. 이어서 아내의 고개는 축 처져 신박사의 가슴에 파묻혔다. 신박사는 급히 그녀의 뒤통수를 만져 보았다. 하지만 거기는 벌써 돌이킬 수 없을 만큼 깊이 파인 자리가 있었다. 신박사는 자신의 오른손을 대고 눌렀다. 하지만 그의 오른손은 더 이상 빛을 발하지도 치료의 기적을 일으키지도 못했다. 신박사는 허리를 세우고 정신을 잃어가는 아내를 붙잡고 흔들었다. 아내는 힘겹게 눈을 뜨더니 떨리는 손으로 신박사의 볼을 만지며 꺼져가는 소리로 말했다.

"당신이 내 고통에 아무 도움을 못 주다니요. 내 인생에 당신만큼 큰 위로는 없었어요. 마치 징그러운 벌레같이 느껴지는 내 과거의 치욕과 모멸감을 치료하고 감싸 준 것은 오직 당신의 사랑이었답니다. 그러기에 당신은 신이 내게 주신 가장 큰 선물이었습니다. 당신을 사랑하고 당신의 품에서 죽게 해 주신 신께 감사를 드립……."

채 말이 다 이어지지 못한 상태에서 최박사의 손이 축 처져 버렸다. 신박사는 아내를 부여안고 통곡을 하였다. 하지만 슬픔을 누릴 최소한의 시간도 그에게 주어지지 않았다. 어느 틈에 달려온 딜릿이 신박사의 옆구리를 거세게 걷어차 버린 것이었다. 신박사는 다시 풀썩 쓰러졌다. 딜릿은 그런 신박사를 기둥에 꽁꽁 묶으면서 광기 어린 목소리로 말했다.

"흐흐흐. 당신은 이제 두 눈 똑바로 뜨고 신이 탄생하는 장면을 목격해야만 해. 드디어 인간의 역사 속에 실제로 탄생하는 참되고 유일한 신께 경배하는 영광을 누릴 준비를 하란 말이야."

초초의 모니터에는 그린 레이저 뒤에 결합된 메인 스타디움 크기의 폭파 박스 속으로 어마어마한 양의 핵탄두가 삽입되는 장면이 나타나고 있었다. 신박사는 딜릿을 향해 외쳤다.

"안 돼. 이건 절대로 성공할 수 없어. 저 폭파 박스가 과연 수천만 메가톤의 핵폭발을 이겨낼 것이라고 생각하는가? 절대로 그렇게 안 될 거야. 너의 목숨은 물론 인류 전체에게 엄청난 재앙이 닥치고 자칫 지구는 반으로 쪼개지고 말 것이라고."

신박사의 외침에 아랑곳하지 않고 딜릿은 휘파람을 불며 천천히 옷을 벗기 시작했다. 상체를 다 벗고 하체의 허리띠를 풀면서 그가 입을 열었다.

"신비하지 않는가? 지금 이 땅에 존재하는 핵의 용량이 딱 나 하나를 신으로 변화시킬 양 뿐이라는 게 말이야. 이게 바로 전 우주적인 행운이 마침내 나를 찾아왔다는 증거이지. 이 기회를 놓친다면 정말 어리석은 일이지 않겠어?"

곧이어 하체까지 모두 벗어 제친 딜릿은 긴 의자에 반듯이 앉아 몸을 재꼈다. 그러자 패스트가 면도기를 들고 다가와 딜릿의 몸에 있는 모든 털을 다 밀어 면도를 했다. 이어서 딜릿의 몸에는 빛을 잘 흡수할 수 있는 검은 오일 같은 것이 발라졌다. 모든 준비가 끝나자 패스트는 그린 레이저의 높낮이를 조절하면서 초초 내부의 프레파라아트 지점에 정확히 딜릿의 몸 크기만큼의 보라 광선 니들이 비칠 수 있도록 초점을 조절했다. 한동안 자동으로 초점을 잡던 그린 레이저는 곧이어 '오차 없음' 이라는 메시지를 띄웠다. 딜릿은 만족한 얼굴로 알몸이 된 채 천천히 초초 안으로 걸어 들어갔다. 그리고 그린 레이저 포 앞에 만들어진 자기 형상의 틀 속에 맞춰 몸을 눕혔다.

신박사와 다른 사람들은 불안한 눈으로 그 광경을 지켜보았다. 잠시 후 패스트 박사가 손에 들고 있던 조정기 단추를 눌렀다. 그러자 초초 레이저 건에서 보라색 광선이 흘러나오기 시작했다. 극세 보라 광선 니들의 초점이 딜릿의 몸 크기에 꼭 맞춰지자 패스트는 다시 조정기의 다른 단추를 눌렀다. 잠시 후 보라색 니들을 통해 초록 광선이 흘러나오더니 딜릿의 몸 전체를 감쌌다. 그 순간 딜릿의 몸은 순식간에 녹아내리기 시작하더니 금세 한 줌의 재로 변해 버렸다. 잠시 고요가 흘렀지만 더 이상 아무 일도 일어나지 않았다. 신박사 일행이 멍하니 사태를 쳐다보고 있는데 갑자기 커다란 웃음소리가 들렸다. 패스트의 웃음이었다.

"하하하. 어리석은 놈. 인류 역사에 오직 한 명밖에 못 얻을 영생의 기회를 미련 없이 네 놈에게 넘겨줄 줄 알았다니……, 어린 것이 순진해 빠졌군. 하하하."

역시 그랬다. 패스트는 엘프의 날개막을 부숴 준 것이 아니라 단순히 그를 그린 레이저 건으로 태워 죽여 버린 것이었다. 간악한 패스트를 믿었다니 딜릿은 정말 너무 순진했는지도 모른다. 패스트는 천천히 신박사 일행 곁으로 다가오더니 파이프에 불을 붙이고 연기를 뿜으면서 말했다.

"이런 우주적인 기회에 여러 명이 한꺼번에 달려들면 대개 일을 그르치기가 쉽지. 하지만 이제 방해되는 것들은 모두 사라졌군. 껄끄러웠던 밀란다도 자네 손으로 직접 처치해 주었고 말이야. 솔직히 나도 두렵긴 해. 자네 오른손의 효력이 다 떨어진 걸 보니 더욱 그런 생각이 들어. 생각 같아선 누군가를 가지고 한 번 더 실험을 해 보았으면 싶은데 하지만 그게 불가능하구먼. 터뜨릴 수 있는 폭탄의 양이 꼭 일 회 분량뿐이고 무엇보다 실험이 성공해서 신이 두 명 탄생하면 곤란하지 않겠나? 그러니 용기를 내봐야지. 분명 이건 인생을 한 번 걸어 볼만한 도박이니까 말이야. 자네들도 나의 성공을 빌어주기 바라네."

그러면서 패스트는 초초 쪽으로 몸을 돌이켰다. 그때 갑자기 정의의 교사 베드로의 머리에서 뿔이 돋아나기 시작했다. 그 뿔은 삽시간에 푸른색으로 변하더니 잠시 후 강력한 광선을 패스트에게 발사했다. 광선이 몸에 닿자 패스트의 옷은 삽시간에 불타올랐다. 패스트는 활활 타오르는 옷을 벗으려고 애썼지만 베드로는 다시 한 번 푸른 광선을 발사해서 패스트를 완전히 화염에 휩싸이게 만들고 말았다. 역한 고기 굽는 냄새와 함께 결국 패스트는 불덩어리가 되어 그 자리에서 새까맣게 타 죽고 말았다. 경비병들이 급히 베드로를 향해 총을 겨누었다. 하지만 베드로는 어느새 패스트가 들고 있던 조정기를 손에 들고 말했다.

"자네들도 곁에서 대충 들어 알겠지만 지금 연구소 뒤의 거대한 박스 속에는 지구를 다 날려 버릴 정도의 핵폭탄이 들어 있지. 물론 저 박스가 과연 그 힘을 막아 줄지도 의문이고. 그런 상태에서 내가 이 단추를 누르면 어떤 일이 벌어질지 아무도 몰라. 그러니 모두들 조용히 총을 내려놓고 사라지게. 어차피 자네들에게 월급을 주던 주인들도 모두 죽었으니 말이야."

베드로의 말에 서로 얼굴을 마주 보던 딜릿의 병사들은 신속히 연구소를 빠져 나갔다. 모두 다 나가고 신박사 일행만 남게 되자 더블 존이 말했다.

"베드로, 그런 재주가 있으면서 왜 진작 사용하지 않았는가? 이제 모든 상황이 종료되었구먼. 어서 우리 수갑을 풀어 주게."

베드로가 싸늘하게 고개를 저었다.

"미안하지만 안 되겠네. 드디어 고대하던 하늘의 뜻을 이룰 기회를 잡았으니까. 사실 약간의 착오는 있었지만 지금까지의 과정도 어느 정도 예측하던 것이었지. 이제 이 소중한 사명을 위해서, 그리고 이 사명을 위해 먼저 목숨을 바친 내 민족들을 위해서 나는 핵폭탄을 터뜨려야 하네. 이 버튼이 눌러지는 순간 우리는 그리도 고대하던 주님의 재림을 맞이하게 될 것이야."

더블 존의 얼굴이 하얗게 질렸다.

"아니, 베드로 아직도 정신을 못 차린 건가?"

베드로는 조정기의 단추들을 만지면서 말했다.

"내가 정신을 못 차렸다고? 재미있는 이야기를 하나 해 주지. 옛날에 어떤 수도승이 해가 저물어 바닷가의 한 동네에 들어갔지. 그런데 그 마을 인심이 워낙 고약해서 아무도 수도승에게 먹을 것과 잠잘 곳을 제공하지 않았다네. 수도승은 할 수 없이 남의 집 처마에 몸을 뉘었지. 그때 마침 지나가던 착한 주막집 아줌마가 그걸 보고 그를 자기 집에 모셨어. 그러자 수도승은 다음 날 그 마을을 떠나면서 뒷산에 있는 석상의 눈이 빨개지면 마을에 큰 해일이 일어날 것이니 매일 확인해 보고 만약 빨개지면 즉시 산으로 도망을 가라고 했지. 그 다음날부터 주막집 아줌마는 열심히 뒷산의 석상의 눈을 살피기 시작했네. 물론 동네 사람들은 그녀를 엄청나게 비웃었지. 그런데 어느 날 갑자기 그 석상의 눈이 진짜 빨개진 것이야. 아줌마는 징조가 나타났다고 동네 사람들에게 산으로 도망가자고 했지만 사람들은 꿈쩍도 안 했다네. 왜냐하면 마을의 청년 하나가 그 석상의 눈에다가 빨간 물감을 칠한 사실을 이미 다 알고 있었거든. 그들은 아줌마가 도망가서 주막이 비면 술이나 실컷 훔쳐 마실 계획이었지. 하지만 말이야. 그 후 어떤 일이 벌어졌는지 아는가? 그날 밤에 곧 바로 큰 해일이 와서 마을 전체를 다 휩쓸어 버렸지. 어떤가. 뭔가 감이 오는 게 없는가? 종말의 징조도 종말의 도래도 결국 모두 인간 자신의 손으로 저질러져야 실제로 다가오는 것이란 말이야. 엘프 666과 예비 된 불. 종말에 필요한 이 모든 것을 내 손에 맡겨 주신 하나님께서는 지금 내게 종말의 스위치를 속히 누르라고 명령하고 계신다네."

"하지만 그 눈에 빨간색을 칠한 자도 결국 멸망당하지 않았는가? 그렇다면 자네도 역시 신의 노여움을 사고 말 거야."

"웃기지 말게. 신은 이미 땅에 심판을 내리시기로 결심하셨어. 나는 다만 그 거룩한 뜻을 따르는 불칼을 든 천사의 역할을 하는 것일 뿐이야. 지금 나는 내게 들려오는 신의 음성을 확신하고 있어. 이 세상의 모든 악한 인간들을 무저갱으로 보낼 열쇠가 내 손에 들려 있고 내게는 지금 이걸 누를 사명이 있다는 것."

여기까지 말한 베드로는 초초의 모니터에 나타난 조정기 매뉴얼을 읽어 보면서 단추 중 하나를 꾹 눌렀다. 그러자 초초 뒤의 거대한 스타디움 뚜껑이 서서히 열리기 시작했다. 잠시 후. 스타디움의 양 옆을 막고 있던 초대형 벽들이 사라지고 특수한 바닥 위에 차곡차곡 쌓인 엄청난 양의 핵탄두들만이 신호 입력 불빛을 깜박거리고 있었다. 베드로는 이미 죽은 최고운 박사를 등에 업으며 말했다.

"가자 내 딸아. 우리가 그토록 고대하던 순간이 다가왔다. 그분의 약속이 이루어질 시간이다. '하나님의 장막이 사람들과 함께 있으매 하나님이 그들과 함께 계시리니 그들은 하나님의 백성이 되고 하나님은 친히 그들과 함께 계셔서 모든 눈물을 그 눈에서 닦아 주시니 다시는 사망이 없고 애통하는 것이나 곡하는 것이나 아픈 것이 다시 있지 아니하리니 처음 것들이 다 지나갔음이러라(계 21:3-4).' 딸아 이제 아빠와 함께 그 분을 맞으러 나가자. 자네들도 그동안 정이 좀 들었는데 주께서 오시면 공평한 심판을 해 주시겠지. 그럼 우리 잠시 후 새 하늘과 새 땅에서 만나기로 하세."

그 말을 남기고 베드로는 최고운 박사의 시신을 업은 채 밖으로 나갔다. 꽤 시간이 지난 후 손발이 묶여 꼼짝없이 앉아 있던 신박사 일행 곁으로 최박사의 시신을 따라 나갔던 폭키와 몽그가 달려왔다. 폭키는 익숙하게 땅에 떨어진 열쇠를 찾아서 일행의 손을 풀어 주었다. 모니터를 보니 베드로는 최박사의 시신과 함께 벌써 연구소 뒤편의 핵폭탄 더미 앞에 도착한 상태였다. 프랭크는 최박사를 찾아 나가려는 신박사를 억지로 잡아끌면서 일행을 연구소 중앙 홀로 인도했다. 폭키와 몽그도 프랭크의 뒤를 따랐다. 중앙 홀에 있는 세 개의 엘리베이터로 다가간 프랭크는 벽면의 한 부분을 연속적으로 리드미컬하게 두들겼다. 그러자 벽면이 열리더니 홍채 인식기가 나타났다. 프랭크는 급히 자기 눈을 갖다 대어 인식을 했다. 갑자기 엘리베이터와 엘리베이터 사이의 벽이 좌우로 열리면서 또 하나의 엘리베이터의 모습이 나타났다.

프랭크는 급히 일행을 거기에 태웠다. 놀랍게도 그 엘리베이터에는 지하 700, 701, 702층 이렇게 세 개의 버튼밖에 없었다. 프랭크는 엘리베이터의 문이 닫히자 제일 아래 702 번을 누르고 이어서 긴급이라고 써진 버튼도 눌렀다. 그러자 엘리베이터는 초고속으로 급 하강하기 시작했다. 밖은 아직 아무 일이 없는 듯 조용했다. 엘리베이터가 지하 702층에 도달하자 프랭크는 속히 일행을 내리도록 했다. 엘리베이터는 다시 올라가지 않았고 오히려 엘리베이터가 내려 온 통로 속으로 뭔가가 내려와 틈새를 막는 것 같았다. 프랭크는 급히 계기판들에 붙은 모니터들을 켜고 중앙 컴퓨터를 부팅시키면서 말했다.

"여긴 핵폭발을 대비해서 만들어 놓은 비밀 도피처입니다. 전 세계에 열 개밖에 없는 곳이죠. UN에서는 세상의 역사를 다시 일으킬 만한 능력을 소유한 그 해의 중요 인물 50명을 선정해서 유사시에 도피시켜 인류의 완전 소멸을 막으려는 극비 계획을 가지고 있었죠. 그래서 이 지하 공간을 노아의 방주라고 부릅니다. 지구가 멸망한 후에도 다시 세상을 일으킬 수 있도록 온갖 종류의 주요 동식물의 씨앗들이 냉동 보관되어 있고 필요한 노동력을 보충할 복제인간 제조실과 자체 동력 생산실도 딸려 있어요. 물론 50명이 7년 정도는 거뜬히 버틸 물과 음식도 보관되어 있습니다. 하지만 사태가 워낙 급하다 보니 결국 우리 네 사람과 폭키, 몽그 이렇게 여섯만 겨우 방주에 올라타게 되었군요."

프랭크가 말하는 사이 컴퓨터가 인공위성에 접속했다는 신호를 보냈다. 프랭크는 일단 UN 본부와 접속하여 곧 어마어마한 핵폭발이 있을 것이라 전하고는 국제적인 비상 사태 마련을 촉구했다. 그리고 급히 인공위성에 지리 정보를 입력하여 인류진화센터를 비추게 하였다. 까마득한 고공에서 지구를 향한 영상이 점점 내려오더니 곧 센터의 모습이 희미하게 내려다보였다. 프랭크는 영상을 계속 확대하기 시작했다. 잠시 후 인류진화센터 전체의 모습이 확연하게 드러났다. 연구소 뒤편에는 여전히 엄청난 양의 핵탄두가 쌓여 있었고 그 곁에 정의의 교사 베드로가 죽은 최박사를 업은 채 가만히 서 있었다. 신박사는 찢어지는 가슴으로 최박사의 얼굴을 바라보았다.

한참 동안 멍하니 서 있던 베드로는 최박사를 땅에 내려 눕혀 놓고 손을 가슴에 모아 주었다. 그리고 자신은 핵탄두 옆에 무릎을 꿇고 양손을 하늘로 향하여 기도를 올리기 시작했다. 프랭크가 음성 전파 증폭을 위성에 요청하자 베드로의 목소리가 나지막하게 들려오기 시작했다. 프랭크는 볼륨을 더 높이 올렸다. 스피커를 통해 이런 목소리가 흘러나왔다.

"볼찌어다. 그가 구름을 타고 오시리라. 각 사람의 눈이 그를 보겠고 그를 찌른 자들도 볼 것이요, 땅에 있는 모든 족속이 그로 말미암아 애곡하리니 그러하리라. 아멘.(계 1:7). 만일 누구든지 이 두루마리의 예언의 말씀에서 제하여 버리면 하나님이 이 두루마리에 기록된 생명나무와 및 거룩한 성에 참예함을 제하여 버리시리라. 이것들을 증거 하신 이가 이르시되 내가 진실로 속히 오리라 하시거늘 아멘 주 예수여 오시옵소서(계22:19-22). 마라나타, 오 마라나타."

이 말을 마치고 그는 다시 일어나 조정기를 하늘로 치켜들고 말했다.

"사악한 인간들이여 하나님의 말씀을 들으라. 지금 '보좌에 앉으신 이가 이르시되 내가 만물을 새롭게 하노라(계 21:5)'고 선포하시는도다. '또 내가 새 하늘과 새 땅을 보니 처음 하늘과 처음 땅이 없어졌고 바다도 다시 있지 않더라(계 21:1)' 아멘 주 예수여 오시옵소서."

이 말을 마지막으로 정의의 교사 베드로는 조정기의 단추를 꾹 눌렀다. 갑자기 모니터에 엄청난 빛이 비치더니 곧이어 지하 702층 대피소에까지 거대한 진동이 전달되었다. 진동은 한참 동안 계속되었고 선반 위의 물건들이 떨어져 부서졌다. 모니터들도 너무 밝은 빛을 표현하다가 끝내 회로가 타 버려 상당수가 연기를 뿜으며 꺼지고 말았다. 그 와중에도 프랭크는 요동치는 계기판을 조작하여 센터를 비추던 위성 영상을 역으로 확대시켰다. 잠시 후 높은 우주에서 내려다 본 지구의 모습이 보이기 시작했다. 위성은 조금 늦은 타이밍으로 방금 전의 폭발 현장을 생생하게 다시 보여 주었다.

끔찍하게 밝은 빛이 위에서 내려다보이는 지구 원형 전체의 지평선 너머까지 원반 형태로 수십 번이나 확확 퍼져 나가고 있었다. 동시에 지구 표면에 있던 구름들은 마치 천 조각이 찢어지는 것처럼 사정없이 찢겨 사방으로 흩어졌고 지구 전체를 가득 메울 만큼 거대한 버섯구름이 뭉게구름과 함께 솟아오르기 시작했다. 대양의 바닷물들도 사정없이 출렁대며 각 대륙 위를 침범하고 있었다.

바로 그때였다. 신박사의 눈에 지평선 멀리 우주 공간에서 뭔가가 지구로 접근해 오는 모습이 보였다. 거센 태풍으로 구름들이 넝마처럼 흩어지고 지상 곳곳에 거대한 불덩어리들이 타오르는 가운데 검은 우주를 배경으로 기이한 흰 구름 하나가 천천히 지구를 향해 내려오고 있었다. 위성 영상의 초점에서 멀리 떨어져 있었기에 자세한 모습을 확인하긴 힘들었지만 멀리 보이는 구름은 차츰 신비한 광채를 발하기 시작했다. 그렇다면 혹시…….